CHEMISTRY LESSONS

The Love Code

Tome 1

Susannah Nix

CHEMISTRY LESSONS

The Love Code

Tome 1

Traduit de l'anglais (États-Unis)
par Alexia Barat

Chatterley

Titre original :
Chemistry Lessons. The Love Code

Édition originale publiée en 2017
par Haver Stress Press sous le titre *Remedial Rocket Science*

Édition française publiée par :

92, avenue de France, 75013 Paris – France

info@lisez.com

ISBN : 978-2-38579-025-7
Dépôt légal : août 2025

Pour Dave, mon meilleur ami.

Chapitre 1

Trois ans plus tôt

Melody consulta son portable pour la énième fois en l'espace de cinq minutes.

Toujours rien.

Avec un soupir, elle saisit sa pinte de bière et en but une gorgée. Il faisait une chaleur étouffante dans le bar, mais elle ne pouvait se résoudre à ôter sa veste en cuir. Et pour cause : son tee-shirt était troué au niveau de l'épaule.

De plus, l'enlever signifiait qu'elle comptait rester plus que quelques minutes, ce qui n'était absolument pas dans ses intentions.

Melody n'en revenait toujours pas d'avoir fait un tel effort ce soir. Malgré la température du jour, elle avait opté pour cette veste, car c'était sa pièce préférée et la plus belle qu'elle possédait – on n'aurait jamais cru qu'elle provenait d'une friperie. Elle avait même troqué ses Dr. Martens habituelles contre de jolies ballerines. Et tout ça pour quoi ? Pour qu'on lui pose un lapin.

Melody sentit quelqu'un lui effleurer le bras en s'installant sur le tabouret près d'elle. Pleine d'espoir, elle leva les yeux. Mais ce n'était pas Victor.

Le type qui n'était pas son rancard se pencha vers elle en souriant.

— Salut, toi. Comment ça va ?

Il était jeune, en âge d'être à l'université comme elle. À l'instar de la plupart des clients du Cask'n Flagon, il arborait une casquette des Red Sox[1]. Son tee-shirt, vraisemblablement un vestige d'une soirée étudiante, était barré de l'inscription « Putes & macs », ce qui lui fit perdre quelques points. Il n'était pas si mal, pourtant. À vrai dire, Melody aurait même été tentée de le qualifier de mignon.

Dommage qu'elle ait déjà un *date*… qui avait quinze minutes de retard. Voilà qui n'était pas des plus prometteur pour un premier rendez-vous.

Elle adressa à son nouveau voisin un sourire poli, mais réservé.

— Ça va.

— T'es vraiment charmante, tu sais ? dit-il en se penchant plus près.

« Charmante »… Oh, pitié. Ce mot l'avait toujours horripilée. Lorsqu'un homme sortait ça pour draguer, cela le faisait aussitôt passer pour un pauvre type, non ? Et puis son haleine empestait l'ail. Non merci.

— C'est gentil, mais j'attends quelqu'un.

Elle baissa de nouveau les yeux vers son portable. Toujours pas de message.

— Tu sais, je suis pas trop branché cheveux courts, d'habitude, poursuivit son nouveau soupirant en désignant sa coupe brune à la garçonne. Mais pour toi, je suis prêt à faire une exception.

Beurk. Voilà ce qu'elle récoltait pour s'être aventurée hors de sa zone de confort. Elle aurait dû se douter que cette soirée serait un fiasco dès l'instant où Victor avait :

---

1. Franchise de baseball de Boston. *(N.d.T.)*

a) choisi un bar de supporters près de Fenway pour leur rancard ;

b) proposé qu'ils se retrouvent sur place au lieu de s'y rendre ensemble.

Elle avait accepté uniquement parce qu'elle avait désespérément besoin de rompre avec sa routine habituelle. De faire quelque chose, n'importe quoi, autre que passer un samedi soir supplémentaire à étudier dans sa chambre ou à bosser au laboratoire informatique.

Et voilà où ça l'avait menée.

— Je parie que tu le sais, insista l'apprenti dragueur sans se laisser décourager par le langage non verbal pourtant peu réceptif de Melody. Les mecs doivent te le dire tout le temps, pas vrai ?

Melody écrivit un texto à Victor en écrasant ses pouces sur l'écran de son téléphone.

T'ES OÙ ???

Victor ne lui plaisait même pas tant que ça. C'était son binôme au labo de chimie, mais les seules étincelles qui jaillissaient entre eux étaient celles de l'allumette servant à allumer le bec Bunsen.

Sa plus grande qualité est qu'il avait invité Melody à sortir, ce qu'aucun autre garçon n'avait daigné lui proposer depuis longtemps. Il était le seul à avoir manifesté un intérêt quelconque pour elle depuis le début de l'année.

Comme sa coloc le lui avait si bien rappelé, Melody n'avait embrassé personne depuis ce type avec menton en forme de fesses pendant la semaine d'orientation… Le pire, c'est qu'il ne s'était même pas souvenu d'elle en décuvant le lendemain.

Il faut dire qu'elle n'avait rien fait pour se faire remarquer. Elle consacrait presque tout son temps à ses études et au petit boulot qu'elle s'était dégoté pour financer la partie des frais de scolarité que sa bourse d'études ne couvrait pas.

Étudier au MIT était particulièrement difficile. Plus que dans aucune autre école qu'elle avait fréquentée auparavant. Toute sa vie, elle avait figuré parmi les premiers de sa classe. De même que tous les autres élèves admis au MIT. Elle avait donc dû redoubler d'efforts ne serait-ce que pour se maintenir au milieu du peloton.

Elle n'aimait pas être dans la moyenne. Elle visait toujours le sommet. Ou du moins elle aspirait à s'en rapprocher. Et si cela impliquait de louper quelques soirées en contrepartie, qu'il en soit ainsi. Ce n'était pas une grosse perte.

Seulement... maintenant que la première année touchait à sa fin, Melody prenait conscience que tout le monde autour d'elle était sorti, avait fait des rencontres, eu des aventures ou des histoires d'amour, connu des ruptures puis de nouvelles histoires d'amour. Pendant qu'elle avait le nez plongé dans ses livres, ils avaient vécu de nombreuses expériences.

Si elle n'y prenait pas garde, dans trois ans, elle se lancerait dans le monde munie de son beau diplôme universitaire et des aptitudes sociales d'une lycéenne. C'est ainsi qu'elle avait décidé de consacrer plus d'efforts à ses expériences de vie, au même titre qu'à ses compétences scolaires.

Voilà comment elle avait atterri dans ce bar, à se faire accoster par un mec qui empestait le déo et le désespoir.

Se penchant plus près encore, le mec en question pressa son épaule contre la sienne et lui souffla d'autres effluves d'ail dans la figure.

— Qu'est-ce que tu fais toute seule dans un bar ?

— J'attends quelqu'un, répéta Melody, les dents serrées.

Elle tendit le cou, scrutant la foule agglutinée dans l'entrée au cas où Victor aurait fait son apparition.

— Une fille comme toi ne devrait pas rester seule. Et si je te tenais compagnie jusqu'à l'arrivée de ton ami ?

— Et si tu me laissais tranquille ?

— Tu bois quoi, ma belle ? Je t'offre un autre verre.

— Je ne veux pas d...

— Un autre pour la demoiselle, commanda le mec au barman en ignorant sa réponse.

Autant parler à un mur.

— Inutile, lança-t-elle directement au barman. Je m'en vais.

Au diable, Victor. Il était hors de question qu'elle attende une seconde de plus.

— Hé ! Où tu vas ? protesta le relou en l'agrippant par le bras alors qu'elle se laissait glisser de son tabouret.

Pivotant sur elle-même, Melody parvint à se dégager et se retrouva face contre un torse masculin. Surprise, elle leva les yeux. Et croisa le regard bleu iridescent d'un mec très grand et très mignon.

— Oh, laissa-t-elle échapper.

— Désolé pour le retard, bébé !

Le beau gosse lui adressa un sourire éclairé par deux adorables fossettes tout en lui pressant le bras comme s'ils se connaissaient.

Bouche bée, Melody le fixa, certaine de le voir pour la première fois de sa vie. C'était quoi, ce délire ?

Lorsqu'il se pencha pour déposer un baiser sur sa joue, elle fut si stupéfaite qu'elle resta figée sur place. Mais au lieu de l'embrasser, il lui murmura à l'oreille :

— Joue le jeu si tu veux te débarrasser de ce type.

Ah. Oh que oui elle allait jouer le jeu si cela permettait que le relou lui fiche la paix.

Aussitôt, elle jeta ses bras autour du cou de BG et l'étreignit avec un enthousiasme exagéré. Waouh, il était musclé. Et il sentait divinement bon, comme une forêt entière de séquoias. Elle était tentée de prolonger le moment juste histoire de le humer encore un peu.

— Où étais-tu passé, mon lapinou ? demanda-t-elle d'une voix exubérante pour jouer la parfaite petite amie.

Les yeux plissés par l'amusement, il inclina la tête tout en esquissant un sourire narquois.

— Je m'étais trompé d'adresse, mon sucre d'orge.

— Oh, gros bêta, tu as de la chance d'être si mignon.

Feignant un rire cristallin, elle lui assena une petite tape sur le bras, puis elle enroula ses mains autour de son – très ferme – biceps, avant de l'entraîner vers le stand des hôtesses.

Tandis qu'ils s'éloignaient du bar, BG lança un regard noir qui voulait dire « T'avise pas de t'approcher de ma meuf » au relou, dont les mains levées en signe de soumission traduisaient quant à elles le message universel : « Hé, mec, désolé, je n'avais pas d'arrière-pensées. » Évidemment. Ce tocard n'avait pas été foutu d'entendre le refus de Melody, mais à la seconde où un autre type avait revendiqué son territoire – comme si elle n'était qu'un vulgaire objet – il avait aussitôt brandi le drapeau blanc et battu en retraite. Connard.

Bien qu'elle soit reconnaissante de cette intervention, elle ignorait encore si elle venait de sauter de la barge de Jabba le Hutt dans la gueule du sarlacc. Donc à peine furent-ils sortis du champ de vision du relou que Melody lâcha BG et recula d'un pas, instaurant ainsi entre eux une distance de sécurité.

Son sauveur glissa les mains dans les poches de son bermuda tout en évitant un groupe de quatre personnes qu'une hôtesse conduisait à leur table. Avec ses chaussures bateau et son polo au col relevé, il donnait l'impression de sortir tout droit d'une pub Ralph Lauren. Il riva le regard sur le bras de Melody, l'air inquiet.

— Tout va bien ? Ce type t'a fait mal ?

Ses yeux étaient étonnamment doux pour quelqu'un qui s'habillait comme un petit snob d'école privée.

— Oui, ça va. Mais merci pour la mission sauvetage.

Melody serra les poings, résistant à l'envie de frotter son avant-bras à l'endroit où l'abruti l'avait touchée.

— Tu as besoin qu'on te ramène ? proposa BG, avant de préciser, comme pour dissiper tout malentendu : Enfin, je peux t'appeler un taxi, si tu veux.

Elle secoua la tête. Elle portait un tee-shirt troué et une veste dénichée aux puces. Autant dire qu'avec son maigre salaire elle n'avait pas les moyens de se payer un taxi.

— Merci, ça ira.

Elle rentrerait chez elle comme elle était venue : en métro.

— Très bien, dit-il. Si tu es sûre.

— Je suis sûre.

Il acquiesça avant de s'éloigner d'un pas nonchalant vers le fond du restaurant, sans tenter de la draguer ni même attendre une récompense pour sa bonne action. Hum. Il semblait que la galanterie n'était pas morte, après tout. Le portable de Melody vibra dans sa main. Un message de Victor.

Désolé, j'ai un empêchement,
j'peux pas venir.

Super. Génial. Parfait.

— Hé ! cria-t-elle en se précipitant derrière BG. Attends !

Les sourcils levés, il se retourna, repoussa les mèches blondes qui lui retombaient sur le front. Puis il adressa un sourire qui creusa ses jolies fossettes. Melody avait toujours eu un faible pour les fossettes. C'était sa kryptonite à elle.

Elle prit une profonde inspiration, essayant d'ignorer les papillons qui s'agitaient dans son ventre. Tout ce qu'elle avait à faire, c'était lui adresser la parole. Elle en était capable. Ce n'était tout de même pas sorcier, on ne lui demandait pas d'étudier la physique nucléaire.

En réalité, c'était bien pire. Étudier la physique nucléaire, elle pouvait gérer. Parler à des mecs mignons, en revanche… Ça, c'était intimidant. En particulier un spécimen au parfum divin, aux muscles parfaitement dessinés et à l'esprit chevaleresque.

Une chanson de Flo Rida retentit dans les enceintes du restaurant tandis qu'un groupe de supporters portant le maillot des Sox déboulait entre Melody et le garçon aux jolies fossettes. Elle joua des coudes pour se frayer un chemin parmi eux, distribuant autant de regards noirs qu'elle en recevait, jusqu'à ce que, tout à coup, elle se retrouve face à lui.

— Comment tu t'appelles ?

Avec son mètre soixante-dix, Melody était loin d'être petite, mais ce mec était si grand qu'il lui fallait lever le menton pour le regarder.

— Jeremy.

— Eh bien, Jeremy, je crois que je te dois un verre.

Il secoua la tête, et quelques mèches retombèrent sur son front.

— Tu ne me dois rien, répliqua-t-il, avant de marquer une pause et de passer une main dans ses cheveux. Mais si tu me proposes ça de ton plein gré…

Encore ce petit sourire espiègle. Comment une telle démonstration d'arrogance pouvait-elle être si sexy ? Ce sourire n'avait aucun droit de la troubler ainsi. Et pourtant c'était le cas. Elle était troublée, très troublée.

— Ne nous emballons pas, rétorqua-t-elle, incapable de réprimer le sourire qui s'étirait sur son visage. Je t'offre un verre. Rien de plus.

De nouveau, il eut ce petit geste – il pencha la tête sur le côté –, dont Melody sentit qu'il commençait à lui plaire. Sans parler de ses yeux. Maintenant qu'elle les observait de plus près, ils lui semblaient d'un bleu outrancier. Céruléen, comme ceux du type qui hypnotisait les gens dans cet épisode de *X-Files*.

— Tu ne m'as pas dit ton nom, dit Jeremy en la fixant de ses yeux ridiculement bleus.

— Melody.

Elle s'était efforcée de paraître naturelle, comme si toute cette situation était tout à fait normale pour elle. Comme si offrir des verres à des mecs mignons au sourire charmeur et aux cheveux adorablement indisciplinés était une formalité.

Il arbora un large sourire.

— Dans ce cas, j'accepte ton invitation, Melody.

Chapitre 2

Durant l'heure qui suivit, Melody apprit cinq choses au sujet de Jeremy :

1. il était de Los Angeles ;
2. il avait été renvoyé de Syracuse, sachant que c'était la seconde fois en quatre ans qu'il se faisait virer d'une université (la première fois, c'était de Brown) ;
3. au lieu d'annoncer à ses parents qu'il avait été renvoyé (encore une fois), il avait jugé préférable de venir à Boston pour passer le week-end avec un de ses potes étudiant à l'université ;
4. il était riche. Genre, super-riche, apparemment ;
5. Melody et lui n'avaient absolument aucun point commun.

* * *

— Quel est le dernier film que tu as vu ? demanda Jeremy en prenant sa bouteille de bière.

Assis à une table dans le coin le plus reculé du Cask'n Flagon, ils jouaient à se poser des questions à tour de rôle, moyen d'apprendre à mieux se connaître.

— *Princesse Mononoké*, répondit Melody.

Au même moment, une vague d'acclamations retentit du côté du bar. Sur tous les écrans était diffusé un match des Red Sox, qui avaient dû accomplir une action. Laquelle, elle l'ignorait, n'ayant pas de télévision dans son champ de vision. Mais dans la mesure où les applaudissements l'emportaient sur les huées, elle supposa que Boston menait.

Les yeux de Jeremy s'égarèrent sur l'écran derrière sa tête, avant de se reposer aussitôt sur elle.

— Jamais entendu parler.

C'est Melody qui avait été à l'initiative du jeu des questions, mais elle le regrettait déjà. Il n'avait fait que montrer à quel point Jeremy et elle étaient différents.

— C'est un film d'animation japonais.

— Un genre de dessin animé ? grimaça-t-il.

— Oui, mais il est génial. Crois-moi.

Il semblait sceptique.

— Si tu le dis. Quel est le dernier film que tu as vu au cinéma ?

— De nouveau *Princesse Mononoké*… C'était un festival consacré aux films de Miyazaki.

Melody s'empara de la bière qu'elle avait commandée. Cela faisait plus d'une heure qu'elle la sirotait, et le breuvage était devenu tiède et insipide, un peu comme la tournure qu'avait prise sa soirée.

— La dernière série que tu as regardée ? enchaîna-t-elle.

— Le Monday Night Football compte ?

— Non, c'est une émission de sport. Je parle de vraies séries. Avec un scénario.

Tout en réfléchissant à sa question, il dégagea des mèches de cheveux de son front, qui retombèrent presque aussitôt. Ce mec avait vraiment besoin d'aller chez le coiffeur.

— Tu vois cette série avec les geeks et la voisine canon ?

— *The Big Bang Theory* ? devina-t-elle.

— Ouais, voilà.

Évidemment. Il fallait qu'il choisisse la série qui tournait les gens comme elles en ridicule, comme si le fait même qu'il existe des filles matheuses et branchées science-fiction était une vaste blague. La série qui renforce le cliché de « l'intello un peu gauche qui rencontre une nana sexy », tout en entretenant le stéréotype selon lequel les super-héros de bandes dessinées sont réservés aux mecs geeks purs et durs alors que c'est un phénomène de pop culture.

— Le dernier livre que tu as lu pour le plaisir ? s'empressa-t-elle de demander pour changer de sujet, même si ce n'était pas son tour.

Il secoua la tête.

— Franchement, je ne m'en souviens pas. Je ne lis pas trop pour le plaisir.

Bien sûr qu'il ne lisait pas. Et vu son palmarès scolaire, il ne devait même pas lire pour ses cours non plus.

Il haussa les sourcils.

— Waouh, tu es en train de me juger, pas vrai ?

— Pas du tout ! protesta Melody, les joues rouges d'embarras.

Jeremy éclata de rire, l'air malicieux.

— Tu es une très mauvaise menteuse, tu sais ?

— Pour le coup, ça, je le sais, dit-elle, ne résistant pas à lui rendre son sourire.

* * *

— Alors, pourquoi le MIT ? demanda Jeremy – après avoir abordé toutes les thématiques de la pop culture, ils étaient passés à des sujets plus personnels. Pourquoi pas Harvard ou une autre école d'intellos ?

Melody but une gorgée de sa bière. Ils en étaient à leur deuxième tournée, gracieusement offerte, cette fois, par l'American Express de Jeremy.

— C'est la meilleure université dans le domaine qui m'intéresse.

— C'est-à-dire ?

— L'informatique.

Melody retraça du doigt le contour d'un cœur grossièrement gravé dans la surface de la table, à côté duquel se trouvait un smiley à l'air vaguement démoniaque.

— Et toi ? Pourquoi Brown ?

Jeremy haussa les épaules.

— Mon père y était étudiant, alors il a fait en sorte que j'y entre.

Il avait répondu d'un ton désinvolte, mais la façon dont il avait raffermi sa prise autour de sa bouteille de bière indiquait qu'il ne l'était pas tant que ça.

— Tu ne voulais pas y aller ?

— Pour être honnête, les études, ça n'a jamais été mon truc, expliqua-t-il en haussant à nouveau les épaules. Alors je me fichais pas mal de l'université dans laquelle j'irais.

S'appuyant contre le dossier de sa chaise, elle posa ses avant-bras sur la table et fit tourner la bière dans son verre.

— Et tu comptes faire quoi, maintenant ?

— Je ne sais pas. Mon père va sûrement me filer un poste dans son entreprise.

Melody ne put s'empêcher de ressentir une certaine amertume.

— Ça doit être chouette d'avoir tout ce qu'on veut dans la vie sans jamais avoir besoin de travailler pour l'obtenir.

— Ouais, je suppose.

Il prit sa bière et avala une longue gorgée. Ses ongles étaient rongés jusqu'au sang. Qu'est-ce qui pouvait bien stresser quelqu'un qui menait une vie aussi confortable ?

— Quoi ? Ça n'est pas le cas ?

Il gigota sur son siège, frottant nerveusement ses paumes contre ses cuisses.

— Écoute, je sais que j'ai de la chance, d'accord ? Je n'essaie pas de prétendre le contraire. C'est juste que… personne ne s'est jamais donné la peine de me demander ce que je voulais faire. On attend juste de moi que je suive la voie tracée par mes parents. J'ai un peu de mal à m'en réjouir, c'est tout.

— Et qu'est-ce que tu veux faire ? demanda Melody, puisque, apparemment, personne ne lui avait jamais posé la question.

Il fixa la table en secouant la tête.

— Je ne sais même pas. C'est pathétique, non ? Je n'ai pas la moindre idée de ce que je veux, et c'est un peu le fond du problème.

Jeremy leva les yeux, et un frisson parcourut l'échine de Melody lorsque leurs regards se croisèrent. Il la regardait comme si elle était la seule personne dans la pièce.

— Et toi, tu sais ce que tu veux faire ?

Elle le savait depuis l'âge de dix ans, lorsqu'elle avait reçu son premier ordinateur, un vieux Compaq Presario d'occasion, cadeau d'un ami de sa mère.

— Je veux être développeuse de logiciels.

— Pourquoi ?

— Parce que je suis douée avec les ordinateurs. Parce que j'aime les casse-têtes et me plonger dans un codage. Parce que ça paie bien et que c'est un domaine professionnel en pleine expansion, donc je n'aurai pas à me battre pour m'en sortir. Comme ma mère…

— Que fait-elle dans la vie ?

— Que ne fait-elle pas. Caissière, serveuse, esthéticienne, vendeuse. Elle passe sans cesse d'un job à l'autre, en quête perpétuelle de la prochaine grande opportunité… qui ne se présentera jamais.

Jeremy acquiesça, comme s'il comprenait ce que c'était de vivre dans la précarité financière, bien qu'il en soit incapable.

— Et ton père ?

— Je ne l'ai jamais connu. Il a disparu quand il a appris que ma mère était enceinte.

— Ça craint.

C'était au tour de Melody de hausser les épaules.

— Quelqu'un qui n'a jamais été là ne peut pas vous manquer.

Jeremy se pencha en avant, les sourcils froncés.

— Tu ne te poses jamais de questions à son sujet ? À quoi ta vie aurait ressemblé s'il était resté ?

— Pas vraiment.

Un homme capable de fuir ses responsabilités était probablement dépourvu de compétences parentales. Elle s'était toujours dit qu'elle était mieux sans lui. Une pension alimentaire, en revanche, n'aurait pas été de refus.

— Désolé si je suis trop intrusif.

— T'inquiète, lui assura-t-elle en agitant la main.

Elle aurait dû se sentir gênée, mais ce n'était pas le cas.

Melody avait toujours évité de parler de son passé depuis son arrivée à Boston. La plupart des étudiants du MIT venaient de familles plus aisées, dont les parents étaient mieux éduqués, et elle ne voulait pas être cataloguée comme la pauvre fille dont la mère célibataire n'avait même pas le bac. Bizarrement, elle ne voyait pas d'inconvénient à en parler à Jeremy, malgré leur différence de pedigree. Peut-être parce qu'elle savait qu'elle ne le reverrait jamais et donc qu'elle n'avait pas à se soucier de ce qu'il pensait d'elle.

Il pencha la tête et lui adressa un nouveau sourire éclatant.

— Et maintenant te voilà, à t'infliger le MIT. À être pile là où tu l'avais souhaité.

Pas évident de le regarder quand il lui souriait ainsi. Baissant les yeux, elle entreprit d'essuyer minutieusement la buée de son verre avec son pouce.

— On dirait bien, oui.

Jeremy tendit la main et la posa sur son bras. Ses doigts étaient doux et chauds contre sa peau.

— C'est impressionnant, souffla-t-il. Tu es impressionnante.

Les mecs riches et beaux n'étaient pas censés être aussi gentils. Melody ne savait pas comment réagir. Elle n'avait jamais été douée pour accepter les compliments. Son instinct la poussait toujours à argumenter, une habitude dont elle essayait de se défaire pour se comporter en adulte. En réalité, elle n'avait qu'une envie : se cacher sous la table et faire comme si elle n'avait rien entendu.

— Je ne pense pas avoir jamais été doué pour quoi que ce soit dans ma vie, dit Jeremy d'un ton mélancolique. Tu as de la chance.

C'était complètement dingue ! Lui, le milliardaire, pensait qu'elle avait de la chance. Elle aurait éclaté de rire s'il n'avait pas eu l'air aussi sincère.

* * *

Melody n'avait aucune idée d'où le temps avait filé. Comment pouvait-il déjà être minuit ? Sans s'en rendre compte, Jeremy et elle avaient parlé pendant des heures. Elle était surprise de voir à quel point elle avait apprécié ce moment… À quel point elle l'appréciait, lui.

Ce qui était insensé. Jeremy n'était pas du tout son genre. Ils n'avaient rien en commun. Rien de rien. Mais la conversation était si fluide avec lui. Il lui donnait l'impression de s'intéresser réellement à ce qu'elle disait. Comme si elle était la personne la plus intéressante du monde.

Il était possible que Melody craque un peu pour lui. Au premier abord, il incarnait le cliché du mec beau, riche et pourri gâté qu'elle méprisait d'habitude. Or elle ne pouvait s'empêcher de penser qu'il était plus que ça, que derrière cette apparence parfaite se cachait quelque chose de plus profond.

Peut-être qu'elle prenait ses désirs pour des réalités. Ou peut-être était-ce un effet secondaire des trois bières qu'elle avait sifflées. Ou peut-être encore était-ce lié à la façon dont ses genoux flanchaient chaque fois qu'il lui souriait…

Peu importe. Il était canon. Elle coucherait avec lui sans hésitation s'il le lui demandait. Ce qu'il n'avait toujours pas fait, alors qu'elle le couvait des yeux depuis une heure.

Elle ne flirtait pas comme il fallait ou quoi ? Non. Il aurait déjà fichu le camp s'il ne s'était pas intéressé à elle. Pas vrai ? Devait-elle lui dire franchement qu'elle voulait coucher avec lui ? Ou bien cela risquait-il de le faire paniquer ? Que devait-elle faire pour conclure ? Parce qu'elle était plus que prête à le choper et à le ramener chez elle.

Le plus beau dans cette histoire, c'était qu'ils n'avaient rien en commun, mais que ça n'avait aucune importance.

Jeremy n'était en ville que pour le week-end, alors qu'importe le manque de compatibilité. Il n'était pas question d'engagement. Ni de rencontres gênantes sur le campus pendant les trois prochaines années. Juste d'un coup d'un soir torride avec un mec mignon qu'elle ne reverrait plus jamais. Tout le monde était gagnant.

Jeremy aspira la dernière goutte de sa bière, puis désigna le verre presque vide de Melody.

— T'en veux une autre ?

— Je crois que j'ai assez bu, répondit-elle en secouant la tête.

Il la fixa un long moment, assez pour qu'elle se sente gênée.

— Quoi ?

— J'essaie de déterminer à quel point tu es soûle.

— Je ne suis pas soûle, c'est juste que je ne veux pas d'une autre bière.

Il lui sourit, et elle aurait juré que ses yeux scintillaient.

— Dans ce cas, tu veux aller ailleurs ?

Un autre frisson lui parcourut l'échine.

— D'accord.

Chapitre 3

En sortant du bar, Jeremy lui prit la main comme si c'était le geste le plus naturel du monde.

Ça y est, pensa Melody en pressant ses doigts contre les siens. *Je l'ai fait.*

Elle se sentait fière. Heureuse, même.

Transportée par ce sentiment, elle s'arrêta net sur le trottoir devant le Cask'n Flagon, enroula sa main autour du cou de Jeremy et plaqua sa bouche contre la sienne. Ce qui ne lui ressemblait pas du tout. Elle n'était pas du genre à agir de la sorte. Et pourtant, voilà qu'elle le faisait bel et bien.

Elle n'avait pas d'explication, si ce n'est celle qu'elle avait passé les dernières heures à rassembler le courage de faire le premier pas. Et maintenant que le moment était venu de foncer, elle ne voulait plus perdre une seconde. Elle tenait à ce qu'il sache qu'elle était prête à se donner à lui entièrement. Parce qu'elle l'était. Prête.

Après le premier moment de surprise, Jeremy lui rendit son baiser avec ferveur. Ses lèvres étaient chaudes et délicieuses. Douces aussi. Comme de la soie, avec une touche piquante en raison de sa barbe de trois jours. Si Melody n'y prenait pas garde, elle risquait fort de se perdre en elles.

— Désolée, murmura-t-elle quand ils reprirent leur souffle.

Elle n'était pas désolée. Loin de là, même.

— C'était peut-être un peu direct, non ? ajouta-t-elle.

Jeremy esquissa son fameux sourire en coin, celui qui provoquait en elle un trouble exquis.

— Je ne vois pas de quoi tu parles, répliqua-t-il d'une voix rauque et haletante.

À lui seul, ce son fit courir le long de son corps un frisson d'excitation.

Bien qu'ils soient déjà proches l'un de l'autre, Jeremy enroula le bras autour de sa taille et l'attira plus fermement contre lui. Des mèches de cheveux retombèrent sur son front, qu'elle dégagea tendrement. Il avait un nez parfait. Une dentition parfaite. Et de profonds sillons autour des yeux, comme s'il passait son temps à sourire. Bon sang qu'il était beau.

Jeremy plaqua les mains de chaque côté de son visage, puis les glissa dans ses cheveux. Son souffle était chaud sur les joues de Melody, et elle ne put s'empêcher de se hisser sur la pointe des pieds, tel un tournesol se dressant vers le soleil.

Un doux sourire se dessina lentement sur les lèvres du jeune homme, comme s'il contemplait une vision merveilleuse. Puis il l'embrassa à nouveau. Avec une telle intensité qu'elle en ressentit les vibrations jusque dans les orteils.

Si leur premier baiser était réussi, celui-ci était d'un tout autre niveau. Jamais Melody n'avait été embrassée de la sorte auparavant. Ni par le mec avec la fente au menton, ni par aucun autre de ses petits amis au lycée.

Tous n'étaient que de piètres amateurs en comparaison. Jeremy, lui, jouait en première division. Dans toute l'histoire de ses expériences qui, certes, n'était guère étendue, c'était de loin la meilleure. Pour tout dire, elle aurait pu rester ainsi à l'embrasser pour l'éternité. C'est dire à quel point il était doué.

Lorsqu'il retira ses lèvres des siennes, elle laissa échapper malgré elle un gémissement de protestation, qui se mua aussitôt en un soupir d'aise tandis qu'il semait des baisers le long de sa mâchoire et de son cou. Elle se mit à explorer ses épaules, ses bras, puis ses hanches. Elle ne se lassait pas de le toucher. Pressant sa cuisse contre son entrejambe, elle fut récompensée par un grognement sourd, ce qui la laissa sans voix. Elle venait de littéralement faire grogner un homme de plaisir. Une première pour elle.

Melody n'arrivait pas à croire ce qui était en train de se passer. Ici, sur le trottoir. Devant un bar. D'habitude, elle pestait contre les gens qui se pelotaient en public. Elle avait toujours trouvé ça écœurant. Désormais, elle faisait partie des leurs. Et elle n'en éprouvait aucun remords. Pas le moindre.

— Ma voiture, souffla Jeremy contre son cou, avant d'agiter vaguement la main vers la rue. Par-là.

— D'accord. Viens, dit-elle en le tirant le long du trottoir.

S'ils s'amusaient déjà ici, ils s'amuseraient bien plus encore à l'abri des regards. Main dans la main, ils se dirigèrent vers un parking situé à quelques rues de là. Il ouvrit la portière côté passager d'une Mercedes coupé sport flambant neuve dont l'intérieur cuir embaumait le luxe… et les frites.

À peine installé derrière le volant, Jeremy se contorsionna sur son siège pour se rapprocher d'elle. Il lui caressa la joue, puis enveloppa sa nuque afin de l'attirer plus près de lui.

Elle dut se pencher par-dessus la console centrale pour atteindre ses lèvres. Aussi merveilleux que soit ce baiser – sans grande surprise –, il se révéla également inconfortable. Trop d'obstacles se dressaient entre eux. Elle replia une jambe sous sa cuisse et se tourna vers lui. Rien à faire : elle ne parvenait pas à se rapprocher. Jeremy devait ressentir la même gêne, car, tandis que sa langue explorait sa bouche, il ne cessait de se tortiller sur son siège à la recherche d'une position plus commode.

Lorsque par mégarde il cogna son coude contre le volant, le bruit strident du klaxon acheva de les séparer. Tous deux éclatèrent de rire.

— Oups, dit-il en souriant.

Melody recula pour le regarder.

— Chez toi ?

Il grimaça en écartant les cheveux de son front.

— Je squatte le canapé de mon pote Drew, ce week-end.

— Dans ce cas, ma chambre au campus.

Par chance, sa coloc rentrait presque tous les week-ends chez elle, à Worcester, pour aller voir son petit ami.

Jeremy se pencha pour un autre baiser, mais elle le repoussa.

— Pas question, monsieur, démarrez cette voiture. Allez, hop, hop, hop !

Il lui adressa un regard – comme s'il n'en croyait pas ses oreilles, mais aussi comme s'il mourait d'envie de lui arracher ses vêtements – qui faillit la faire changer d'avis. Puis elle pensa à toutes les voitures stationnées autour d'eux. À tout moment, quelqu'un pouvait débarquer et les surprendre en pleins ébats. Hors de question. Elle lui donna un petit coup à l'épaule. Résigné, il soupira avant de se réinstaller derrière le volant pour faire démarrer la voiture.

— OK, OK, s'exécuta-t-il en levant les yeux au ciel. À vos ordres, chef.

* * *

Ils durent garer la voiture à plus d'un kilomètre du campus. Puis, règlement universitaire oblige, il y eut l'épisode gênant de l'inscription de Jeremy à la réception en tant que visiteur, avant de pouvoir, enfin, rejoindre l'intimité de la chambre de Melody.

À peine la porte était-elle fermée que Jeremy s'approcha pour l'embrasser. Tandis que leurs bouches s'écrasaient l'une contre l'autre, d'un coup d'épaule elle se débarrassa de sa veste et la laissa tomber par terre au lieu de la ranger soigneusement. Elle était bien trop occupée à embrasser un mec canon pour s'en préoccuper.

Jeremy mit les mains sur ses hanches et la porta jusqu'à son lit, où il l'allongea sur l'étroit matelas. En appui sur un coude, il s'étendit à ses côtés, puis il posa sa main libre sur son ventre, les doigts légèrement écartés, lovés autour d'elle.

Il frotta le nez contre sa joue et Melody se tourna vers lui, capturant ses lèvres en un baiser ardent. Leurs langues s'entremêlèrent, avides et pressantes. Puis il bascula sur elle, le poids de son corps brûlant écrasant le sien, et glissa la main sous son chemisier.

Des frissons parcoururent sa peau tandis que, du bout des doigts, elle explorait la taille de Jeremy, son ventre, son torse. Au même instant, il remonta la main vers sa poitrine pour saisir un sein dans sa large paume.

Le pouls de Melody tambourinait dans ses oreilles, et elle avait une sensation d'oppression dans la poitrine, comme si l'air lui manquait.

C'était ce qu'elle voulait. Elle en était certaine. Mais quelque chose avait changé.

Ce n'était plus comme tout à l'heure devant le bar où elle s'était sentie légère et insouciante, comme dans un rêve. À présent, à la lumière crue des néons, allongée sur son matelas grinçant avec la main de Jeremy sur sa poitrine, tout cela n'avait plus rien d'un rêve.

C'était bien réel.

Ils étaient seuls dans sa chambre. Sur le point de passer la seconde. Et elle avait commis l'erreur fatale de trop y penser, ce qui signait invariablement le début de la fin.

Elle s'en était pourtant si bien sortie jusqu'à présent. Et pour cause : éblouie par les yeux bleus et le sourire à fossettes de Jeremy, elle s'était concentrée là-dessus et n'avait pas réfléchi au reste.

Par exemple, au fait qu'un mec aussi sexy et fortuné que Jeremy devait avoir des tas de filles qui se jetaient à son cou partout où il allait. Et sûrement pas des rats de bibliothèque comme elle. Non, des filles bien plus expérimentées.

Ce qui, en soi, était tout l'objectif de cette soirée : expérimenter quelque chose de nouveau. Avec quelqu'un de nouveau. Et Jeremy était tellement plus attirant que Victor. Mais maintenant qu'ils se trouvaient dans sa chambre, elle était terrifiée à l'idée de ne pas savoir comment faire. De ne pas être à la hauteur.

Il dut sentir que quelque chose la tracassait, car il cessa de l'embrasser.

— Tout va bien ? lui demanda-t-il en fronçant les sourcils.

— Yep ! Super ! glapit-elle avec un enthousiasme feint.

Son cerveau devait juste la mettre en veilleuse. Ce mec était sublime et, qui plus est, il semblait vraiment gentil. Si seulement elle arrivait à se détendre et à profiter de l'instant au lieu de se faire saboter son plan par son satané mental.

Les sourcils de Jeremy se froncèrent davantage. Il roula sur le côté, ce qui – *arrgh* – n'était pas du tout censé se produire.

— Tu n'es pas… Tu n'es pas vierge, si ?

— Quoi ? Oh, là, là, non ! Je l'ai déjà fait avant.

Il poussa un soupir de soulagement.

— OK, bien.

— Une fois… marmonna-t-elle en regardant le plafond.

C'était un détail qu'elle n'avait pas prévu de livrer, mais qui lui avait manifestement échappé.

Le visage du jeune homme s'adoucit. Il posa une main sur son bras et le pressa doucement.

— On n'est pas obligés de faire quoi que ce soit. Si tu ne te sens pas à l'aise…

— Non ! protesta-t-elle. Je suis à l'aise. Super à l'aise ! Je ne pourrais pas être plus à l'aise. J'en ai envie. J'ai envie de toi. Je suis juste… un peu nerveuse, je crois.

Il lui adressa un sourire encourageant.

— Tu n'as pas à être nerveuse avec moi.

— Ouais, ricana Melody. Tu dis ça, mais tu m'as l'air d'avoir une sacrée expérience dans le domaine. Moi… pas tellement. J'ai juste peur de te décevoir, c'est tout.

Et voilà. Une confidence de plus qu'elle aurait mieux fait de garder pour elle.

Bizarrement, cela ne semblait pas le déranger.

— Melody, dit-il en la fixant avec une telle intensité qu'elle sentit son ventre se nouer. Tu ne me décevras pas, quoi qu'il se passe ce soir. D'accord ?

Un rire nerveux et aigu s'échappa de ses lèvres.

— Oui, alors c'est mal me connaître. Il se trouve que je suis experte dans l'art de me ridiculiser.

Un autre sourire s'étira sur les lèvres de Jeremy et… Oh, bon sang, son sourire était trop craquant.

— Ce ne sera pas le cas cette fois.

— Comment peux-tu le savoir ? Tu ne me connais même pas. Sinon tu saurais que j'ai un don pour me mettre dans des situations embarrassantes. Je suis sûre de pouvoir trouver le moyen de mal faire si je me concentre bien.

Il secoua la tête, toujours en souriant.

— Tu en parles comme si tu allais passer ton permis de conduire ou un examen. Comme si tu allais être notée sur ta performance.

— Eh bien, oui, dit-elle en le regardant comme si c'était l'évidence même. J'veux dire… Ça ne sera pas le cas ?

— Bien sûr que non ! s'esclaffa-t-il. Non, je n'ai pas l'intention de te noter. C'est censé être un bon moment. Tout l'intérêt est de se détendre et de faire ce qui nous vient naturellement. De vivre le moment présent. Tu réfléchis trop, MIT, ajouta-t-il en lui tapotant le front.

— Ouaiiiis, alors ça, tu vois, c'est un peu tout le problème. Trop réfléchir est ma spécialité. Ma tête carbure toujours à mille à l'heure, et…

Jeremy écrasa sa bouche sur la sienne, et elle se laissa aller contre lui.

— Tu réfléchis encore, murmura-t-il contre ses lèvres.

Melody lâcha un soupir qui sonna presque comme un gémissement, et il l'embrassa à nouveau. Plus longuement. Plus ardemment. *Et puis merde*, se dit-elle. Tant pis si elle était nerveuse. Elle se trouvait en compagnie d'un garçon mignon *et* gentil – une combinaison qui ne se produit pas souvent dans la vraie vie – et elle allait en profiter au maximum.

Tout de suite. Maintenant. Bordel de merde.

— Trop de vêtements, gémit-elle tandis qu'elle glissait les mains sous son tee-shirt.

Jeremy se redressa et fit passer le vêtement par-dessus sa tête, puis, dans un même mouvement, se débarrassa de son bermuda. Il était désormais nu, à l'exception de son boxer gris Calvin Klein. Melody inspira un grand coup avant de se déshabiller à son tour, retirant son haut et son slim noir. Par chance, elle avait eu la présence d'esprit de se raser les jambes et de revêtir son plus bel ensemble en dentelle, même si elle n'aurait jamais imaginé se retrouver dans une telle situation.

Le regard de Jeremy était avide et brûlant de désir tandis qu'il parcourait son corps.

— Tu es belle, murmura-t-il, la faisant rougir.

Elle n'eut pas le temps de ressentir plus de gêne, car il se penchait déjà de nouveau pour l'embrasser.

Melody se leva pour aller à sa rencontre, ferma les yeux et se laissa emporter par l'instant présent.

* * *

Ensuite, ils restèrent un long moment allongés, enlacés dans le petit lit, et, pour une fois dans sa vie, Melody se sentit pleinement détendue et comblée. À tel point qu'elle aurait voulu capturer cette sensation en bouteille pour la conserver.

— Tu vas bien ? s'enquit Jeremy en déposant un baiser sur le sommet de sa tête.

— Mmmmh, soupira-t-elle contre son torse. On ne peut mieux.

— Tant mieux.

— Alors, je me suis bien débrouillée ? ne put-elle s'empêcher de demander.

Manifestement, il avait plutôt apprécié, mais elle avait besoin de s'en assurer. Pour la science.

Jeremy émit un grognement amusé.

— Qu'est-ce que je t'ai dit ? Ce n'est pas un test. Tu n'es pas notée.

— OK, d'accord, dit-elle en faisant la moue. Mais si tu devais me donner une note, ça serait quoi ?

Il éclata de rire, et elle sentit sa poitrine vibrer contre la sienne.

— Tu es folle, t'es au courant ?

— Il paraît, oui. Allez, sérieux, si tu devais me noter sur une échelle…

— Un A, sans aucun doute.

Elle riva les yeux sur lui.

— Vraiment ?

— Vraiment.

Ses joues rosirent.

— A+, même.

— *Y !* s'exclama-t-elle en brandissant le poing.

Il leva les yeux au ciel.

Melody laissa retomber sa tête sur sa poitrine. Si elle demeurait parfaitement immobile, elle pouvait sentir les battements de son cœur contre sa joue.

Elle se demandait combien de temps il allait rester. D'habitude, les hommes ne s'éternisaient pas après un coup d'un soir, si ? Jeremy ne semblait pas pressé de partir. Peut-être qu'il était fatigué, lui aussi. Et il était si chaud et confortable. Elle n'aurait rien contre le fait qu'il reste encore un peu.

Melody se blottit contre lui et laissa ses paupières se fermer.

* * *

Le jour était à peine levé lorsque Melody se réveilla, tirée du sommeil par le bruit de Jeremy en train de chercher ses vêtements. Lorsqu'elle ouvrit les yeux, il était penché pour ramasser ses affaires éparpillées sur le sol. Elle attendit quelques secondes avant de se redresser, le temps d'apprécier la vue.

— Je n'aurais jamais cru que tu sois un lève-tôt.

Il se retourna, sourire aux lèvres.

— Je ne le suis pas, mais mon ticket de parcmètre expire dans moins de cinq minutes et mon père a menacé de me déshériter si je récoltais encore une contravention.

Il enfila son short et attrapa son tee-shirt qui avait atterri sur le dossier de la chaise du bureau.

— Dommage que tu partes aujourd'hui, dit Melody.

Après avoir passé son tee-shirt, il vint s'asseoir près d'elle sur le bord du lit.

— Écoute, Melody…

— Ne fais pas de promesses que tu ne tiendras pas. La nuit dernière était parfaite. S'il te plaît, ne la gâche pas avec des mensonges.

Il hocha la tête et lui caressa la pommette avec le pouce.

— Drew va bientôt obtenir son diplôme, et je ne sais pas quand je reviendrai à Boston… Ni si je reviendrai tout court.

— C'est mieux comme ça. Vraiment.

C'était sincère. Non pas que Melody ne l'appréciait pas, mais elle devait reprendre sa vie et il ne s'y intégrait pas.

— Si jamais je reviens… je pourrai t'appeler ?

Ils avaient échangé leurs numéros la veille au bar, mais elle n'était pas assez naïve pour croire qu'il la recontacterait.

Elle hocha la tête en se mordillant la lèvre.

— Mais pas de promesse.

— Et tu sais, si jamais tu passes à Los Angeles…

— Ouais, bien sûr.

Il pencha la tête sur le côté… de cette façon qui l'avait tant séduite la veille.

— Si tu passes à Los Angeles, tu peux m'appeler… Si tu veux. Et si je suis libre, peut-être qu'on pourrait se voir. Ça te va ?

— Ça me va, répondit-elle.

Il l'embrassa une dernière fois. Langoureusement. Comme s'il savourait l'instant.

— Prends soin de toi, MIT.

Puis il sortit de sa chambre. Et de sa vie.

Melody se blottit sous les couvertures et sombra dans le sommeil, obsédée par des images de ses fossettes et de ses stupides cheveux en bataille, pas tout à fait prête, encore, à l'effacer de sa mémoire.

Chapitre 4

Aujourd'hui

À six semaines de la fin de sa dernière année universitaire, Melody arpentait son petit appartement de long en large telle une lionne en cage.

Ce studio exigu n'était guère propice à faire les cent pas : c'était un simple bloc rectangulaire muni d'une kitchenette d'un côté, d'un lit de l'autre, avec, entre les deux, à peine assez d'espace pour un canapé usé – hérité des anciens locataires – ainsi qu'une table pliante Ikea branlante qui faisait office de bureau. Qui plus est, Melody était une bordélique chronique. Circuler à une allure satisfaisante parmi les monticules de livres, de pièces détachées d'ordinateur, de paniers à linge et de chaussures dispersées un peu partout relevait de l'exploit.

Après quelques minutes, elle renonça et se laissa tomber sur le canapé.

Son séjour pour son entretien à Los Angeles la semaine d'après était officiellement réservé. Il n'y avait donc plus aucune raison de repousser l'échéance. Si elle avait l'intention de le faire, c'était maintenant ou jamais. C'était ça, ou admettre qu'elle se dégonflait.

Et elle avait parfaitement le droit de se dégonfler. Il n'y avait pas de honte à cela. Personne ne l'obligeait… sauf qu'elle en avait envie, de passer cet appel.

Son pouce plana un instant au-dessus du numéro dans son répertoire… Un numéro qu'elle n'avait jamais composé auparavant et dont elle n'avait jamais reçu aucun appel en trois ans, depuis qu'elle l'avait enregistré là, presque oublié.

Tant de choses avaient pu changer en trois ans. D'ailleurs, beaucoup de choses avaient changé.

Quelle idée débile.

Ou pas ? Elle se mordilla la lèvre inférieure, pesant le pour et le contre.

Au pire, que pouvait-il arriver ? Qu'il refuse de lui parler ?

Ce serait embarrassant, certes. Mais seulement pendant quelques secondes. Après quoi elle n'aurait plus jamais à lui adresser la parole. C'était une humiliation à laquelle elle pouvait survivre.

Il était aussi fort probable qu'il l'ait oubliée – ce qui, là encore, serait gênant, mais pas la fin du monde. Soit il se souviendrait d'elle, soit il ne la remettrait pas. Dans le second cas, elle s'excuserait, effacerait son numéro de son téléphone et passerait à autre chose. Ce ne serait pas une grande perte.

Après tout, c'était lui qui lui avait proposé de l'appeler si jamais elle était de passage à Los Angeles. Bon, d'accord, c'était le matin, une aventure d'un soir, donc il était fort probable qu'il ne le pensait pas vraiment.

Pourtant… il lui avait semblé sincère. Sans doute était-elle trop naïve. Ou peut-être était-il plus doué pour mentir que la plupart des hommes. Or elle avait eu l'impression qu'il espérait qu'elle l'appelle.

Mais oui, bien sûr… Qu'est-ce qu'elle s'imaginait ? Elle était juste naïve.

D'un autre côté, il était la seule personne qu'elle connaissait à Los Angeles. Et si elle envisageait, potentiellement, de s'installer là-bas, connaître quelqu'un sur place serait utile.

Après tout, dans l'optique de démarrer une nouvelle vie et d'un nouveau départ, elle devait s'ouvrir à la possibilité de nouvelles relations. C'est ce que lui avait conseillé sa psy : se faire de nouveaux amis. S'ouvrir au monde de nouveau. Aller de l'avant.

Et si l'appeler était le premier pas ?

Et puis merde. Elle appuya sur « appel » avant de changer d'avis.

Jeremy décrocha dès la seconde sonnerie.

— Melody ?

OK. Son numéro était toujours enregistré dans son téléphone, c'était plutôt bon signe. Mais il avait aussi prononcé son nom d'un ton interrogatif, comme s'il ne se souvenait pas bien d'elle ou qu'il n'arrivait pas à croire qu'elle l'appelle. Super…

— Jeremy. Euh… je ne sais pas si tu te souviens de moi…

— Je me souviens. MIT.

— Oui, dit-elle en lâchant un soupir. C'est moi.

— Waouh, ça fait un bail.

— Oui. Ça va sûrement te paraître bizarre, mais tu m'avais dit de t'appeler si j'étais à Los Angeles et…

— Tu es à L.A. ?

Impossible de savoir, d'après son intonation, s'il considérait cela comme une bonne ou une mauvaise nouvelle, mais c'était forcément l'une de ces deux options.

— Pas encore, précisa-t-elle, espérant ne pas passer pour une harceleuse ascendant folle furieuse surgie de son passé. J'ai un entretien d'embauche là-bas vendredi prochain et je ne connais personne d'autre en ville. Alors si jamais tu es libre... pourquoi ne pas prendre un café, par exemple, et tu m'aiderais à décider si cette ville pourrait me plaire.

Une minute... Donnait-elle l'impression de chercher à ce qu'il couche avec elle pour la convaincre ? On aurait carrément dit qu'elle quémandait du sexe !

— Je veux dire que tu pourrais me renseigner sur le coût de la vie, les meilleurs quartiers, ce genre de choses, s'empressa-t-elle d'ajouter sans lui laisser le temps de répondre. Sinon, je peux simplement effectuer une recherche sur Internet. Pas de pression.

— Avec plaisir pour un café. Où est ton entretien ?

Elle n'en était pas sûre à cent pour cent, mais il lui semblait qu'il souriait.

— Glendale.

— Parfait, c'est près de l'endroit où je travaille. Aucun de nous n'aura à se taper les embouteillages.

— Ils m'ont dit que ça devait se terminer vers 16 heures.

— On peut se retrouver à 17 heures si ça te va. Il y a un Coffee Bean & Tea Leaf sur Brand Avenue.

— Parfait. À vendredi alors.

À peine eut-elle raccroché qu'un sourire béat s'étira sur ses lèvres. Son cœur battait la chamade, et elle éprouvait un immense soulagement. Ridicule. Ce n'était pas comme si ça avait de l'importance. Elle n'avait pas l'intention de recoucher avec lui. Tout ce qu'elle voulait, c'étaient quelques conseils. D'après le peu de souvenirs qu'elle avait de lui, il n'était même pas son genre.

C'était un rendez-vous sans enjeu. Tout ce qu'il y a de plus anodin. Amical.

* * *

Finalement, l'entretien dura plus longtemps que prévu. C'était bon signe, mais cela signifiait aussi que Melody était en retard pour son rendez-vous avec Jeremy.

Point positif : le café ne se trouvait qu'à quelques pas du siège de l'entreprise. Point négatif : cela impliquait de marcher dix minutes en talons hauts et blazer noir sous le soleil brûlant de la Californie.

C'est transpirante, à bout de souffle et à moitié titubante que Melody poussa la porte du Coffee Bean & Tea Leaf, scrutant le visage de chacun des clients. Elle pensait se souvenir suffisamment de Jeremy pour le reconnaître, mais les gens pouvaient beaucoup changer en trois ans.

Melody en était la preuve : la coupe *pixie* – inspirée par celle d'Emma Watson – de sa première année de fac avait laissé place à de longues ondulations brunes. Ses lunettes de vue aussi étaient nouvelles. Tout comme son tailleur et ses talons de dix centimètres, à des années-lumière du jean et de la veste en cuir qu'elle portait lors de leur rencontre. Et il ne s'agissait là que des changements physiques.

Intérieurement aussi, elle était très différente de celle qu'il avait connue à Boston. La fille aventureuse et intrépide capable de draguer un bel inconnu dans un bar n'était plus qu'un lointain souvenir.

Elle reconnut immédiatement Jeremy. Il était assis seul à une table près de la fenêtre, les yeux rivés sur son téléphone. Ses cheveux étaient plus courts et, au lieu de l'attirail de l'étudiant, il portait un costume d'homme d'affaires. Mais c'était bien lui. Sans aucun doute.

Sa mémoire n'avait pas embelli le souvenir qu'elle en avait, bien au contraire. Il était beau. Encore plus beau qu'elle l'aurait cru possible. Et pourtant il était là, tel un dieu grec en costume-cravate.

OK, très bien.

Pas de quoi paniquer. Ce n'était que son premier rendez-vous en près d'un an. Non pas qu'il s'agisse d'un vrai rendez-vous. Melody ne voulait pas sortir avec lui. Elle ne faisait que renouer avec une vieille connaissance. Travailler son réseau, en quelque sorte.

Respire. Essaie de ne pas te laisser éblouir par son physique.

Cramponnée à l'anse de son sac au point d'en avoir des fourmis dans les doigts, Melody se faufila entre les tables et les chaises pour le rejoindre.

— Jeremy ?

Il leva les yeux, la bouche arrondie de surprise.

— Melody ? C'est toi ? Waouh.

— Oui, j'ai un peu changé, dit-elle en passant la main dans ses cheveux.

Jeremy se leva et la salua d'un léger baiser sur la joue.

— J'aime beaucoup. Ça te va bien.

Son sourire était toujours aussi éclatant, ses yeux toujours aussi bleus. Elle sentit ses joues s'empourprer et elle baissa la tête, espérant qu'il ne le remarquerait pas.

— Désolée pour le retard. Ils m'ont gardée plus longtemps que prévu.

— Pas de souci. Je n'ai pas encore commandé. Qu'est-ce que tu bois ?

— Un latte à la vanille sans sucre.

— Je reviens tout de suite.

Il lui lança un clin d'œil charmeur, ce qui ne fit qu'empourprer davantage ses pommettes, avant d'aller passer commande au comptoir.

Pendant que Jeremy s'occupait de leurs boissons, Melody s'éclipsa aux toilettes pour se rafraîchir. Le reflet dans le miroir ne fit que confirmer ses craintes : conséquence de son petit trajet, la peau de son visage était luisante et écarlate, et son rouge à lèvres était presque estompé.

Elle fit de son mieux pour éponger la sueur de sa figure et de ses aisselles avec des serviettes en papier, puis retoucha son maquillage. Une fois plus présentable, elle prit plusieurs inspirations pour se calmer les nerfs et sortit affronter son rendez-vous totalement platonique avec son ex-plan cul ultra-sexy.

Déjà de retour à la table avec leurs boissons, Jeremy se leva en la voyant approcher et attendit qu'elle s'installe avant de se rasseoir. En plus d'être sublime, il était galant. Elle avait presque oublié que de tels hommes existaient.

— Merci pour le café, dit Melody.

Elle attrapa le gobelet qu'il fit glisser vers elle. Trop chaud pour être bu. Elle ôta le couvercle et souffla sur le breuvage.

Jeremy secoua la tête en souriant.

— Je n'arrive pas à croire que c'est toi.

Un rire nerveux jaillit de sa gorge.

— En chair et en os, dit-elle en essayant d'avoir l'air cool et décontracté bien qu'elle soit nerveuse comme une puce.

Par réflexe, elle fut tentée de déblatérer, alors elle s'empressa de prendre une gorgée.

Merde ! Ouille ! Son café était encore trop chaud. Elle avala d'une traite le liquide brûlant comme si elle ne venait pas de se calciner la langue. Tant pis pour l'air cool et décontracté.

— C'est marrant, je pensais à toi récemment.

Melody en oublia sa langue carbonisée.

— Ah oui ?

— Oui, j'ai cru t'apercevoir à O'Hare il y a quelques semaines.

— Je n'ai jamais mis les pieds à O'Hare.

— C'était une fille qui avait un peu le même style que toi avant. Tu sais, avec les cheveux courts. Bref, je me suis demandé ce que tu devenais et comment tu allais. Et maintenant, te voilà. C'est dingue, non ?

Avec un large sourire, il s'adossa contre sa chaise.

— Grave, acquiesça-t-elle en baissant les yeux vers la table.

Le sourire qu'il lui décochait était tout simplement injuste. Comme une éclipse solaire, hypnotisant, mais dangereux pour la rétine si on venait à le fixer directement.

— Alors, comment s'est passé ton entretien ?

Elle posa les mains sur ses genoux pour qu'il ne remarque pas à quel point elle était nerveuse.

— Plutôt bien, je crois. Ils ont eu l'air d'apprécier mon profil. Et je pense avoir réussi à ne pas me ridiculiser, alors je croise les doigts.

— À l'époque, tu étais en première année, non ? Donc tu viens d'obtenir ton diplôme ?

Elle acquiesça, surprise qu'il se souvienne d'autant de détails.

— Dans quelques semaines. Ce qui veut dire qu'il est bientôt temps de me lancer dans le monde du travail, d'où l'entretien.

— Je suis content pour toi.

Jeremy était bien mieux les cheveux courts, ébouriffés de manière sexy sur le dessus, dégradés et plus lisses sur les côtés. Melody mourait d'envie d'y plonger les doigts pour vérifier s'ils étaient aussi soyeux qu'ils en avaient l'air.

Elle s'éclaircit la voix, avant d'avaler une autre gorgée de son café.

— Et toi ? Tu es retourné à l'université ?

Le sourire de Jeremy se teinta d'ironie.

— Eh oui. Crois-le ou non, j'ai enfin décidé d'arrêter de fuir mes responsabilités et je me suis mis au boulot. Je suis un adulte responsable, maintenant. J'ai un diplôme de commerce, un travail et tout le package, dit-il en désignant fièrement son costume.

— C'est super ! Enfin… tant que ça te rend heureux.

Ce qui semblait ne pas être le cas.

Il haussa les épaules.

— C'est moins pire que ce que j'imaginais. Parfois, je regrette le bon vieux temps où je pouvais faire la fête. Mais le plus souvent je suis content de ne plus être le même abruti.

On aurait dit qu'il cherchait à se convaincre lui-même au moins autant qu'il voulait la convaincre, elle. Il gigota sur sa chaise, redressant le buste et rejetant les épaules en arrière.

— Alors, pour quel job tu postules ?

— Ingénieure informatique.

— C'est ce que tu voulais.

Il se souvenait bel et bien d'elle.

— Oui, dit-elle en rougissant à nouveau. C'est un poste junior, mais il y a de bonnes perspectives d'évolution.

— Quelle boîte ?

— Sauer Hewson Aerospace.

Il éclata de rire.

— Tu plaisantes ?

— Non, pourquoi ?

Il secoua la tête d'un air amusé.

— On n'a jamais échangé nos noms de famille, n'est-ce pas ? Tu n'es donc pas au courant.

— Au courant de quoi ? demanda-t-elle, s'agaçant de tous ces mystères. Quel rapport avec ton nom de famille ?

— Sauer. C'est mon nom de famille, dit-il avec un sourire en coin. Ma mère est la PDG.

— Angelica Sauer est ta mère ? s'écria Melody. Tu te fous de moi ? C'est une blague ?

Il fouilla dans la poche intérieure de sa veste et en sortit un badge de sécurité Sauer Hewson avec sa photo et le nom « Jeremy Sauer ».

Elle plaqua sa main sur sa bouche.

— Oh, bon sang ! J'y crois pas ! Je n'en avais aucune idée. Je n'aurais jamais... Si j'avais su... Je veux dire, je n'essayais absolument pas de...

Jeremy se fendit d'un nouvel éclat de rire tout en rangeant son badge.

— C'est bon, Melody. Je sais que tu l'ignorais.

Quelles étaient les probabilités qu'un type avec qui elle avait eu une aventure trois ans plus tôt se révèle être l'héritier de l'entreprise dans laquelle elle venait de passer un entretien ? C'était surréaliste.

— Attends, dit-elle, si ta mère est Angelica Sauer, cela signifie que ton père...

Elle s'interrompit en voyant le visage de Jeremy s'assombrir.

— Oui, confirma-t-il, la mâchoire serrée.

Melody avait effectué quelques recherches sur Sauer Hewson pour préparer son entretien, et l'une des choses qu'elle avait découvertes, c'était qu'Angelica Sauer avait repris le poste de PDG après que son mari, le fondateur de la société, était mort d'un cancer du pancréas.

— Oh, Jeremy, je suis sincèrement désolée.

Il baissa les yeux.

— Merci.

— C'était il y a presque trois ans, non ? À peu près au moment où on… hum… on s'est rencontrés ?

D'un air grave, il acquiesça.

— Le diagnostic a été établi la semaine après mon retour de Boston. Les médecins donnaient à papa trois à six mois… Il est mort deux mois plus tard.

Melody posa sa main sur la sienne.

— Je suis tellement désolée. Ça a dû être terrible.

— C'est drôle, dit-il en regardant leurs mains. Je repense souvent à ce week-end-là, à Boston. C'étaient un peu mes derniers instants d'insouciance. Le dernier souvenir d'une vie sans problème. Après ça… eh bien, je suppose que j'ai grandi très vite, ajouta-t-il, les lèvres pincées.

— Je ne peux même pas imaginer, dit-elle, même si elle le pouvait.

Elle savait trop bien à quel point une tragédie pouvait changer quelqu'un. À quel point on n'était plus la même personne une fois que l'on traversait cette épreuve. Elle avait perdu quelqu'un l'année précédente, et elle en portait encore les stigmates. Pas un parent comme Jeremy, mais quelqu'un qu'elle avait aimé. Quelqu'un dont elle avait pensé qu'elle ne pourrait vivre sans lui.

Jeremy lui adressa un sourire crispé, signe qu'il valait mieux changer de sujet. Cette sensation aussi, elle la connaissait. Oh que oui…

Elle retira sa main et prit son café.

— Parle-moi de ton boulot, dit-elle, se forçant à adopter un ton plus léger. Quel est votre rôle dans l'entreprise familiale, monsieur Sauer ?

Avec un air reconnaissant, il se mit à parler de son travail. Il participait au « programme Challenger », un programme où les stagiaires en gestion effectuaient des cycles de douze mois pour observer différents cadres de direction et acquérir une véritable expérience du métier. Actuellement, il travaillait sous la supervision du directeur financier après avoir suivi le DSI[2] l'année précédente. Grâce à cela, il avait noué de nombreux contacts au sein du département informatique, y compris avec le responsable avec qui Melody avait passé son entretien.

Puis ils évoquèrent certains des grands projets sur lesquels planchait l'entreprise, avant d'aborder les avantages et inconvénients de la vie à Los Angeles.

Avantage principal : un climat ensoleillé avec des températures avoisinant les vingt-cinq degrés presque toute l'année.

Inconvénient majeur : une circulation chaotique et l'absence de transports en commun dignes de ce nom.

Plus ils parlaient, et plus Melody était convaincue de vouloir décrocher ce poste. Elle était retenue pour un poste dans une autre entreprise aux alentours de Seattle, mais c'était une boîte plus petite et le salaire de départ n'était pas fameux au regard du coût de la vie. De plus, la météo à Seattle laissait à désirer, avec seulement soixante et onze jours de soleil par an, ce qui était tout bonnement scandaleux. Une chose était claire pour la jeune femme après quatre années passées à Boston : elle était sujette à la dépression saisonnière. Seattle n'était définitivement pas la meilleure option.

Los Angeles, en revanche, semblait lui convenir en tous points.

---

2. Directeur des systèmes d'information.

D'ailleurs, ce n'était pas seulement la ville qui commençait à lui plaire. La discussion avec Jeremy était aussi fluide que trois ans plus tôt. C'était comme renouer avec un vieil ami : ils reprenaient la relation là où elle s'était interrompue. Melody se sentait étrangement à l'aise avec lui… et plus elle-même qu'elle ne l'avait été depuis longtemps.

Deux heures s'étaient écoulées sans qu'elle s'en rende compte. Jeremy jeta un coup d'œil à son téléphone.

— Merde, je n'ai pas vu le temps passer.

— Tu as quelque chose de prévu ? demanda-t-elle, se sentant aussitôt bête. Évidemment, on est vendredi soir. Désolée, je ne voulais pas te retenir si longtemps.

— Ne t'en fais pas, dit-il en se levant. J'ai encore le temps de me rendre à mon dîner si je pars maintenant. Je vais retrouver ma copine, ajouta-t-il, presque en s'excusant.

— Oh, fit Melody, décontenancée. Oui, bien sûr.

Elle était ridicule et devait immédiatement se ressaisir. Il avait une petite amie, et alors ? Ça n'avait aucune importance. Et il n'y avait rien d'étrange à ce qu'il ne le mentionne que maintenant. Absolument rien d'étrange. Sauf que… un peu quand même, non ?

Sans un mot, elle récupéra son sac à main et jeta son gobelet vide à la poubelle. Jeremy lui tint la porte et ils se retrouvèrent sur le trottoir.

Que dire dans une telle situation, où l'on n'est pas vraiment amis, mais pas non plus des inconnus ? Melody n'avait aucune idée de ce qu'ils étaient l'un pour l'autre ni si elle le reverrait un jour. Ce qu'elle savait, en revanche, c'était que tout lui semblait atrocement gênant maintenant.

— Quand rentres-tu à Boston ? lui demanda-t-il.

— Demain matin.

Il hocha la tête et marqua une pause avant de lui proposer :

— Je te dépose quelque part ?

Melody secoua la tête en pointant son pouce par-dessus son épaule.

— J'ai loué une voiture.

— Ah, d'accord. Bon, je te dis à bientôt ? Ça m'a fait plaisir de te revoir, Melody, ajouta-t-il après une autre pause.

— Moi aussi. Merci pour le café. Et d'avoir pris le temps de me voir.

Il n'y avait aucune raison de se sentir bizarre. Elle n'avait fait que reprendre contact avec une vieille connaissance et entretenir son réseau professionnel par la même occasion. C'était innocent et désintéressé, et exactement ce qu'elle avait espéré de cette rencontre.

Il se pencha pour l'embrasser sur la joue. Le geste fut bref et machinal. Jeremy faisait sans doute ça avec toutes ses fréquentations féminines, et pas uniquement avec celles avec qui il avait couché.

— Tu m'appelles pour me dire si tu as obtenu le poste, hein ?

— Bien sûr, répondit-elle, même si elle n'était pas certaine de le faire.

Jeremy lui adressa un dernier sourire, avant de s'éloigner à grandes enjambées. Melody l'observa disparaître, à la fois confuse et un peu troublée.

Elle était fière d'avoir eu le courage de le revoir, mais elle s'était laissé emporter par le moment présent, et elle n'aurait pas dû. Bien qu'il ait été plaisant de constater qu'elle pouvait encore se retrouver dans cet état, c'était très bien que Jeremy ait une petite amie. La dernière chose que Melody voulait en ce moment était de s'investir dans une relation amoureuse.

Elle n'était pas encore prête. Pas après ce qui était arrivé à Kieran, son dernier petit ami… Son ex-petit ami ? Son ancien petit ami ? Son dernier petit ami en date ? Brrr. Cela donnait l'impression qu'ils avaient rompu la veille alors que…

Quoi qu'il en soit, c'était un soulagement de savoir que Jeremy était en couple. Au moins, il n'y aurait pas de tentation ni de malentendu de quelque côté que ce soit.

Tout allait bien. Très bien, même. On ne peut mieux.

Chapitre 5

Deux semaines après l'entretien, Sauer Hewson fit une offre à Melody. Une offre extrêmement intéressante. Bien meilleure que celle de la société à Seattle.

C'était le job de ses rêves. Et le salaire qui l'accompagnait n'était pas juste convenable, il allait lui changer la vie ! Aussitôt après avoir raccroché avec le recruteur, elle effectua une danse de la joie dans son appartement pour célébrer la nouvelle.

Cependant, une fois l'euphorie retombée, elle commença à se demander si ses compétences étaient vraiment ce qui lui avait valu d'avoir le poste.

En dépit de la promesse qu'elle lui avait faite, Melody n'avait pas prévu de rappeler Jeremy. Pourtant, elle se saisit de son téléphone et fit défiler ses contacts. Elle devait s'assurer qu'il n'était pas derrière tout ça.

— Hé ! s'exclama-t-il en décrochant. J'espérais bien avoir de tes nouvelles. Alors tu en es où ?

— J'ai eu le poste, répondit-elle, encore essoufflée. Sauer Hewson vient de me faire une offre. Une super-offre, d'ailleurs. Un peu trop belle pour être vraie.

— C'est formidable ! Félicitations ! Et tu comptes l'accepter ?

Elle se mordilla la lèvre, hésitante.

— Aurais-tu quelque chose à voir avec ça ? Dis-moi la vérité.

— Moi ? Non, bien sûr que non.

Melody resta silencieuse, incapable de déterminer s'il mentait ou pas. Du moins au téléphone.

— Melody, je te jure que je ne suis pas intervenu. Je n'ai parlé de toi à personne dans la boîte. C'est à toi seule que tu dois d'avoir obtenu ce job.

Elle soupira, se sentant soudain ridicule d'avoir pu faire une telle supposition. Pour quelle raison serait-il intervenu ? Quel intérêt Jeremy Sauer aurait-il eu à ce qu'elle travaille dans l'entreprise de sa famille ?

— Excuse-moi, déclara-t-elle. Je ne pensais pas que tu ferais un truc pareil, mais j'avais besoin de m'en assurer.

— Pas de souci, je comprends. Ça m'a traversé l'esprit, pour être honnête. Et puis je me suis dit que tu n'avais pas besoin de mon aide. J'avais raison. Alors tu vas accepter ?

— C'est déjà fait. Je commence le mois prochain.

* * *

En pleine préparation de sa soutenance de thèse de premier cycle, Melody s'était accordé quelques jours de repos pour chercher un appartement à Los Angeles.

Jeremy avait gentiment proposé de lui filer un coup de main pour ses recherches, et elle l'avait tout aussi gentiment remercié, affirmant qu'elle pouvait se débrouiller seule. Elle entamait un nouveau chapitre de sa vie et ne voulait en aucun cas dépendre de Jeremy Sauer ni de qui que ce soit d'autre.

Cela dit, elle n'était pas contre l'aide d'un professionnel. Or l'offre de Sauer Hewson s'accompagnait d'un forfait de relocalisation, qui comprenait les services d'un agent immobilier, et elle comptait en profiter pleinement.

L'agent s'appelait Santiago et ressemblait à un acteur de cinéma. Pendant une journée entière, il conduisit Melody à travers les différents quartiers de Los Angeles à bord de sa Mercedes noire décapotable. Confortablement installée sur les sièges en cuir moelleux, le toit baissé et ses lunettes de soleil sur le nez, elle se fit l'effet d'une star hollywoodienne.

Ils visitèrent près d'une dizaine d'appartements dans son budget avant qu'elle signe pour un deux-pièces dans un immeuble moderne, situé à vingt minutes de son nouveau lieu de travail. Pendant que Santiago s'occupait des copies des documents, Melody envoya à sa mère des photos de son nouvel appartement, équipé d'appareils électroménager dernier cri.

OH, LÀ, LÀ, C'EST SUBLIIIIIIIME ! répondit sa mère, qui ponctua ensuite son texto d'une dizaine de points d'exclamations et d'émojis avec des yeux en forme de cœur.

Ce n'était peut-être pas le logement le plus huppé de Los Angeles, mais il surpassait de loin tous les autres endroits où Melody avait vécu. Lorsqu'elle était plus jeune, sa mère et elle erraient d'appartement minable en maison miteuse, tout en essayant de maintenir une longueur d'avance sur les bailleurs. Lors d'une journée particulièrement mémorable, elles avaient dû emballer leurs maigres affaires et s'enfuir en pleine nuit pour éviter une expulsion manu militari.

Aujourd'hui, grâce à son nouveau job, un bel appartement de ce standing – avec chambre d'amis, fontaine dans la cour, chauffage fonctionnel et moquette qui ne sentait pas le pipi de chat et ne restait pas collée à la plante des pieds – était enfin à la portée de la bourse de Melody. D'ailleurs, elle peinait à croire que tout cela était en train de se réaliser.

Ayant toujours vécu au jour le jour, l'argent avait été une source d'angoisse constante et omniprésente dans tout ce qu'elle entreprenait.

Et maintenant ? Maintenant, elle pouvait se permettre à la fois de louer cet appartement incroyable, d'avoir une voiture, de faire ses courses et de rembourser son prêt étudiant, tout en mettant de l'argent de côté chaque semaine. C'était de la folie.

Pour fêter l'événement, Melody partit dîner dans un restaurant chic près de la plage de Santa Monica, où elle dépensa une fortune dans une bouteille de champagne et un homard thermidor. À vrai dire, elle ne savait pas vraiment ce qu'était du homard thermidor, mais cela lui semblait être le genre de plat que commandaient les gens riches, et elle voulait se sentir riche et sophistiquée…

Sirotant son champagne, elle admira la jetée de Santa Monica à travers la baie vitrée tandis que le soleil s'enfonçait lentement dans l'océan Pacifique. Le homard thermidor était bon, mais ne justifiait pas son prix exorbitant. Avec le recul, elle aurait mieux fait de choisir un filet mignon. Leçon retenue. Pour le dessert, elle prit une part de fondant au chocolat. Il était si dense qu'elle ne parvint à en avaler que quelques bouchées.

Le champagne lui monta à la tête, si bien que, après avoir réglé l'addition, elle décida d'aller se promener le long de la plage pour s'éclaircir les idées. Les silhouettes des palmiers se découpaient sur un ciel jaune ambré, tel un filtre d'une photo Polaroid. Elle se sentait plus vivante qu'elle ne l'avait été depuis de longs mois, et elle éprouvait en même temps un sentiment d'étrangeté, comme si elle avait emprunté la vie de quelqu'un d'autre.

Les bras croisés sur la poitrine pour se protéger de la brise marine, elle contempla les vagues sombres s'écraser sur la jetée, tâchant de se convaincre que c'était précisément le nouveau départ dont elle avait besoin.

Tout irait bien désormais.

Il le fallait.

* * *

Après avoir brillamment soutenu sa thèse, Melody demanda au MIT d'expédier son diplôme à sa nouvelle adresse à Los Angeles. Puis elle fourra toute sa vie dans des cartons, adressa un grand doigt d'honneur à Boston et s'envola à l'autre bout du pays.

La première chose qu'elle fit en arrivant à Los Angeles fut de louer une Fiat 500… Sa première voiture neuve.

Adieu, transports en commun ! Fini de slalomer entre des flaques suspectes ou de se bagarrer pour un peu d'espace avec des ivrognes, des *manspreaders*[3] ou ceux qui estimaient que leur sac à dos méritait leur propre siège ! Bonjour, les embouteillages aux heures de pointe et la course à la place de parking avec les six millions d'automobilistes de Los Angeles !

Melody n'avait jamais disposé d'autant d'argent sur son compte, et il était tentant de faire des folies. Heureusement – ou pas, selon le point de vue de chacun –, elle était

3. *Manspreaders* est un terme désignant les hommes qui écartent les jambes dans les transports en commun, de sorte qu'ils occupent plusieurs sièges. On l'appelle aussi cela le syndrome des couilles de cristal.

bien trop raisonnable pour faire quoi que ce soit de trop irresponsable. Elle s'autorisa à dépenser la moitié de sa prime dans l'acquisition d'une garde-robe professionnelle et de quelques meubles, et elle mit le reste de côté. Si le canapé et le matelas étaient neufs – bien qu'en solde, bien sûr –, après cela elle s'en tint aux boutiques discount et aux friperies.

Difficile de se défaire de vieilles habitudes quand on avait passé toute sa vie à compter le moindre centime. Le souvenir des conséquences désastreuses que pouvait entraîner pendant des semaines, voire des mois, la moindre dépense imprévue était encore trop frais dans son esprit pour être balayé à la vue d'un gros chèque. Chaque dollar dépensé donnait lieu à une soigneuse évaluation des risques, Melody s'assurant qu'elle pouvait se le permettre et que ce n'était pas irresponsable.

Par moments, elle craignait même que tout cela ne soit qu'une erreur ou une farce cruelle. Elle s'attendait presque à ce que Sauer Hewson la contacte pour lui réclamer son chèque en lui annonçant qu'il y avait eu méprise et qu'il était destiné à quelqu'un d'autre. Comment cette nouvelle vie pouvait-elle être la sienne ?

La veille de son premier jour de travail, Melody se retrouva à fixer le plafond encore peu familier de sa nouvelle chambre, allongée sur son nouveau lit. Les bruits de la circulation dehors aussi lui étaient encore étrangers, tout comme le vrombissement de la machine à glaçons de son frigo et les voix étouffées de ses voisins à travers les murs.

Ses draps tout neufs étaient rêches, et elle avait l'impression d'avoir la peau irritée et sensible. Peut-être était-elle allergique à la lessive ou à l'air de Los Angeles.

Après tout, on disait que le smog[4] ici était parmi les pires des États-Unis. Et si elle était allergique à toute la ville ?

Et si ses nouveaux collègues ne l'appréciaient pas ? Pire encore, si son patron ne l'appréciait pas ? Et si, au final, elle n'était pas à la hauteur et qu'ils s'apercevaient que l'engager était une erreur ?

Melody roula sur le côté et attrapa son téléphone pour consulter l'heure : 1 h 18. Si elle parvenait à s'endormir maintenant, elle aurait presque cinq heures de sommeil.

Ou... elle pouvait aussi rouvrir Google Maps pour revérifier l'itinéraire qu'elle comptait emprunter le lendemain matin pour se rendre au travail. Juste une dernière fois. Histoire de s'assurer qu'elle le connaissait par cœur. Au cas où.

Finalement, elle se leva, alla dans la salle de bains et prit un Xanax. Puis elle retourna se coucher et remonta les couvertures jusqu'au menton.

Avec le temps, elle finirait bien par s'habituer à cet endroit.

* * *

Après toutes ces inquiétudes, son nouveau job s'avéra un jeu d'enfant. Un peu trop simple, même. Elle qui avait craint de ne pas répondre aux exigences de ses employeurs découvrait avec une pointe de déception qu'eux semblaient n'en avoir aucune à son égard.

Pour sa première mission, elle fut chargée de restaurer des serveurs, ce que n'importe quel crétin doté d'un MIS[5]

---

4. Le smog, fumard ou brumée est un brouillard urbain hautement toxique.

5. Management Information System (MIS), ou système de gestion de l'information en français, résume en un clic les chiffres clés, les valeurs et

était capable de faire. Melody était largement surqualifiée pour ce genre de travail, mais peut-être qu'elle devait d'abord faire ses preuves au bas de l'échelle avant de se voir confier des tâches plus complexes et intéressantes. Ça avait beau lui paraître logique, c'était ennuyeux à mourir.

Au moins, son chef était plutôt sympa, bien que complètement dépassé. Lorsqu'elle tenta de lui relater comment elle avait reconfiguré manuellement l'image d'un des serveurs pour y intégrer les bons pilotes – solution improvisée pour éviter les défaillances de la version précédente –, elle eut l'impression qu'il ne comprenait que la moitié de ses explications. Tant que le travail était fait et qu'il restait dans les bonnes grâces de son N +1, il se contentait de la laisser opérer à sa guise.

Ses collègues, en revanche, étaient plus difficiles à cerner. Tout en bas de l'échelle hiérarchique, Melody se retrouvait reléguée au seul poste de travail disponible : une sorte de placard déguisé en bureau, contigu à l'une des salles des serveurs, ce qui ne lui donnait pas souvent l'occasion d'interagir avec les autres membres de son service. Et les rares fois où cela se produisait, ils semblaient tous un peu distants. Elle n'aurait su dire s'ils étaient réservés, inquiets qu'elle représente une menace pour leur emploi ou tout simplement indifférents.

Qu'importe. C'était un job en or, et elle était reconnaissante de l'avoir. Tout se passait bien. Tout allait bien.

* * *

---

les montants requis dans une vue d'ensemble et indique ainsi dans quelle direction une entreprise se dirige.

En fin de semaine, Jeremy se présenta à son bureau.

— Salut, déclara-t-il en se tenant dans l'embrasure de la porte. Mon petit doigt m'a dit que tu avais commencé cette semaine.

— Ton petit doigt ? Vraiment ?

— OK, ton patron, admit-il en affichant son sourire éclatant de star de cinéma, celui-là même qui l'avait tant troublée autrefois. Il est possible que je l'aie appelé pour lui demander quand tu commençais. J'espère que ça ne te dérange pas.

— Pas de souci. Désolée, je comptais t'appeler en arrivant ici, et tout s'est enchaîné très vite.

Faux. Tout s'était effectivement enchaîné rapidement, mais cette omission n'avait rien d'un oubli.

Outre le fait que poursuivre une amitié avec un ancien *crush* qui, de surcroît, avait une petite amie était une très mauvaise idée, Melody avait mené son enquête sur Internet au sujet de Jeremy. Et ce qu'elle avait trouvé s'était révélé très… instructif. Si les épisodes de conduite en état d'ébriété, de chambres d'hôtel saccagées et d'ivresse sur la voie publique filmés par des caméras de surveillance semblaient avoir diminué ces trois dernières années, il restait un habitué des pages mondaines et des sites people. Sur les innombrables photos de paparazzi, on voyait le beau M. Sauer, jeune héritier d'un empire aérospatial d'un milliard de dollars, dans des clubs huppés de la ville et accompagné de belles femmes, parmi lesquelles figuraient de célèbres actrices et mannequins.

Ah, et il avait aussi été classé parmi les « cinquante célibataires les plus sexy » par le magazine *Town & Country* l'année dernière. Sérieux…

Donc voilà. Petite amie ou pas, Jeremy évoluait dans une sphère si différente de la sienne qu'il aurait tout aussi bien pu graviter dans un autre système solaire. Ce qui convenait parfaitement à Melody, puisqu'elle n'avait nullement l'intention de coucher de nouveau avec lui. Aussi sexy soit-il.

— Bien installée ? lança-t-il en promenant un regard narquois sur son réduit lugubre. Je vois qu'ils t'ont trouvé un bureau cinq étoiles.

— C'est pas si mal, dit-elle en haussant les épaules. Au moins, j'ai mon propre espace.

— Tu t'es fait des amis ?

Melody esquissa un sourire poli.

— Oui, tout le monde est très sympa.

Ce n'était pas tout à fait vrai, mais pas faux non plus.

— Je pensais t'emmener déjeuner pour célébrer la fin de ta première semaine, proposa-t-il. Si tu es libre, bien sûr.

Elle n'aurait pas pu être plus libre. Le formatage était lancé, et il n'y avait plus qu'à attendre qu'il se termine, ce qui allait prendre des heures. Et puis elle mourait de faim et se sentait un peu seule. Hormis les appels hebdomadaires à sa mère, elle n'avait parlé à pratiquement personne depuis son arrivée à Los Angeles. D'un autre côté…

— Ça ne risque pas de déranger ta copine ?

Surpris, Jeremy haussa les sourcils.

— Est-ce que ça la dérangerait que je déjeune avec une collègue de boulot ? Je ne pense pas, non.

— Si ce n'est que nous ne sommes pas juste des collègues de boulot, pas vrai ? Je veux dire, ce n'est pas au travail qu'on s'est rencontrés.

Les coins des lèvres de Jeremy s'étirèrent en un rictus amusé, dévoilant ses irrésistibles fossettes.

— Non, en effet.

Melody refusait de se laisser amadouer.

— Tu lui as parlé de moi ? Après le café de la dernière fois, je veux dire ?

Son rictus s'estompa pour laisser place à un sourire plus sincère.

— Je lui ai même parlé de toi avant ce café. Je n'invite pas des femmes à sortir dans le dos de ma petite amie. Lacey sait tout à ton sujet.

— Vraiment ? insista-t-elle, en essayant de déterminer s'il disait vrai.

— Vraiment. Alors, je t'emmène déjeuner ?

— Avec plaisir, dans ce cas, répondit-elle en souriant.

Et puis merde, après tout pourquoi pas ? Il fallait bien qu'elle mange. Et la perspective de gober un énième sandwich jambon-fromage insipide, seule dans son bureau, était trop déprimante.

Le restaurant se trouvait juste à l'angle de la rue.

— Monsieur Sauer.

L'hôtesse reconnut immédiatement Jeremy et lui demanda s'il souhaitait sa table habituelle. Laquelle était située dans un coin tranquille dans le fond, à l'abri des regards indiscrets.

Melody ne manqua pas de remarquer qu'il flirtait sans complexe avec l'hôtesse, affichant son sourire à un milliard de dollars et lui effleurant le bras. Alors elle se souvint qu'il s'était comporté exactement de la même manière avec elle le soir de leur rencontre et elle se sentit un peu honteuse d'avoir succombé à un tel numéro.

— Waouh… fit-elle dès que l'hôtesse s'éloigna.

Jeremy leva les yeux de son menu.

— Quoi ?

— Rien. C'est juste que… Tu sais jouer de ton charme, pas vrai ?

Il haussa négligemment les épaules.

— Le relationnel fait partie intégrante de mon travail. À force, c'est devenu une seconde nature.

— Mmmhmmh, fit-elle en le regardant d'un air sceptique. Je parie que tu es comme ça depuis toujours. À la maternelle, tu devais déjà charmer les filles pour choper leur numéro de téléphone.

De nouveau ce petit sourire.

— Peut-être bien.

Elle fronça le nez.

— C'est exactement comme ça que tu t'es comporté avec moi quand on s'est rencontrés. Je n'arrive pas à croire que je sois tombée dans le panneau.

— Et moi j'en suis très content.

Son sourire agissait comme un super-pouvoir. Même en sachant que Jeremy y avait recours avec tous ceux qu'il cherchait à impressionner, elle ne pouvait s'empêcher d'avoir le souffle coupé chaque fois qu'il le lui adressait.

Melody leva son menu devant sa figure pour cacher le rouge qui lui montait aux joues.

— Alors que me conseilles-tu ? s'enquit-elle pour changer de sujet. Puisque tu es un habitué, de toute évidence.

Il lui suggéra le steak, mais elle choisit une soupe et une salade. Jeremy, en revanche, se fit plaisir avec une côte de bœuf à cinquante dollars et un scotch à vingt-cinq dollars, histoire de lui rappeler qu'ils n'appartenaient pas au même monde. Quand il lui demanda comment s'était passée sa première semaine, elle resta volontairement neutre et vague. Elle n'oubliait pas qu'il était le fils de la PDG et elle préférait éviter de montrer des signes d'insatisfaction.

Puis il la questionna sur son nouvel appartement, et c'est pleine d'enthousiasme que Melody s'épancha sur le sujet, ainsi que sur celui de ses nouveaux meubles et de sa nouvelle voiture.

Jeremy avait toujours eu de l'argent. Elle ne s'attendait donc pas à ce qu'il comprenne à quel point il était grisant pour elle de pouvoir s'offrir ces choses... Pourtant, à sa grande surprise, il écoutait attentivement comme s'il en saisissait la valeur symbolique. Ou peut-être était-il simplement doué pour faire semblant. Peu importe. Il était la seule personne qu'elle connaissait ici, et c'était agréable d'avoir quelqu'un à qui parler.

Au bout du compte, leur déjeuner dura plus de deux heures. Melody aurait dû se sentir coupable dans la mesure où c'était sa première semaine, mais elle savait que son absence passerait inaperçue.

— Je t'écrirai un mot d'excuse, plaisanta Jeremy lorsqu'ils quittèrent le restaurant.

Le soleil baignait la ville d'une lumière dorée. Melody devait encore s'habituer au fait de ne plus avoir à consulter la météo avant de sortir et elle adorait l'absence d'humidité, qui faisait des merveilles sur ses cheveux.

Jeremy marchait d'un pas tranquille, mais il avait de longues jambes, ce qui obligea Melody à accélérer pour se maintenir à sa hauteur. Il commença à lui parler d'un contrat en pourparlers avec la Nasa pour la construction d'un engin spatial destiné à ravitailler la station spatiale internationale. C'était un contrat à quatorze milliards de dollars, mais Jeremy semblait plus excité par l'aspect technologique que financier du projet.

— Tu vois, les vaisseaux cargos de SpaceX et d'Orbital sont revenus sur Terre en amerrissant dans l'océan. C'est une galère pour les récupérer. Le nôtre, en revanche, planera jusqu'à la Terre et atterrira sur une vraie piste, expliqua-t-il alors qu'ils traversaient le hall de Sauer Hewson, faisant un geste de la main pour illustrer son propos.

— Comme la navette spatiale.

— Exactement ! s'exclama-t-il. Ce qui signifie que les chercheurs pourront avoir accès aux résultats des expériences menées dans la SSI quelques heures seulement après l'entrée dans l'atmosphère du vaisseau. C'est révolutionnaire !

Il était terriblement mignon quand il se passionnait pour la science.

— Tu penses qu'on obtiendra le contrat ?

Il haussa les épaules.

— Qui sait ? Les décisions gouvernementales sont toujours imprévisibles. Je vais en prendre un avant de monter, ajouta-t-il en désignant le stand à café. Ça te dit ?

Elle secoua la tête.

— Je ferais mieux de retourner vérifier mon formatage. Merci pour le déjeuner, c'était vraiment sympa.

— On devrait dîner ensemble un de ces quatre.

Melody se figea.

— Pardon ?

Il était en couple. Pourquoi l'invitait-il à dîner ?

— Toi, moi et Lacey, précisa-t-il.

Ah, d'accord. Avec Lacey. Sa copine. C'était plus logique.

— Qu'en dis-tu ?

— Pourquoi pas. Ça serait cool, répondit Melody alors qu'il s'éloignait déjà.

— Je t'appelle, lança-t-il par-dessus son épaule. On fixera une date.

Chapitre 6

La dernière chose à laquelle s'attendait Melody, c'était que Jeremy donne suite à son invitation. Elle pensait que c'était l'une de ces phrases convenues qu'on lance par politesse, comme « On devrait déjeuner ensemble » ou « On se voit bientôt ». Jeremy Sauer semblait tout à fait le genre de type à faire des promesses sans lendemain. Aussi fut-elle surprise lorsque, la semaine suivante, elle reçut un message de sa part lui proposant une date.

Ils convinrent de se retrouver le samedi soir dans un restaurant de l'Arts District. Une rapide recherche en ligne permit à la jeune femme d'apprendre qu'il s'agissait d'un des établissements les plus en vogue du moment et que le délai de réservation habituel était de six semaines minimum… À moins, bien sûr, de s'appeler Jeremy Sauer.

Pour l'occasion, Melody décida de s'offrir une nouvelle tenue. Elle craignait de faire tache dans un lieu aussi branché, et aucune pièce de sa garde-robe professionnelle ne faisait l'affaire. Par ailleurs, son sens de la mode se bornait à décider quelle couleur de Converse associer avec tel ou tel tee-shirt fantaisie. Elle avait clairement besoin d'aide.

— Ça alors ! s'exclama la vendeuse de chez Nordstrom quand Melody lui confia le nom du restaurant. C'est impossible d'avoir une table dans cet endroit. Venez, enjoignit-elle à Melody en l'entraînant vers un portant composé exclusivement de robes. Je sais exactement ce qu'il vous faut. Vous allez faire sensation.

Melody n'en était pas tout à fait convaincue, mais l'enthousiasme de la vendeuse, prénommée Jasmine, était contagieux. La tenue que portait cette dernière était à la fois chic et élégante, sans pour autant être trop tendance, ce qui conforta Melody dans l'idée qu'elle pouvait s'en remettre à elle.

— C'est pour quel genre de dîner ? demanda Jasmine en passant le portant en revue avec la dextérité d'une croupière de casino. Plutôt dîner aux chandelles ou soirée entre filles ?

Melody se mordilla l'intérieur de la joue. C'était une excellente question : de quel genre de dîner s'agissait-il au juste ? Elle-même l'ignorait.

— Hum… Une sorte de… dîner d'affaires, répondit-elle, estimant qu'il valait mieux jouer la carte de la sécurité. Comme un dîner de travail entre amis, disons.

— Donc on ne retient rien de trop aguicheur ?

— Surtout rien d'aguicheur.

Elle ne voulait surtout pas donner l'impression qu'elle ne pensait qu'à se jeter sur Jeremy. Encore moins devant sa petite amie.

Les lèvres pincées, Jasmine piocha une robe et l'examina longuement, avant de l'interroger de nouveau :

— Quel soir ?

— Samedi.

La vendeuse accrocha la robe à l'extrémité d'un portant à proximité et se remit à fouiller parmi les cintres.

— Bien. Comme vous n'y allez pas directement après le boulot, ça nous laisse plus de liberté dans le style.

Melody hocha la tête. Elle n'y aurait jamais pensé. Heureusement que Jasmine était là.

Lorsque cette dernière eut terminé son investigation, Melody se retrouva face à cinq robes à essayer. La première ne lui allait pas. La deuxième ? Beaucoup trop décolletée… si décolletée qu'on aurait dit que ses seins risquaient de s'échapper à tout instant. Quant à la troisième, Melody posa carrément son veto. Le motif lui rappelait le vieux canapé de sa grand-mère. En revanche, la quatrième et la cinquième étaient superbes.

Jasmine plaida ardemment en faveur de la cinquième, une coupe moulante, sobre, dans un imprimé uni, qui, selon elle, faisait un cul d'enfer à Melody. Laquelle n'était pas certaine de vouloir attirer l'attention sur cette partie de son anatomie, alors elle opta pour la quatrième : une petite robe noire, simple et ajustée, avec un décolleté profond, mais raffiné.

C'était la plus polyvalente des deux – elle pouvait faire chic aussi bien que décontracté – et donc l'investissement le plus judicieux. Même si le noir renvoyait une image trop classique, Melody se sentait femme dans cette robe, et pas comme une adolescente jouant à se déguiser.

— Waouh, vous êtes sublime ! s'exclama Jasmine tandis que Melody tournait sur elle-même devant le miroir. Vous allez parfaitement vous intégrer !

Pourvu qu'elle ait raison.

Malgré une certaine appréhension à l'idée de rencontrer la copine de Jeremy, et de la gêne potentielle que cela pouvait engendrer, Melody avait hâte d'être à ce dîner. C'était sa première sortie à L.A. avec d'autres personnes.

Peut-être qu'elle s'entendrait bien avec la fameuse Lacey. Peut-être même qu'elles finiraient par devenir copines. Difficile d'imaginer qu'elle puisse avoir beaucoup de points communs avec la petite amie d'un mec comme Jeremy Sauer, mais après tout, pourquoi pas ?

Melody avait beau prétendre que tout allait bien, la solitude commençait à lui peser. Elle n'avait toujours pas eu l'occasion d'apprendre à connaître ses collègues, et ses voisins étaient comme des fantômes : elle les entendait sans jamais les croiser. Du vendredi après-midi au lundi matin, elle ne parlait quasi à personne, à l'exception de la caissière de l'épicerie ou du livreur de pizzas. Melody songeait sérieusement à adopter un chat – même si elle y était allergique – juste pour avoir une présence à ses côtés.

La situation devenait critique. Elle avait un grand besoin d'amis.

* * *

Melody arriva au restaurant avec dix minutes d'avance. Craignant les embouteillages, elle avait fini par compenser à l'excès. Soucieuse de ne pas passer pour une fille stressée et pas cool – même si elle était stressée et pas cool –, elle décida de se garer quelques rues plus loin et d'attendre dans sa voiture. Lorsqu'elle eut deux minutes de retard – le bon timing, avait-elle estimé –, elle se dirigea vers le voiturier.

Malgré ses efforts, elle fut la première, mais au moins, elle n'était pas en avance. Une hôtesse au chignon sophistiqué et à l'air hautain la conduisit à une table. Plusieurs minutes s'écoulèrent avant que Jeremy se pointe enfin, avec à son bras une superbe latina dans une robe rose bonbon ultra-moulante.

— J'espère qu'on ne t'a pas fait trop attendre, s'excusa Jeremy.

— Je viens d'arriver, mentit Melody avec un sourire.

D'une manière ou d'une autre, elle multipliait les mensonges en présence de Jeremy. Des mensonges sans importance, lâchés par réflexe. Elle n'aurait su dire pourquoi elle faisait ça. L'anxiété, sans doute.

Il lui présenta sa petite amie, Lacey Lopez, qui lui adressa un sourire pincé, ainsi qu'un « Salut » sans conviction. Elle était aussi belle que Melody l'avait redouté. Le genre de créature que l'on associe sans hésiter à quelqu'un comme Jeremy Sauer. Elle avait de grands yeux marron, une soyeuse chevelure noir de jais, un teint resplendissant et des courbes à faire pâlir de jalousie toutes les autres femmes. Entre Lacey et l'hôtesse, Melody se sentit aussitôt ringarde et quelconque. La soirée commençait bien.

— Le quatrième invité vient d'envoyer un message pour dire qu'il aurait du retard, annonça Jeremy.

— Que c'est surprenant, railla Lacey en s'emparant de la carte des cocktails.

— Le quatrième invité ? demanda Melody avec un sourire figé.

— Oui, j'ai invité mon pote Drew à se joindre à nous. J'espère que ça ne te dérange pas.

Melody s'efforça de desserrer les dents avant de les réduire en miettes.

— Pas du tout, mentit-elle encore.

Après tout, ce n'était qu'un rancard arrangé. Pas de quoi en faire tout un plat, n'est-ce pas ? Aucun problème.

— Rassure-toi, je n'essaie pas de vous caser ensemble. Quatre est juste un chiffre plus approprié pour un dîner. Et vous avez tous les deux étudié à Boston, alors j'ai pensé que le courant passerait bien.

— Drew est obsédé par ma sœur, de toute façon, ajouta Lacey en piochant un petit pain dans la corbeille au milieu de la table.

Le regard que Jeremy lui lança en retour donnait l'impression que l'histoire ne s'arrêtait pas là, mais il retrouva rapidement le sourire quand le serveur arriva pour prendre leurs commandes de boissons.

Ils échangèrent quelques banalités en sirotant leurs cocktails. Enfin, Jeremy et Melody, surtout. Lacey parlait à peine. Jeremy tenta à plusieurs reprises de l'inclure dans la conversation, mais elle restait absorbée par sa vodka martini et la corbeille de pain. Curieusement, les regards noirs qu'il dardait sur elle ne semblaient pas l'affecter.

Melody se demanda si l'attitude distante de Lacey avait un lien avec sa présence – et son passif avec Jeremy – ou si elle était toujours comme ça. Peut-être un peu des deux. Quoi qu'il en soit, l'ambiance était pesante. Alors même qu'ils n'avaient pas encore commandé, Melody avait déjà hâte que ce dîner soit fini.

Lorsque Drew fit son apparition une demi-heure plus tard, Melody en pleura presque de soulagement. Jeremy avait raison : quatre était un chiffre bien plus approprié. Peut-être avait-il anticipé le comportement asocial de Lacey, mais, dans ce cas, pourquoi s'était-il embêté à organiser ce dîner ?

Drew Fulton était aussi séduisant et élégant que Jeremy, si ce n'est qu'il avait les yeux marron et d'épais cheveux bruns. Il se pencha vers Lacey pour lui faire une bise qu'elle accepta sans protester ni manifester d'enthousiasme. Puis il intercepta un serveur et commanda un whisky, avant de se tourner vers Melody.

— Heureux de te rencontrer enfin, dit-il en lui faisant un clin d'œil.

Melody ne savait pas comment l'interpréter. Jeremy avait-il parlé d'elle à Drew ? Que lui avait-il raconté à son sujet ? Elle baissa les yeux vers ses mains, recroquevillées sur ses genoux.

— Drew travaille dans le cinéma, précisa Jeremy.

Pour quelqu'un qui affirmait que ce n'était pas un rancard arrangé, il donnait l'impression de vouloir vendre Drew à Melody. C'était peut-être une seconde nature chez lui, comme cette histoire de relationnel qu'il avait évoquée au déjeuner.

Elle offrit à Drew un sourire poli.

— Ah oui ? Dans quel domaine ?

— Le développement, répondit-il en parcourant le menu. Grosso modo, mon job consiste à lire une flopée de scénarios, à repérer ceux qui correspondent à la ligne du studio, puis à les transmettre à la production. Du moins, j'essaie.

Melody était fan de pop culture. Elle connaissait donc l'étape du développement, mais elle hocha la tête comme si c'était une révélation. Puis elle se fustigea intérieurement d'avoir joué la cruche pour flatter l'ego d'un homme.

— Tu as oublié de mentionner que tu es sans arrêt invité à dîner par des agents, compléta Jeremy. Un vrai calvaire.

— Eh bien, tu me connais, dit Drew en affichant son petit rictus. Toujours à me donner à cent pour cent.

Par bonheur, le serveur vint apporter le whisky de Drew et prendre leurs commandes pour le dîner. Melody était affamée et Lacey avait déjà vidé l'intégralité de la corbeille à pain.

— Comment as-tu réussi à travailler dans le développement de films ? demanda Melody à Drew alors que le serveur s'éloignait.

— Mon père est le président du studio.

Évidemment. Quelle question. Encore du népotisme… La seule tendance qui ne se démode jamais parmi les riches et les tout-puissants.

Drew s'adossa contre son siège, faisant tourner les glaçons dans son verre.

— J'ai un super-scénario que j'essaie à tout prix de faire passer. Un thriller sur un ex-marine, spécialiste des opérations de sauvetage du SWAT, qui doit sauver sa fille kidnappée par un cartel de la drogue mexicain.

— Waouh ! s'exclama Melody en tentant de paraître enthousiaste. Ça a l'air super, en effet.

Dans le genre film d'action hollywoodien déjà vu et revu mille fois, mais qui rapporterait sûrement beaucoup d'argent, raison pour laquelle on continuait à en produire.

— Ça va être énorme si on trouve le bon acteur. On était à deux doigts de signer avec The Rock, mais il s'est engagé sur un autre projet.

— Dommage.

Elle aimait bien The Rock, au point qu'elle aurait presque été partante pour voir le film s'il jouait dedans.

— Du coup, on est en discussion avec Ben Stiller. Ça se profile plutôt bien pour l'instant. À suivre…

— Excuse-moi, tu as bien dit Ben Stiller ? Dans un rôle d'ancien marine ?

Melody peinait à dissimuler son étonnement. Drew acquiesça, visiblement satisfait de sa réaction.

— Plutôt inattendu, non ? Personne non plus n'aurait imaginé Liam Neeson en héros de films d'action avant *Taken*.

Personne, à moins de l'avoir vu jouer dans *Rob Roy*, *Darkman* ou encore *La Menace fantôme*… Melody se mordit la langue et saisit son verre de vin.

— Le choix d'un casting à contre-courant constitue un avantage en termes de marketing. Il ne nous reste plus qu'à trouver le premier rôle féminin. Je pensais à Victoria Justice ou à Kate Upton.

— Dans le rôle de la fille ? s'étonna Melody.

Elle avait supposé que la fille du héros serait une adolescente.

— Non, dans le rôle de la copine du héros. La fille figurera à peine à l'écran. On choisira sûrement une inconnue pour faire des économies.

Évidemment, ils envisageaient de caster une actrice deux fois plus jeune que l'acteur principal pour jouer la copine du héros. Voilà pourquoi Melody allait rarement au cinéma, sauf pour des adaptations de comics ou de romans qu'elle aimait.

— Et Ashley Decker ? demanda Jeremy. Je croyais que t'étais sur le coup.

Drew secoua la tête.

— Hors-jeu. Elle est en désintox. Et pas seulement pour des problèmes de drogues… Ça, on aurait pu s'en accommoder. Pour des problèmes mentaux.

Il chuchota presque en prononçant cette expression, comme si la dire trop fort risquait de lui porter malheur. De la même manière que la mère de Melody évitait toujours de dire des mots tels que « cancer » ou « divorce », comme s'ils étaient des virus qu'on pouvait attraper.

— Dommage, commenta Jeremy.

— Oui, son père et son manager la refourguaient dans tout L.A. aux plus offrants. Ça l'a vraiment foutue en l'air.

— Quelle horreur, dit Melody.

Drew haussa les épaules.

— Tu n'imagines même pas à quel point ce genre d'histoire est courante. Je pourrais te citer une dizaine de cas comme elle. Des stars de Disney Channel, des chanteurs pop, ce gosse qui a remporté un Oscar il y a trois ans… Cette ville dévore les gens avant de les recracher.

Il disait ça comme si c'était un phénomène qui se produisait de lui-même. Comme si ça n'avait rien à voir avec lui, les gens avec lesquels il travaillait tous les jours ou ce qu'ils toléraient, voire encourageaient, dans leur course effrénée après l'argent.

Le serveur déposa leurs entrées, puis Melody changea de sujet et interrogea Drew sur ses années d'études à l'université de Boston. Ils se remémorèrent la ville et finirent par débattre des mérites respectifs du Dodger Stadium et de Fenway Park. C'était un débat tout à fait ridicule puisque rien n'arrivait à la cheville de Fenway, mais il permit d'alimenter la conversation jusqu'à ce que l'on débarrasse leurs assiettes.

C'est alors que Lacey, qui n'avait pas prononcé un mot depuis près d'un quart d'heure, demanda à Melody :

— Attends, comment tu connais Jeremy, déjà ?

— Je te l'ai déjà dit, répliqua Jeremy en lui lançant un regard acéré. On s'est rencontrés quand je suis allé rendre visite à Drew à Boston il y a quelques années.

— Ouais, il l'a rencontrée dans un bar et m'a totalement zappé, ajouta Drew. D'ailleurs, c'était pas cool, mec.

Jeremy semblait mal à l'aise, mais Lacey se contenta de hocher la tête.

— Ah, tu es donc l'une des filles avec lesquelles il a trompé ma sœur. Bienvenue au club, déclara-t-elle en levant son verre à l'attention de Melody.

Hein, quoi ?

— Lacey, siffla Jeremy entre ses dents.

— Attendez une minute, dit lentement Melody en se tournant vers Jeremy. Quoi ?

Elle n'avait aucune idée de ce dont parlait Lacey ni de ce que sa sœur venait faire dans cette histoire, mais Melody n'avait jamais trompé personne. Ni fréquenté de mec en couple. Jamais. Ce n'était pas son genre.

— Jeremy sortait avec ma sœur, Charlotte, quand ils étaient étudiants, balança Lacey. Et il couchait parfois avec d'autres filles.

Son ton, sa posture… tout dans son attitude exprimait un détachement total malgré la bombe qu'elle venait de lâcher.

— « Parfois », railla Drew, le nez dans son verre.

Melody fixa des yeux ronds comme des soucoupes sur Lacey, tentant d'assimiler toutes ces informations. Jeremy sortait autrefois avec la sœur de Lacey ? Quand il était étudiant ? C'est-à-dire à l'époque où Melody et lui s'étaient rencontrés ? Quand ils… *Oh, bon sang.*

— Y a pas de quoi en faire un drame, assura Lacey. Il l'a trompée avec moi aussi.

Encore une bombe qu'elle lâchait avec la plus grande désinvolture. Elle avait couché avec le petit ami de sa sœur, et alors ? « Y a pas de quoi en faire un drame. »

— Oh, fit Melody, sidérée. Waouh.

D'une main tremblante, elle attrapa son verre et siffla d'une traite le reste de son zinfandel.

— C'était il y a longtemps, se défendit Jeremy.

Comme si cela rendait les choses plus acceptables. Comme si ça n'avait pas d'importance qu'il soit le genre de mec à tromper ses copines. Avec Melody !

Il avait fait d'elle l'autre femme et elle ne le découvrait que maintenant.

Jeremy continuait de déblatérer, tentant de se justifier, de trouver des excuses.

— Il faut que tu saches qu'à ce moment-là Charlotte et moi avions des problèmes de couple…

— C'est l'euphémisme de l'année, murmura Drew.

— Drew. Tu n'aides pas vraiment.

— Je ne savais pas que j'étais censé le faire, répondit Drew, soudain très sérieux.

Lacey se leva de sa chaise.

— Je vais aux toilettes.

Melody demeura figée sur place, mortifiée. Cette soirée était un désastre. Elle n'appartenait pas à ce monde. Elle n'avait pas sa place parmi ces gens. Ils étaient tous horribles. Ç'avait été une erreur de croire qu'elle pouvait être amie avec eux. Elle aurait dû s'en douter.

— Écoute, je suis désolé, s'excusa Jeremy.

Elle sentit son regard sur elle, mais elle refusait de le croiser.

— Je… poursuivit-il. J'aurais sûrement dû te parler de Charlotte avant…

— Elle n'était pas au courant ? intervint Drew, dédaigneux. Bien joué, Jeremy.

— Bon sang, Drew.

Melody se leva à son tour. C'en était trop. Elle ne resterait pas une seconde de plus.

— Je ne me sens pas très bien. Merci pour le dîner, et dites au revoir à Lacey de ma part.

Melody récupéra son sac et prit la fuite avant qu'on songe à la retenir.

Elle se précipita au stand des voituriers, mais Jeremy la rattrapa.

— Melody, attends. Je suis désolé. Je ne voulais pas que ça se passe comme ça.

Elle tendit son ticket à l'un des voituriers et se tourna vers Jeremy.

— Et comment voulais-tu que ça se passe, exactement ?

Il brandit ses mains en l'air.

— Je ne sais pas. Mieux que ça. Je voulais juste que tu rencontres mes amis. Je pensais que ce serait sympa. Clairement, j'avais tort.

— Clairement, répéta-t-elle d'un ton si acerbe qu'il lui brûla le fond de la gorge. Pourquoi tu ne m'as pas dit que tu étais en couple quand on s'est rencontrés ?

Il pinça les lèvres, puis soupira.

— Si je te l'avais dit, il est probable que tu n'aurais pas couché avec moi, or j'avais vraiment envie de coucher avec toi. J'étais un sacré connard à l'époque, au cas où tu ne l'aies pas deviné.

— Pourquoi ne pas me l'avoir dit depuis ? Comment as-tu pu me laisser le découvrir comme ça ?

Elle s'efforçait de ne pas fondre en larmes. Melody détestait pleurer quand elle était en colère, et elle ne voulait surtout pas craquer devant lui. Devant tous ces gens.

— Je ne sais pas. Ce n'est pas le genre de chose qu'il est facile de glisser dans une conversation. Et j'avais honte, ajouta-t-il en enfonçant ses mains dans ses poches, l'air penaud. Peut-être que j'avais peur que tu me regardes comme tu le fais en ce moment.

— Je ne te crois pas, dit-elle, insensible à son regard de chien battu. Tu m'as regardée droit dans les yeux et tu m'as affirmé que tu n'invitais pas les filles à sortir dans le dos de ta petite amie.

— Et c'est le cas.

Elle croisa les bras en lui jetant un regard noir.

— Or ce n'était pas le cas avant… Et tu faisais ça tout le temps, visiblement.

Il baissa la tête, la mine coupable.

— Je te l'ai dit, je ne suis plus le même.

— En effet, tu ne cesses de le répéter.

— Parce que c'est la vérité. Écoute, je suis désolé de t'avoir roulée, Melody, et je suis désolé d'avoir trompé Charlotte. Je ne suis pas fier de mon passé. Si je pouvais revenir en arrière et faire les choses différemment, je le ferais sans hésiter. Mais je ne peux pas.

Il avait l'air sincère. L'était-il vraiment ? Ça faisait sans doute partie de son travail aussi : regarder les gens droit dans les yeux et leur servir ce qu'ils avaient envie d'entendre. Ça ne devait même pas lui demander trop d'efforts. C'était probablement un menteur né.

— C'était une erreur, murmura-t-elle. Qu'est-ce que je fous ici ?

— Je pensais qu'on pourrait être amis, dit Jeremy. J'espère qu'on le peut toujours.

Il n'était pas la personne qu'elle avait cru qu'il était trois ans plus tôt. C'était un menteur et un coureur, et plus elle passait de temps avec lui, plus il faisait d'elle une menteuse aussi.

Le voiturier s'arrêta devant elle au volant de sa Fiat et en descendit, avant de lui tenir la portière.

— Désolée, dit Melody en s'éloignant de Jeremy. Mais tu n'es pas le genre de personne avec qui j'ai envie d'être amie.

Elle tendit son pourboire au voiturier, monta en voiture et démarra sans un regard en arrière.

Chapitre 7

Pendant toute la journée du dimanche, Melody redouta de recevoir l'inévitable appel de Jeremy pour tenter de lui présenter de pathétiques excuses, en vain. Puis elle attendit qu'il débarque à son bureau le lundi pour s'excuser de vive voix, toujours en vain.

Le mercredi, en revanche, elle reçut un appel de Lacey. Ce qui était pour le moins… surprenant.

— Salut, je vais à un cours de yoga samedi matin, annonça Lacey, comme si elles avaient passé un merveilleux moment lors du dîner et qu'elles étaient devenues super-copines. Et je me demandais si ça te dirait de m'accompagner.

— Un cours de yoga ?

Melody pensait que Lacey la détestait. Pourquoi l'invitait-elle soudain à un cours de yoga ? Était-elle en train de lui jouer un tour à la *Carrie* ? Planifiait-elle de lui faire tomber des seaux de sang de porc sur la tête pendant la séance ?

— Je ne sais pas si c'est ton truc, poursuivit Lacey, mais j'ai un pass invité gratuit si tu veux faire un cours d'essai. Ou pas. Enfin, comme tu veux.

Melody se mordilla la lèvre inférieure.

— Pourquoi tu me proposes ça ? C'est Jeremy qui t'a demandé de m'appeler ?

— Non, répondit Lacey. Et je ne l'aurais pas fait si ça avait été le cas, tu peux me croire.

— OKKK, lâcha Melody, méfiante.

— Écoute, je me sens mal pour l'autre soir, d'accord ? soupira Lacey. Il y a des histoires entre Jeremy et moi, et entre Jeremy et Drew. Des histoires qui n'ont rien à voir avec toi. On n'aurait pas dû t'entraîner là-dedans. À ta tête, j'ai bien vu que tu n'avais aucune idée que Jeremy sortait avec ma sœur à l'époque où vous… tu sais. Je pensais que tu étais déjà au courant. Je ne voulais pas te prendre au dépourvu. Sincèrement.

— Il n'y a pas mort d'homme, rétorqua sèchement Melody. Comme il le dit si bien, c'était il y a longtemps.

— Bref, il m'a appris que tu étais nouvelle en ville et que tu ne connaissais personne. Avec quelques filles du yoga, on a l'habitude d'aller prendre un café après la séance, alors j'ai pensé que ça serait un bon moyen pour toi de rencontrer du monde. Mais ça ne fait rien si ça ne t'intéresse pas.

— Si, si, ça m'intéresse, protesta Melody. Ça a l'air sympa. Merci.

Cela semblait en effet une super-occasion de se faire des amis. Peut-être que Lacey faisait ça par gentillesse, et non parce qu'elle avait l'intention de l'humilier

— Cool.

Lacey lui communiqua le nom ainsi que l'adresse du studio et lui donna rendez-vous cinq minutes avant le début du cours pour pouvoir l'inscrire.

Et puis merde. Au pire, est-ce si galère d'enlever du sang de porc d'un pantalon de yoga ?

* * *

— T'as déjà fait du yoga, n'est-ce pas ? demanda Lacey à Melody alors qu'elles se dirigeaient vers le studio.

Dans sa jolie brassière de sport à motifs et son legging assorti, Lacey ressemblait à un mannequin de la marque Lululemon. D'ailleurs, elle en avait même les abdos. Youpi.

— Oui, répondit Melody, embarrassée par son tee-shirt et son pantalon de yoga noir Old Navy. Carrément.

Dans son salon en matant un DVD, ça comptait, non ? Au moins, elle disposait de son propre tapis et savait faire la différence entre la posture du Chien tête en bas et celle du Triangle. OK, il lui arrivait de s'emmêler les pinceaux avec la posture du Guerrier, mais elle maîtrisait au moins les bases pour donner le change.

— Ça fait longtemps que tu suis ce cours ? s'enquit-elle en suivant Lacey à l'intérieur de la salle.

Cette dernière se pencha pour examiner de plus près une planchette à pince posée sur un bureau et attrapa un stylo.

— Près d'un an. Tessa est une prof incroyable. Tu vas l'adorer. Elle a fait progresser mon Mayurasana d'au moins quinze degrés.

— Ah cool, acquiesça Melody comme si elle savait de quoi il s'agissait. Et moi, je ne tombe plus qu'une fois sur deux en faisant la posture de l'Arbre.

— T'es trop mignonne, répliqua Lacey avec un sourire.

— Hum… et c'est un cours pour débutants ou intermédiaires ? l'interrogea Melody en regardant les autres filles arriver.

Toutes étaient des clones de Lacey : abdos en béton, cuisses de Wonder Woman et fesses d'enfer. Il y avait peut-être pire à craindre que du sang de porc…

Lacey eut un petit rire espiègle.

— Viens, je vais te présenter Tessa.

* * *

Melody découvrit rapidement qu'il ne s'agissait ni d'un cours pour débutants, ni pour intermédiaires. C'était un cours de yoga pour confirmés. Genre, pour super-confirmés. Peut-être même pour surhumains. Il était physiquement impossible de se contorsionner dans de telles postures sans posséder de super-pouvoirs.

Elle survécut laborieusement à la phase d'échauffement, parvenant plus ou moins à suivre le rythme, mais dès que les choses sérieuses démarrèrent, elle fut vite dépassée. Elle passa donc la majeure partie du cours à alterner entre le Chien tête en bas et la posture de l'Enfant. Pendant ce temps, sur le tapis d'à côté, Lacey enchaînait les postures avec grâce et souplesse, défiant la gravité comme une sorte d'elfe des bois.

— Waouh ! s'exclama Melody en se penchant pour enrouler son tapis lorsque la séance fut enfin terminée. Sacré cours.

Lacey épongea la sueur de son visage en souriant.

— J'espère que tu ne t'es pas sentie trop larguée. Tu t'en es bien sortie pour une première fois.

— Oui, bien sûr, j'ai surtout excellé dans la posture du Cadavre à la fin.

Lacey éclata de rire.

— Hé, j'ai tenu moins longtemps que toi la première fois.

— Sérieux ?

Lacey passa un bras moite autour des épaules de Melody et l'accompagna vers la porte.

— Sérieux. Allez, je t'offre un café.

* * *

La session café fut plutôt chouette. Les filles aux cuisses de Wonder Woman se montrèrent très chaleureuses et solidaires des efforts de novice de Melody. Mais la plus grande surprise fut sans conteste Lacey, qui se révéla aimable, sociable et foncièrement gentille… En d'autres termes, une personne aux antipodes de celle que Melody avait rencontrée le week-end précédent.

Elle se souvint alors que Lacey avait mentionné des « histoires » entre elle et Jeremy, et elle se demanda s'ils s'étaient disputés ce soir-là, ou si Lacey était toujours comme ça quand elle était avec lui. Aucune importance. Melody en avait terminé avec Jeremy Sauer.

En revanche, elle n'était pas contre l'idée de devenir copine avec sa petite amie. Lacey et elle avaient bien plus en commun qu'elle l'avait imaginé. Contrairement à Jeremy et Drew, Lacey ne venait pas d'un milieu aisé. Son père était policier et sa mère prof d'anglais à l'université publique de Los Angeles.

Pour le moment, Lacey travaillait comme barmaid à temps partiel pour financer ses études à UCLA[6]. Le sujet des salaires de misère ne lui était donc pas inconnu. Melody et elle sympathisèrent en s'amusant à évoquer les pires petits boulots qu'elles avaient occupés.

— Livreuse de pizzas, sans hésiter, déclara Lacey. À force, l'odeur me donnait envie de vomir. Elle avait

6. Université de Californie à Los Angeles.

même imprégné ma voiture et je n'arrivais plus à m'en débarrasser. J'ai dû vendre ma caisse… C'est dire à quel point c'était horrible. Aujourd'hui encore, je ne peux plus toucher à ce truc.

Melody avait bien mieux en stock.

— Tu vois ces pauvres types déguisés en statue de la Liberté et postés aux coins des rues pendant la période des impôts ?

Lacey écarquilla les yeux.

— T'as pas fait ça !

Melody hocha la tête.

— Au lycée. Tous les élèves avec qui j'allais en cours me klaxonnaient quand ils me croisaient, ce qui arrivait souvent, car le centre des impôts était situé dans une rue très fréquentée près du lycée.

— OK, tu as gagné, répliqua Lacey en riant.

— Je sais.

— Mais hé, maintenant tu as un job de rêve hyper-important dans une grande boîte.

— Je ne dirais pas vraiment ça. Mon bureau n'est ni plus ni moins qu'un placard. Et ma mère n'a pas la moindre idée de ce que je fais dans la vie. Chaque fois que j'essaie de le lui expliquer, elle décroche et passe à un autre sujet… étant, la plupart du temps, sa vive déception que je ne sois pas encore mariée.

Lacey eut un rire désabusé.

— Aaah, les mères… Elles ne sont jamais contentes. La mienne est terrifiée à l'idée que je me marie avec Jeremy et que je devienne une paresseuse mondaine. Non pas que mes parents soient enchantés à l'idée que je sois barmaid. Ils préféreraient me voir en fac de droit, comme ma sœur si parfaite.

Elle baissa les yeux vers ses mains, faisant tourner une bague en argent massif à son index. Ses doigts étaient longs et fins, mais ses ongles rongés jusqu'au sang. Comme ceux de Jeremy.

— À toi, ça te plaît ? demanda Melody. C'est tout ce qui compte.

— Ça peut aller. Les pourboires sont plutôt bons là où je bosse maintenant. Mais ce n'est pas vraiment le genre de métier que tu rêvais de faire lorsque tu étais enfant, tu vois ?

— Moi si, dit Melody.

— Ouais, bien sûr, ironisa Lacey.

— Je suis sérieuse. Ma mère a travaillé comme serveuse dans un bar à cocktails pour pouvoir s'inscrire à l'école de cosmétologie. Je me souviens l'avoir observée agiter le shaker et pensé que les barmans exerçaient le meilleur métier du monde. Ils possèdent une compétence particulière, ils ne se contentent pas de transporter des trucs préparés par d'autres. Pendant genre deux ans, je voulais absolument devenir barmaid. Jusqu'à ce que je me passionne pour l'informatique.

— C'est mignon. Je ne sais pas… ajouta Lacey d'un air mélancolique. Je continue de penser qu'un jour je trouverai ce que je veux faire de ma vie. Mais j'attends toujours que l'inspiration me vienne.

— Ne l'écoute pas, intervint Tessa, la prof de yoga, en les rejoignant.

Elle s'assit à côté de Lacey et passa un bras autour de ses épaules.

Tessa était svelte, bronzée et d'un optimisme à toute épreuve, à l'instar de tous les profs de fitness. Ses cheveux blonds étaient rassemblés dans son dos en une tresse négligée dont quelques mèches ondulées s'échappaient pour encadrer son joli visage. Ce genre d'ondulations comme après une baignade que promettent tous les produits capillaires et les magazines beauté, sans que jamais personne parvienne à les obtenir.

— Elle sait très bien ce qu'elle veut faire, poursuivit Tessa en secouant affectueusement Lacey. Elle a juste peur de se lancer.

— Tu veux faire quoi ? demanda Melody.

Lacey regarda Tessa en rougissant.

— Arrête.

— Elle veut entrer dans la police comme son père, annonça Tessa à Melody.

Melody était épatée. Rien que les exigences physiques pour exercer ce métier étaient remarquables, sans compter le port d'arme et la poursuite des criminels.

— Ouais, et il n'y a aucune chance pour que mon père m'y autorise, rétorqua Lacey avec amertume. Chaque fois que j'en parle, on dirait qu'il va faire un infarctus.

— Tu ne devrais pas le laisser te décourager, dit Melody. Si c'est ce que tu veux, ne laisse personne t'en dissuader.

— Je ne cesse de le lui répéter, fit Tessa en adressant un sourire rayonnant à Melody. Au fait, tu t'es bien débrouillée aujourd'hui. Tu as beaucoup de potentiel.

Melody baissa timidement la tête.

— Mouais, j'en suis pas si sûre. Merci, en tout cas. J'ai adoré le cours.

— Tu reviens la semaine prochaine, hein ? demanda Lacey.

— Oui, promit Melody en souriant. Je serai là.

Chapitre 8

Melody commençait peu à peu à prendre des habitudes à Los Angeles, et le yoga du samedi en faisait partie.

Après seulement quelques semaines, elle s'était déjà bien améliorée. Elle progressait lentement, mais sûrement. Il faut dire que Tessa était une excellente professeure. Elle avait cette manière apaisante et encourageante de vous persuader que vous étiez capable de tout, simplement parce qu'elle croyait en vous. C'était une de ces personnes qui restaient calmes et rassurantes en toutes circonstances, même au beau milieu d'une invasion zombie. Dans *The Walking Dead*, elle serait le personnage maniant la machette avec la grâce d'une ballerine, tout en prodiguant de précieux conseils.

Lacey n'assistait au cours qu'une fois sur deux, mais elle venait toujours ensuite prendre un café, tantôt bavarde et chaleureuse, tantôt maussade et renfermée. Melody ne pouvait s'empêcher de se demander si ces variations d'humeur avaient un lien avec Jeremy. Mais elle n'osait pas poser la question, car Lacey ne parlait que rarement de lui.

Melody n'avait pas eu de nouvelles de Jeremy depuis le fameux dîner… Ce qui était surprenant puisqu'ils travaillaient tous deux dans le même bâtiment. Cependant, Sauer Hewson était une grande entreprise, et ils ne gravitaient pas dans les mêmes sphères. Lui était tout en haut dans les étages de la direction, tandis qu'elle était terrée dans les tréfonds du département informatique, à mille lieues l'un de l'autre.

Elle n'avait toujours pas réussi à se faire des amis au bureau. Il était bien plus complexe de nouer des amitiés dans le monde réel qu'à l'université. À l'université, il suffisait de claquer des doigts. Quoi que vous fassiez, vous croisiez en permanence une multitude de personnes : en classe, sur le campus, dans les salles d'étude, dans les laboratoires informatiques, au réfectoire… Tout le monde était toujours ouvert aux nouvelles rencontres.

Ses collègues de travail, quant à eux, ne semblaient pas vouloir apprendre à la connaître. Ils devaient déjà avoir leurs amis. Ou leur famille. Ce n'est pas qu'ils se montraient désagréables. Ils étaient même plutôt sympathiques. Simplement pas au point de se lier d'amitié.

Les filles du yoga paraissaient plus ouvertes, mais avec elles non plus Melody n'avait pas réussi à franchir ce cap. Elle ignorait comment s'y prendre. Chaque semaine, elle discutait avec elles autour d'un café, et, pourtant, personne ne lui avait jamais proposé d'autres activités. Zéro invitation à dîner. Zéro sortie cinéma. Chacune d'entre elles se contentait de boire son café, avant de repartir de son côté jusqu'au prochain cours.

Hormis ça, tout allait bien. Son travail. Los Angeles. Sa vie en général.

Tout allait si bien que les jours se confondaient les uns avec les autres. Il n'y avait pas de saisons à Los Angeles. Ce n'était pas comme à Boston ni même en Floride, où elle avait grandi. En Floride, il y avait une saison des pluies, une saison tempérée et une saison plus chaude que le septième cercle de l'enfer. À Los Angeles, la météo semblait toujours plus ou moins identique, raison pour laquelle il était facile de perdre la notion du temps. Le mois de juin avait filé sans que Melody s'en aperçoive. Elle s'était réveillée un matin, et c'était le 1er juillet. La date de la mort de Kieran.

Elle tenta de faire comme si tout allait bien. Ce n'était qu'un chiffre, après tout. Un jour comme un autre, un truc arbitraire, comme le Presidents' Day ou la Journée nationale des pancakes… juste plus morbide. Rien n'était différent de la veille. Ce jour ne pouvait pas lui faire plus de mal que n'importe quel autre jour.

Sauf que… c'était le cas. Elle se sentait mal.

Melody hésita à se faire porter pâle, mais la perspective de se lamenter seule dans son appartement toute la journée était encore plus déprimante que d'aller au bureau à faire comme si de rien n'était. Au moins, elle aurait de quoi se distraire.

Elle se rendit donc au bureau en essayant de ne pas y penser. Comme elle avait terminé de restaurer les serveurs, sa tâche consistait maintenant à effectuer un audit du matériel informatique. Autrement dit, elle se rendait de bureau en bureau afin de vérifier les numéros de série de tout le matériel et de s'assurer que personne ne manquait de rien. Bien que ce soit une mission assez futile, au moins cela sortait Melody de son réduit et l'obligeait à interagir avec d'autres êtres humains. Faire la conversation avec des inconnus ne la réjouissait guère, mais cela avait l'avantage de lui éviter de penser à Kieran et à l'enfer qu'elle avait vécu à cette date, un an auparavant.

Elle travailla sans interruption jusqu'à l'heure du déjeuner, puis de nouveau jusqu'à 17 heures. Ne supportant pas l'idée de rentrer chez elle dans son appartement vide, elle continua jusqu'à ce que l'immeuble entier soit désert et que tout son travail de la semaine soit accompli, plus une partie de celui de la semaine suivante... N'importe quoi tant que ça la maintenait occupée.

Ce n'est que peu après 20 heures qu'elle prit conscience qu'elle n'avait rien avalé de la journée. Elle n'avait pas faim, mais il fallait bien qu'elle mange. Il n'y avait rien d'autre chez elle que des plats surgelés déprimants, alors elle décida de se faire plaisir en s'arrêtant quelque part sur le chemin du retour. Pourquoi pas dans un resto de sushis ?

Les sushis à Los Angeles étaient incroyables. N'importe quel bouiboui, même dans un centre commercial, proposait des sushis mille fois meilleurs que partout ailleurs.

Des sushis lui remonteraient le moral, c'est sûr. Elle n'arrivait pas à croire qu'elle y avait renoncé – comme à presque tout ce qui était délicieux dans la vie – pendant huit longs mois, uniquement parce que Kieran avait décrété qu'il était végan.

Puis elle se mit à penser à lui et elle cligna des yeux pour retenir ses larmes. Parce que Kieran était mort. Ça faisait déjà un an, et elle se sentait toujours aussi coupable.

Melody s'empara de son sac à main et se précipita hors du bureau, priant pour ne croiser personne en chemin. Par chance, il était assez tard et la seule personne encore présente était l'agent de sécurité dans le hall, qui leva à peine les yeux de son sudoku lorsqu'elle passa en trombe devant lui.

Elle courut jusqu'à ce qu'elle rejoigne l'intimité – toute relative – de sa voiture et verrouilla les portes, avant de craquer.

Après la mort de Kieran, Melody avait versé toutes les larmes de son corps chaque soir pendant un mois. Bien qu'elle souffre toujours autant, elle n'avait plus jamais pleuré depuis. Ni en regardant le final de la série *Fringe*, ni l'épisode « Adieu Rose » de *Doctor Who*, ni même à d'autres occasions pour lesquelles elle aurait autrefois vidé une boîte entière de mouchoirs. Ses glandes lacrymales avaient rendu les armes et s'étaient retirées du monde des pleurs.

Mais à cet instant, toutes les larmes qu'elle avait contenues pendant un an se déversaient. Comme si son corps avait fait des réserves en prévision de cette crise monumentale. Melody croisa les bras sur le volant, se recroquevilla sur son siège et se répandit en sanglots sans pouvoir s'arrêter.

Elle ignorait depuis combien de temps elle était restée ainsi prostrée, quand quelqu'un toqua à la vitre côté passager, la faisant sursauter.

Melody se redressa brusquement et découvrit Jeremy, qui l'observait, la mine soucieuse. Sans blague. De toutes les personnes qui passaient par là, il fallait que ce soit lui.

— Tu vas bien ? cria-t-il à travers la vitre.

— J'ai l'air d'aller bien ? lui répondit-elle en s'essuyant les yeux.

— Pas vraiment.

Elle fouilla dans la boîte à gants en quête d'un paquet de mouchoirs.

— Va-t'en, s'il te plaît.

Il tenta d'ouvrir la portière, mais elle était verrouillée.

— Melody, il n'est pas question que je te laisse seule pleurer dans un parking. Tu veux bien m'ouvrir pour qu'on puisse parler ?

Pourquoi fallait-il qu'il se pointe maintenant, précisément ? Pourquoi n'avait-il pas poursuivi son chemin au lieu de jouer les chevaliers servants ?

— Je ne veux pas te parler, dit-elle en se mouchant.

— Je comprends. Mais si je continue de crier comme ça, la sécurité va s'en apercevoir et je ne serai plus le seul à vouloir te parler.

À contrecœur, Melody appuya sur le bouton de déverrouillage, et Jeremy se glissa sur le siège passager.

— Que s'est-il passé ? demanda-t-il, le sommet de sa tête frôlant le plafond de la petite Fiat.

— Rien.

— Manifestement, c'est un mensonge.

Elle se moucha à nouveau, préférant rester silencieuse.

— Tu ne veux pas en parler ?

— Non.

Elle croisa les bras sur sa poitrine et fixa un point imaginaire devant elle. Ce qu'elle voulait, c'était qu'il sorte de sa voiture et lui fiche la paix.

— Tu veux que je te ramène chez toi ?

— Je rentrerai chez moi dès que tu seras sorti de ma voiture, grinça-t-elle.

Du coin de l'œil, elle le vit secouer la tête.

— Tu ne devrais pas conduire dans cet état. Si tu veux rentrer chez toi, c'est moi qui prends le volant… ou je t'appelle un taxi si tu préfères. Mais tu ne conduiras pas. Tu veux rentrer chez toi ? ajouta-t-il après avoir patienté pendant une minute.

Elle expira longuement et se laissa aller contre l'appuie-tête.

— Pas vraiment.

— Il s'est passé quelque chose au bureau ?

Elle tourna la tête pour le regarder droit dans les yeux.

— Je t'ai dit que je ne voulais pas en parler. Si tu ne peux pas respecter ça, tu peux sortir.

Il leva les mains en signe de capitulation.

— Très bien. Je ne te poserai plus de questions.

— Parfait.

— Sauf une…

— Jeremy…

— Ce n'est pas ce que tu crois.

Melody soupira bruyamment.

— Quoi ?

— Tu aimes les glaces ?

Elle cligna des yeux.

— Quoi ?

— Les glaces, répéta-t-il d'un air très sérieux. Tu aimes ça ?

— Bien sûr que j'aime les glaces. Qui n'aime pas les glaces ? Qu'est-ce que…

— Alors descends et change de place avec moi. Je t'emmène manger une glace.

— Quoi ? Non. Pourquoi ?

— Chaque fois que ma sœur ou moi étions contrariés, notre père nous emmenait manger une glace, et ça nous remontait toujours le moral.

Melody réajusta ses lunettes sur son nez et se frotta les yeux.

— Tu crois sincèrement qu'une glace va résoudre mes problèmes ?

Jeremy pencha la tête, un sourire au coin des lèvres.

— Non, mais tu te sentiras mieux. Tu sais bien que oui. Allez, sors de là pour que je puisse nous y conduire. Je connais un super-endroit à seulement cinq minutes d'ici.

Le truc, c'est que maintenant qu'il lui avait mis cette idée dans le crâne, elle avait très envie de manger une glace.

— Tu sais conduire une manuelle ? lui demanda-t-elle, circonspecte.

— Je suis vexé que tu me poses même la question, se renfrogna-t-il.

Elle ouvrit la portière pour sortir.

— Mille excuses. Tout le monde n'a pas appris à conduire dans des Maserati et des Lamborghini, monsieur le play-boy milliardaire.

Jeremy contourna la voiture et s'installa derrière le volant tandis que Melody prenait place sur le siège passager et attachait sa ceinture.

— Pour ta gouverne, j'ai appris à conduire avec une Ford 1989, précisa-t-il en démarrant le moteur.

Melody haussa les sourcils.

— Ah oui ?

Il enclencha la marche arrière, relâcha l'embrayage, puis recula doucement.

— C'était le pick-up du jardinier, admit-il en passant la première. Il se peut que je l'ai volé pour aller faire une virée.

— J'en étais sûre, dit Melody, ne pouvant retenir un sourire. Espèce d'enfant gâté.

Avec un petit rictus, Jeremy relâcha l'embrayage.

* * *

— Tu veux goûter ma rocky road ? lui proposa Jeremy. C'est un délice.

— Non merci.

Melody n'était pas fan des amandes. Et elle était pleinement satisfaite de sa glace à la pâte de cookie recouverte d'un nappage au chocolat.

Ils étaient les seuls clients. Le glacier était censé avoir fermé depuis au moins cinq minutes, mais après l'énorme pourboire que Jeremy lui avait laissé, leur présence ne semblait plus autant le déranger.

— Écoute, Melody. Je ne veux pas me mêler de ce qui ne me regarde pas, mais s'il s'est passé quelque chose au travail, j'aimerais que tu m'en parles. Ou, au moins, que tu en parles aux ressources humaines.

— Ça n'a rien à voir avec le travail.

— Ah, OK.

Il retourna à sa glace et, comme promis, ne posa plus de questions. Le seul bruit provenait du vrombissement sourd des congélateurs et du grésillement par intermittence d'une ampoule halogène mal fixée.

Melody planta sa cuillère dans un morceau de chocolat en train de ramollir.

— C'est à cause de la date d'aujourd'hui, dit-elle, sentant qu'elle lui devait une explication. Quelqu'un… (Elle grimaça en s'efforçant de prononcer les prochains mots.) Quelqu'un est mort. Il y a un an, jour pour jour.

Jeremy hocha la tête sans chercher à savoir de qui il s'agissait. Il attendit simplement qu'elle se confie davantage.

Elle n'en avait aucune envie. Elle n'avait même pas prévu de lui en dire autant. Elle détestait en parler. Elle détestait que quelqu'un d'autre soit même au courant.

— Les deux premières années qui ont suivi la mort de mon père, lâcha-t-il lorsqu'il fut évident qu'elle ne lui donnerait pas plus de détails, ça a été plus dur à chaque anniversaire. Pour nous tous. Ma sœur… commença-t-il, avant de s'interrompre en pinçant les lèvres. Elle s'attire des ennuis. Toujours à cette période.

— Je t'assure que ça va, insista Melody, avant de se rendre compte à quel point ses propos étaient absurdes, sachant qu'il l'avait surprise en train de pleurer à chaudes larmes.

— Le temps apaise la douleur, poursuivit Jeremy sans prendre la peine de la contredire. Elle ne disparaît pas, mais on apprend à vivre avec. Ça devient une partie de toi. Comme une cicatrice.

Elle lâcha un soupir fébrile.

— Je ne veux pas que ça fasse partie de moi.

Sa voix vacilla et elle tressaillit. Elle détestait se montrer aussi vulnérable.

— Je sais, dit-il doucement. Mais ça restera toujours là. C'est ce qui est si difficile. Tu dois apprendre à vivre avec les souvenirs.

Melody acquiesça.

— « Une fois que tu auras essuyé cette tempête, tu ne seras plus le même. »

— Exactement.

— C'est tiré d'un livre, *Kafka sur le rivage*.

Il sortit son téléphone.

— Il faudra que j'y jette un œil. K-A-F-K-A ?

— Oui, c'est de Haruki Murakami. Un de mes livres préférés.

Il hocha la tête, le sourire aux lèvres, tout en tapant sur le clavier de son portable.

— Raison de plus.

Elle avala un gros morceau de biscuit fondant.

— Ça parle de fuite.

Il leva les yeux vers elle.

— C'est pour ça que tu as déménagé ? Tu voulais fuir ?

Elle haussa les épaules tout en remuant sa glace en train de fondre avec sa cuillère.

— En quelque sorte. Peut-être. Sûrement. Je voulais surtout prendre un nouveau départ, ajouta-t-elle après un instant de réflexion. Mais je suppose que ça revient au même.

— Et ça a fonctionné ?

— Non. Où que tu ailles, tu t'emmènes toujours avec toi.

Le regard qu'il lui lança était doux et compréhensif.

— Ce n'est pas nécessairement une mauvaise chose, tu sais.

Il était difficile de concilier cet aspect de sa personnalité avec l'autre qu'elle connaissait de lui. Elle appréciait beaucoup ce Jeremy-ci : celui qui était à l'écoute et qui l'emmenait manger une glace parce qu'elle était triste. Le Jeremy gentil, empathique et sincère était celui avec qui elle avait passé la nuit à Boston trois ans plus tôt. Celui qu'elle avait espéré retrouver en s'installant à Los Angeles.

Il mit de côté son pot vide.

— J'ai tenté de fuir moi aussi, après la mort de mon père, confia-t-il en évitant son regard. J'ai sorti sa voiture préférée du garage et je me suis pris une énorme cuite. Je pensais pouvoir noyer ma douleur dans l'alcool. Mais j'ai perdu le contrôle et je me suis retrouvé avec une commotion cérébrale, grimaça-t-il à l'évocation de ce souvenir. J'ai eu de la chance de m'en tirer aussi bien. C'était stupide et égoïste, et ça ne m'a même pas soulagé au final.

— C'était mon petit ami, déclara Melody tout bas, presque comme en murmurant. La personne que j'ai perdue, c'était mon petit ami. Il s'est suicidé, articula-t-elle en se faisant violence pour prononcer ces mots.

— Oh, non… bredouilla Jeremy.

Il l'observa, démuni. Que dire après une révélation aussi horrible ? Il y avait de quoi rester sans voix.

Elle laissa échapper un souffle à mi-chemin entre un rire et un sanglot.

— Je ne sais pas pourquoi je t'ai dit ça. Je ne parle jamais de Kieran. Avec personne. Va savoir pourquoi, il semblerait que je persiste à vouloir te faire confiance, bien que tu ne m'aies donné aucune bonne raison de le faire.

Elle replaça une mèche de cheveux derrière son oreille.

— J'ai une tête qui inspire confiance, affirma Jeremy en affichant son sourire ravageur, celui qu'il décochait aux hôtesses et aux filles dans les bars.

Melody fronça les sourcils avant de détourner le regard. Elle détestait quand il jouait les play-boys.

— Désolé, dit-il en reprenant un air sérieux. Tu peux me faire confiance, Melody. Mais je comprendrais que tu n'en aies pas envie.

Le glacier s'affairait quelque part dans la boutique, sifflant un air qu'elle ne parvenait pas à identifier. *On devrait y aller*, pensa-t-elle. *Il attend qu'on parte pour fermer. Je devrais dire à Jeremy de me ramener au parking pour qu'il récupère sa voiture.*

Au lieu de ça, elle lui révéla :

— C'est ma faute si Kieran s'est suicidé.

Jeremy secoua la tête.

— Je n'en crois pas un mot.

— Tu ne sais même pas ce qui s'est passé. Si tu connaissais toute l'histoire…

Elle frémit.

— Peu importe. Quoi que tu penses avoir fait, c'est impossible que ce soit ta faute.

— On s'est disputés. J'ai découvert qu'il vendait des médicaments sur ordonnance sur le campus et j'ai menacé de rompre avec lui s'il n'arrêtait pas. Il est parti furieux. Quelques jours plus tard, ils l'ont retrouvé mort. Il avait avalé une bouteille entière de tranquillisants.

Elle n'aurait jamais dû le laisser partir cette nuit-là. Elle aurait dû le suivre. Ou du moins prendre de ses nouvelles au lieu de le laisser seul, livré à lui-même, pendant des jours. Elle savait qu'il était bipolaire, mais elle n'avait pas mesuré la gravité de son état. Elle n'aurait jamais pensé qu'il puisse se suicider. Il était sous traitement, et, la plupart du temps, cela semblait plutôt efficace. Ses médicaments lui avaient permis de se maintenir à flot… jusqu'à ce que ce ne soit plus le cas.

Jeremy posa sa main sur la sienne.

— Ce n'est pas ta faute.

Elle poussa un soupire tremblant.

— Ce n'est pas ce que sa mère m'a dit.

— C'était la douleur qui parlait. C'est injuste de sa part de t'avoir mis ça sur le dos.

Melody dégagea brusquement sa main et s'essuya la figure avec une serviette en papier. Elle ne voulait pas d'une absolution, et certainement pas accordée par lui.

— Enfin, voilà, dit-elle en reniflant, maintenant tu sais quelle horrible personne je suis en réalité.

— Melody… grimaça-t-il.

— Ça va, l'interrompit-elle en agitant la main. Enfin, non, ça ne va pas. Pas du tout. Mais je vais m'en sortir.

Jeremy lui sourit… Pas le sourire suffisant dont il se servait pour flirter. Non. Ce sourire-là était plus doux, plus sincère.

— Je n'en doute pas.

— On devrait y aller, déclara-t-elle en se levant.

C'était bien trop dangereux de le regarder quand il était si gentil avec elle.

Jeremy jeta son pot à la poubelle, puis la raccompagna jusqu'au parking de Sauer Hewson. Avant de monter dans sa propre voiture, il la prit dans ses bras.

C'était le premier câlin qu'on lui faisait depuis des mois. L'instant fut bref et un peu gauche, mais elle se sentit bien. Si bien qu'elle préféra ne pas trop y penser.

Chapitre 9

Après la Soirée des pleurs et de la crème glacée, Melody était encore plus anxieuse à l'idée de croiser Jeremy au bureau. Elle craignait que les choses soient bizarres entre eux… Comme si elles ne l'étaient pas déjà assez en l'état.

Manque de bol, elle tomba sur lui quelques jours plus tard.

— Hello, dit Jeremy en arrivant derrière elle alors qu'elle attendait l'ascenseur dans le hall.

Melody tressaillit au son de sa voix, et s'efforça de conserver un visage neutre avant de se retourner pour le saluer.

— Hello ! clama-t-elle avec plus d'enthousiasme que nécessaire.

Super. On aurait dit une poupée détraquée.

Si Jeremy trouvait que son comportement était étrange, il n'en laissa rien paraître et il se contenta de lui adresser un sourire bienveillant, comme si tout était normal entre eux. Comme s'il ne l'avait pas vue sangloter devant sa glace au cookie l'autre soir. En tout cas, il ne la regardait pas comme si elle était brisée ou anéantie, ni même avec pitié, et elle lui en était reconnaissante.

Elle voulait le lui dire. Mais cela serait revenu à admettre que l'autre soir avait bien eu lieu, ce qu'elle voulait à tout prix éviter.

Les portes de l'ascenseur s'ouvrirent, et il lui fit signe de passer devant lui.

— Quel étage ? demanda-t-elle en appuyant sur le numéro correspondant au sien.

— Le vingtième.

Bien sûr. L'étage de la direction.

Ils montèrent jusqu'au cinquième sans dire un mot. Ce n'était pas un silence gênant. Plutôt… amical. Normal. Ils étaient juste deux collègues prenant l'ascenseur ensemble. Rien de bizarre, bizarrement…

— Bonne fin de journée, lui souhaita Jeremy lorsque les portes s'ouvrirent.

— À toi aussi.

Melody sortit de l'ascenseur. Juste avant que les portes se referment, elle lui lança un dernier regard. Il leva la main en souriant tandis qu'il disparaissait de sa vue.

* * *

Lacey était absente au cours de yoga cette semaine-là. Lorsqu'elle réapparut le samedi suivant, Melody ne put s'empêcher de se demander si Jeremy lui avait parlé de ce fameux soir. Sûrement, non ? Lacey était sa petite amie. Il lui avait sans doute tout raconté.

Lacey ne fit aucun commentaire à ce sujet en saluant Melody avant le cours. Et son comportement envers elle n'avait pas changé. Au café, Melody était nerveuse, se préparant mentalement à ce qu'elle aborde le sujet, mais Lacey se contenta de parler de son travail et du spectacle de danse contemporaine que Tessa et elle étaient allées voir dans la semaine.

Jeremy ne lui avait peut-être rien confié, après tout ? Ou peut-être lui avait-il enjoint de ne rien dire ?

Melody devait-elle aborder cette question avec Lacey ? Elle ne voulait pas donner l'impression de lui cacher quoi que ce soit ni de fréquenter Jeremy derrière son dos.

Le problème, c'était qu'elle ne savait pas comment mettre le sujet sur le tapis.

La phrase « Ah, au fait, ton mec m'a surprise en train de pleurer dans ma voiture à cause de mon ex décédé et il m'a emmenée manger une glace » n'était pas ce qu'il y avait de plus simple à glisser dans une conversation.

La raison principale qui retenait Melody, toutefois, était qu'elle ne voulait vraiment, vraiment plus parler de Kieran. Et si elle mentionnait l'épisode avec Jeremy à Lacey, elle serait obligée d'en discuter.

— Tout va bien ? demanda Lacey à Melody alors qu'elles s'apprêtaient à sortir.

— Pourquoi ? répliqua Melody, sur la défensive.

Lacey jeta son gobelet vide à la poubelle et poussa la porte ouverte d'un coup de hanche.

— Je ne sais pas. T'as l'air distraite.

— Oui, oui, tout va bien.

Melody écrasa son propre gobelet entre ses doigts tout en la suivant dehors.

Lacey haussa les épaules et fouilla dans son sac pour trouver ses clés.

— OK. À la semaine prochaine alors !

Elle lui adressa un signe de la main en se dirigeant vers sa voiture.

De toute évidence, elles n'allaient pas en parler.

Au cours des semaines suivantes, Melody croisa régulièrement Jeremy au bureau. Il faisait toujours preuve d'amabilité et de professionnalisme, sans jamais la traiter différemment des autres. Pourtant, ses collègues avaient fini par remarquer que le fils du PDG l'appelait par son prénom, et les réactions ne se firent pas attendre. Si certains se montrèrent plus sympathiques à son égard, d'autres prirent encore plus leurs distances. Elle respectait bien davantage ceux de la deuxième catégorie… Au moins, ils ne lui léchaient pas les bottes.

— Bonjour, dit-elle en s'insérant dans la queue derrière Jeremy, devant le stand à café.

— Bonjour, répondit-il en lui adressant un sourire avant de commander un latte au soja saveur cannelle, comme les deux dernières fois qu'elle l'avait vu à cet endroit.

— C'est drôle, observa Melody en attendant son café. Les premiers mois après mon arrivée ici, je ne te voyais jamais, et maintenant j'ai l'impression de te croiser tout le temps.

Il tendit la main pour glisser quelques billets dans le bocal à pourboires et chuchota :

— C'est parce que je t'évitais.

Cet aveu la prit par surprise.

— Tu m'évitais ?

Il jeta un œil autour d'eux pour s'assurer que personne n'écoutait.

— Tu m'avais clairement fait comprendre que tu ne voulais rien avoir à faire avec moi, et je ne voulais surtout pas te mettre mal à l'aise au travail. Alors, chaque fois que je te voyais, j'allais… ailleurs.

Melody grimaça en repensant aux paroles dures qu'elle avait eues à son encontre devant le restaurant.

— Je me sens mal. Tu n'aurais pas dû faire ça.

— Ça m'a permis de réduire ma consommation de latte. C'est pas plus mal, ajouta-t-il en se tapotant le ventre, qui était pourtant aussi plat qu'une planche à repasser.

Elle leva les yeux au ciel.

— Eh bien je suis contente que tu aies mis fin à ce petit manège. C'est tout de même plus simple ainsi, non ?

— Absolument.

— Oh, et comment était le concert ?

Au cours de yoga du samedi précédent, Lacey avait mentionné qu'ils avaient des places pour aller voir le groupe Passenger au Wiltern.

— Pardon ?

Son expression trahissait la confusion.

— Lacey m'a dit que vous alliez au concert de Passenger hier soir.

Jeremy sembla reprendre une certaine contenance.

— Ah oui, c'est vrai. On n'y est pas allés, finalement. Enfin, moi du moins.

— Pourquoi ça ?

Il haussa les épaules et baissa les yeux.

— J'avais du boulot. Elle a emmené une copine.

— Du boulot un dimanche soir ? Eh bien ! Ça devait être sacrément important.

Il laissa échapper un rire gêné.

— Eh oui.

On aurait dit qu'il cachait quelque chose. De toute évidence, il ne souhaitait pas en parler, alors Melody n'insista pas. Peut-être qu'ils s'étaient encore disputés, Lacey et lui. Peu importe. Ce n'étaient pas ses affaires.

La barista déposa le latte devant Jeremy.

— Et voilà, monsieur Sauer.

— Merci, dit-il en récupérant sa commande avec un sourire rayonnant.

Il fit un signe de tête à Melody.

— À plus tard.

Puis il s'éloigna avec précipitation.

* * *

Mercredi, 23 heures. Confortablement blottie dans son lit, Melody regardait Netflix sur son ordinateur. C'était devenu une habitude pour s'endormir. Plonger dans une de ses séries préférées l'enveloppait d'une douce torpeur, tandis qu'elle était bercée par des dialogues qu'elle connaissait par cœur et retrouvait des personnages devenus aussi familiers que de vieux amis.

Après quelques épisodes, un message moralisateur s'afficha sur son écran pour lui demander si elle était toujours là. *Occupe-toi de tes fesses, Netflix*, pensa-t-elle en glissant une main hors des couvertures pour tapoter le clavier tactile et faire disparaître l'alerte. Alors que l'épisode suivant commençait, elle s'enfonça plus profondément dans ses oreillers et remonta son plaid duveteux préféré jusqu'au menton.

Ce qu'on ne disait pas à propos de Los Angeles, c'était que les nuits pouvaient être vraiment fraîches, même en été. Pas aussi fraîches qu'à Boston, mais bien plus que ce à quoi Melody, habituée aux températures de Floride, s'attendait à trouver en venant s'installer sous le soleil de la Californie du Sud. Elle avait grandi dans une zone de marais, mais Los Angeles était un désert, et les nuits y étaient froides. Dès que le soleil se couchait, la température déclinait rapidement. C'était un froid différent de celui auquel elle était accoutumée. Éloigné des hivers humides et gelés de Boston. Ce contraste entre la sécheresse brûlante du jour et la fraîcheur mordante de la nuit lui filait des frissons dont elle ne parvenait pas à se débarrasser. Comme si elle avait de la fièvre ou attrapé une insolation, d'où la pile de couvertures sur son lit en plein mois de juillet.

Le téléphone de Melody vibra sur sa table de nuit, interrompant l'épisode de *Parks and Recreation* qu'elle était en train de regarder. Elle mit sa série sur pause et, avec réticence, tendit la main vers l'appareil, s'attendant à voir « Maman » affiché sur l'écran.

Ce n'était pas sa mère. C'était Jeremy.

— Pardon de t'appeler si tard, dit-il lorsqu'elle décrocha. J'espère que je ne t'ai pas réveillée.

— Non, non. Qu'y a-t-il ?

— Je suis dans la merde. J'ai besoin de ton aide.

Elle se redressa en virant les couvertures.

— Qu'est-ce qui se passe ?

— C'est mon ordinateur. J'ai fait un truc vraiment stupide, et j'ai cette présentation hyper-importante demain matin. Geoffrey compte sur moi, et je ne sais pas quoi faire.

Les mots sortaient si vite de la bouche de Jeremy qu'ils étaient difficilement compréhensibles.

— Attends, ralentis. Quel est le problème avec ton ordinateur ?

— J'ai renversé mon latte dessus, et maintenant il ne démarre plus… or ma présentation est dedans.

— Boooooon. Tu as fait une sauvegarde, non ?

— Non… Je me rends compte à présent que c'était stupide.

— Plutôt, oui.

— Melody ! protesta-t-il, une pointe de panique dans la voix.

— Ben quoi, c'est vrai ! s'exclama-t-elle.

Non, mais sérieusement. Les gens qui ne sauvegardaient pas leur travail méritaient leur sort.

— Il faut que tu m'aides. Je t'en supplie, dis-moi qu'il y a un moyen de récupérer cette présentation.

— Oui, pas de problème.

C'était sûrement une manip très simple, quand on s'y connaissait. Ce qui était le cas de Melody.

— Vraiment ?

— Oui, oui. Tu as un autre ordi ? Un que tu pourrais utiliser demain pour ta présentation ?

— Je peux m'en procurer un.

— OK, apporte les deux ordinateurs chez moi, je t'envoie l'adresse par texto.

Il poussa un long soupir de soulagement.

— Merci. Tu me sauves la vie.

Une demi-heure plus tard, Jeremy était sur le pas de sa porte, serrant contre lui deux ordinateurs portables comme s'il s'agissait des tables de la Loi descendues du mont Sinaï.

— Je te suis tellement reconnaissant, souffla-t-il, l'air déconfit.

Il était encore en costard, la cravate défaite et les cheveux ébouriffés comme s'il avait passé les mains dedans sans relâche. Étonnamment, il ressemblait encore plus à un mannequin *GQ*. C'était injuste. Dans son sweat à capuche délavé et son pantalon de yoga, Melody ne pouvait s'empêcher de se sentir débraillée et négligée en comparaison… alors qu'elle était chez elle et que c'était *elle* qui *lui* rendait service en plein milieu de la nuit.

— Par ici, dit-elle en lui faisant traverser le salon jusque dans la chambre d'amis aménagée en bureau. Donne-moi celui qui ne s'allume plus.

Sans un mot, il lui tendit un des ordinateurs. Le clavier était tout poisseux, et il s'en dégageait une légère odeur de cannelle. En effet, rien ne se déclencha lorsqu'elle appuya sur le bouton On.

Jeremy l'observait, frottant ses paumes contre ses cuisses comme un gosse dans le bureau du proviseur.

— Ne t'inquiète pas, lui dit-elle en farfouillant dans ses tiroirs à la recherche d'un tournevis.

Elle retira la batterie, ouvrit le boîtier de l'ordinateur et en délogea l'ancien disque dur, qui, par chance, semblait être sorti indemne de l'incident du latte. Elle dut chercher plusieurs minutes pour trouver un boîtier qui corresponde au disque dur de Jeremy dans la montagne de cartons remplis de matériel informatique entassés dans un coin de la pièce.

— C'est un véritable service informatique que tu as là, dit-il, ébahi.

— J'aime bien rafistoler pendant mon temps libre. C'est un genre de hobby.

Enfin, c'en était un avant. À l'université, elle fabriquait des ordinateurs à partir de pièces d'occasion qu'elle rénovait, et arrondissait ses fins de mois en les vendant à ses camarades. Mais elle n'avait plus touché à ça depuis son emménagement à L.A.

— Une chance pour moi.

Elle lui sourit tout en insérant le disque dur dans le boîtier externe et en branchant les connecteurs.

— Maintenant, démarre l'autre ordi.

Le temps qu'il s'allume, Melody était prête à brancher le disque dur externe, qu'elle connecta à la prise USB.

— Et voilà.

La liste des fichiers s'afficha sur l'écran. Penché au-dessus du bureau, Jeremy se jeta sur le clavier et double-cliqua sur le nom d'un fichier.

— Il y est ! Oh, merci, là-haut, souffla-t-il en voyant sa présentation PowerPoint s'ouvrir.

— Tu n'as plus qu'à copier tous tes anciens fichiers sur le nouvel ordinateur et tu seras tiré d'affaire.

Il lui adressa un sourire radieux.

— T'es incroyable.

Elle sentit ses joues rosir.

— C'était pas grand-chose.

— J'étais sûr d'avoir perdu tout mon travail. Je n'arrive pas à croire que tu l'aies récupéré.

— Vraiment, c'était rien. Facile comme zéro, un, dix, onze.

Il la fixa, l'air perplexe.

— C'est de l'humour de programmeur, précisa-t-elle. C'est drôle quand tu sais que un, deux, trois en binaire, c'est… Laisse tomber. C'est moins drôle si tu dois l'expliquer.

La façon dont il la regardait, le visage figé par un sourire étrange, la mettait mal à l'aise. Son bavardage compulsif passa à la vitesse supérieure.

— Tu sais ce qu'on dit, lança-t-elle sans pouvoir s'arrêter. Dans le monde, il y a dix types de personnes : celles qui comptent en binaire et les autres, rit-elle nerveusement. J'ai tout un tas de blagues binaires. Elles faisaient un malheur au département des sciences info. Des blagues hexadécimales aussi, du genre…

— Merci, la coupa Jeremy.

Puis il la serra dans ses bras.

— De… rien, chuchota-t-elle contre son épaule.

Ce n'était pas une étreinte fugace comme celle du parking. Cette fois, Jeremy referma les bras autour d'elle, la pressant doucement contre lui, et ils restèrent ainsi, immobiles, de longues minutes.

D'un côté, c'était agréable, vraiment très agréable. C'était le contact le plus intime qu'elle avait eu depuis Kieran… OK, stop. Disons que ça faisait longtemps que personne, à l'exception de sa mère, ne l'avait câlinée ainsi, et elle se sentait particulièrement bien dans les bras de Jeremy… ce qui était problématique.

Se tenir là, dans ses bras, lui rappelait la nuit qu'ils avaient passée ensemble trois ans plus tôt. Mais elle ne devait surtout pas y penser. D'abord parce qu'il avait une petite amie. Une petite amie avec laquelle Melody était amie. Prendre le petit ami de son amie dans ses bras aussi longtemps était une très mauvaise idée.

Juste avant qu'elle trouve le courage de s'éloigner, Jeremy relâcha son étreinte et se laissa tomber sur la chaise devant l'ordinateur.

— C'est génial, dit-il en posant de nouveau la main sur le trackpad.

Melody remonta ses lunettes sur son nez.

— Hum, hum. Alors, euh… Qu'est-ce qu'elle a de si important, cette présentation ?

Les sourcils froncés, il fixait l'écran en faisant glisser ses fichiers du disque dur externe vers l'ordinateur.

— Geoffrey Horvath, le directeur financier… Il fait sa présentation trimestrielle devant le conseil d'administration demain matin et il m'a demandé de préparer l'analyse comparative financière. C'est une lourde responsabilité, car il s'agit d'une partie essentielle de la présentation… qu'il n'aurait, de toute évidence, pas dû me confier.

Elle posa sa main sur l'épaule de Jeremy, et il leva la tête sans croiser son regard.

— Hé ! Tu t'es bien débrouillé. Tout va bien se passer.

Il hocha la tête, guère convaincu, avant de reporter son attention sur l'écran.

Melody prit conscience qu'elle avait toujours la main sur son épaule et elle s'empressa de la retirer.

— Tu verras. Grâce à toi, Horvath va déchirer à sa présentation demain.

Jeremy secoua la tête, les lèvres pincées.

— Crois-le ou non, ma carrière jusqu'à présent n'a pas vraiment été couronnée de succès.

— Allez, ça ne peut pas être si terrible.

De nouveau, il secoua la tête, les yeux toujours rivés sur l'écran.

— J'ai merdé tellement de fois dans ma vie que j'ai l'impression de ne plus savoir faire autrement. J'ai essayé de m'appliquer, de faire ce que mon père aurait voulu, mais la plupart du temps je n'ai aucune idée de ce que je fabrique, et on dirait que tout le monde m'attend au tournant.

— C'est faux, répliqua Melody.

Il avait l'air si abattu, si vulnérable. Elle n'aurait jamais cru le voir ainsi un jour.

Il promena sa langue sur sa lèvre inférieure.

— Crois-moi, dit-il tout en continuant de déplacer des fichiers d'un disque dur à l'autre. Le monde de l'entreprise, c'est chacun pour soi. La plupart des collaborateurs de Sauer Hewson seraient plus que ravis de me passer sur le corps si ça pouvait les aider à gravir les échelons. Même ma mère…

Le cœur de Melody se serra à l'expression de son visage.

— Elle dit qu'elle veut que je réussisse, reprit-il, mais on dirait qu'elle ne retient que mes erreurs. Geoffrey est le seul… Parfois, j'ai l'impression que Geoffrey est le seul à croire en moi, soupira-t-il. C'était le meilleur ami de mon père et il a été super ces dernières années. Il a veillé sur ma mère, ma sœur et moi. Il se mouille pour me soutenir dans l'entreprise et je ne veux pas le décevoir.

Melody détestait le voir dans cet état. Il avait travaillé si dur et ne méritait pas de se sentir comme un raté à cause d'un stupide latte.

— Tu ne le décevras pas. Écoute, tu as bouclé cette présentation, et je suis sûre que c'est une tuerie. OK, il y a eu un petit incident de café, et attends-toi à ce qu'on ait une sérieuse discussion sur la sauvegarde de ton travail sur le cloud. Mais tu as su vers qui te tourner pour régler le problème, et maintenant tout ira bien.

— Je ne sais pas comment te remercier, répéta-t-il en passant la main dans ses cheveux d'un geste las.

L'envie de les lui plaquer était presque insoutenable, mais elle parvint, tout juste, à résister à la tentation.

— Tu sais quoi ? Je t'ordonne de tous les épater demain. Ensuite, tu descends me voir, lui ordonna-t-elle en pointant sur lui un doigt sévère. Parce que je suis sérieuse à propos de cette histoire de sauvegarde, mon vieux. Je vais t'installer des sauvegardes automatiques pour que tu n'aies plus jamais à te soucier de ça.

Il esquissa un léger sourire.

— Marché conclu.

* * *

Le lendemain après-midi, Jeremy se présenta au bureau de Melody, un café dans une main et un ordinateur dans l'autre.

— Et un latte à la vanille sans sucre pour madame, dit-il en posant le gobelet sur son bureau. Avec un supplément de sucre, au cas où.

— C'est pour moi ? demanda-t-elle, impressionnée qu'il se soit souvenu de ses goûts.

— C'est pour toi. Pour te remercier.

— Quiconque m'apporte du café est toujours le bienvenu dans mon bureau, déclara-t-elle en saisissant le gobelet et en ôtant le couvercle. Comment s'est passée ta présentation ?

— Bien, je crois, concéda-t-il avec un haussement d'épaules modeste même s'il semblait plutôt satisfait. Geoffrey n'a pas eu l'air de se plaindre, en tout cas.

— C'est génial !

Il lui fit un grand sourire.

— Et c'est grâce à toi.

Elle se sentit rougir.

— Oui enfin, pas totalement. C'est toi qui as fait cette présentation. Moi, je n'ai fait que la récupérer. Disons que je suis responsable à cinq pour cent de ta réussite…

Jeremy lui décocha un sourire qui fit apparaître ses jolies fossettes.

— À cinq pour cent ? C'est tout le mérite que tu revendiques ?

— Peut-être sept, rectifia-t-elle.

Son sourire s'élargit et ses yeux brillèrent d'un éclat particulier, comme s'il incarnait un prince Disney.

— Et si on disait dix ?

— Marché conclu.

— J'ai cru comprendre que tu voulais me former aux sauvegardes automatiques, dit-il en lui tendant son ordinateur. Tu es dispo ?

— Bien sûr. Assieds-toi là.

Melody se décala pour lui faire de la place.

Il débarrassa l'unique chaise d'une pile de classeurs et la traîna jusqu'au bureau pendant qu'elle se mettait au travail.

Une fois qu'elle eut tout installé, elle lui enseigna les principes de base : comment accéder à ses fichiers sauvegardés, comment vérifier que le logiciel fonctionnait correctement et comment effectuer les mises à jour. Le front plissé par la concentration et les lèvres pincées, il écoutait avec attention chacune de ses explications.

Au bout d'un moment, il posa sa main sur le trackpad et leurs doigts se frôlèrent. Elle retira sa main, mais, une minute plus tard, il se pencha pour mieux voir l'écran, pressant son torse contre le bras de Melody. Il était suffisamment proche pour qu'elle puisse sentir son parfum ou son après-rasage. Quelle que soit l'origine de ces effluves subtils, mais enivrants, ils lui firent tourner la tête.

Bien que la température de son bureau avoisine toujours les vingt degrés à cause des serveurs dans la pièce voisine, la présence délicieusement parfumée de Jeremy rendait tout à coup l'atmosphère étrangement chaude.

Melody fit rouler son fauteuil en arrière pour créer une distance entre eux.

— Voilà, c'est à peu près tout, annonça-t-elle. Tu penses avoir tout compris ?

— Oui, je crois. Et si ce n'est pas le cas, je sais où te trouver.

Il se leva et récupéra son ordinateur.

Elle acquiesça en enroulant une mèche de cheveux autour de son doigt.

— Le département informatique est là pour vous servir.

Il posa une main sur son épaule.

— Encore merci, Melody.

Elle ravala sa salive, puis acquiesça encore.
Il retira sa main.
— À plus tard, alors ?
On aurait dit qu'il attendait une réponse.
— À plus tard.

Chapitre 10

Le pique-nique annuel de Sauer Hewson était une véritable institution. Melody n'était pas particulièrement fan des pique-niques, entre son aversion pour les insectes, les coups de soleil, les activités de groupe et les toilettes publiques. Mais son patron avait été très clair : s'amuser était obligatoire. Résultat, elle se retrouvait à Agoura Hills, en nage dans un tee-shirt vert citron aux couleurs de l'entreprise, tout comme les huit cents autres salariés déambulant sous la chaleur estivale.

Le mois d'août à Los Angeles ? Pas si tempéré que ça. Une vague de chaleur frappait toute la Californie, et le thermomètre affichait trente-quatre degrés en ce samedi après-midi. Au moins, c'était une chaleur sèche, et non lourde et humide comme celle de la Floride. L'ombre offrait un semblant de répit, mais il était compliqué de s'y réfugier lors d'un stupide pique-nique.

L'événement semblait essentiellement destiné aux enfants, ce qui devait être sympathique si on avait des enfants ou si on en était un soi-même. Mais puisque aucune de ces deux catégories ne s'appliquait à Melody, elle n'avait pas grand-chose à faire. La ferme pédagogique la divertit quelques minutes, jusqu'à ce qu'elle commence à se sentir mal à l'aise d'être la seule adulte. Plus loin, un groupe de musique reprenait des classiques, mais sa version reggae d'« Enter Sandman », de Metallica, était assez… horrible. Vraiment trop horrible.

Restaient les matchs interdépartementaux de softball, de volley-ball et de flag football, qui avaient lieu sur les terrains de jeu. Melody ne s'était inscrite dans aucune des disciplines, les sports collectifs n'étant pas trop son truc. Ça ne l'empêchait pas d'assister aux matchs en tant que spectatrice. Regarder le service comptabilité affronter les services généraux au beach-volley ne la passionnait pas, mais au moins elle pouvait s'asseoir.

C'était étrange de penser que c'était sa vie, désormais. Qu'elle était devenue le genre de personne à participer à des pique-niques de sa boîte, jusqu'à en porter le tee-shirt. Un simple pion parmi tant d'autres dans la grande machine capitaliste, enchaîné à son bureau quarante heures par semaine, préoccupé par ses évaluations annuelles et son plan d'épargne retraite.

Que penserait Kieran d'elle aujourd'hui ? Rien de bon, c'est certain.

Kieran avait été un militant dans l'âme : étudiant en biologie moléculaire, il était habité par la conviction d'être sur terre pour la rendre meilleure en guérissant le cancer, en sauvant les baleines et en manifestant pour le droit à l'avortement ou n'importe quelle autre cause qui lui tenait à cœur.

Et il était sincère. C'est juste qu'il n'était pas très constant. Il se passionnait pour un combat et y consacrait toute son énergie pendant un certain temps, avant de s'en désintéresser quelques mois plus tard et de passer à une autre.

Dans ses bons jours, sa joie de vivre était si contagieuse qu'elle attirait les gens vers lui comme un aimant. Il aimait tout et tout le monde avec une telle intensité qu'il vous donnait envie d'en faire autant. Pour une pessimiste de naissance comme Melody, c'était une nouvelle façon d'appréhender le monde. Il lui avait ouvert les yeux sur les petits bonheurs de la vie – comme contempler des fleurs sauvages jaillissant à travers les fissures de l'asphalte – et sur les grands événements – comme un mouvement politique populaire émergeant à l'autre bout du monde –, et elle l'avait admiré pour ça. Même si, dans le fond, elle trouvait son idéalisme un brin candide. Après tout, on ne renonçait pas si facilement à des années de cynisme, même par amour.

Kieran aurait détesté la voir chez Sauer Hewson. Il lui aurait dit qu'elle gâchait son intelligence, qu'elle bradait son talent pour de l'argent. Il aurait voué aux gémonies ce stupide pique-nique et encore plus cet affreux tee-shirt probablement fabriqué par des enfants dans un atelier clandestin.

— Melody !

Elle se retourna en entendant crier son nom, évitant de justesse une collision avec une meute de gamins poisseux, et aperçut Lacey qui courait vers elle. Elle portait un débardeur à imprimé fleuri ainsi qu'un short en jean déchiré qui mettait en valeur ses jambes fuselées… la seule personne de l'assemblée à avoir réussi à esquiver l'ignoble tee-shirt vert.

— Oh, merci ! s'exclama Lacey en se jetant dans ses bras comme si elles étaient de vieilles amies. Enfin quelqu'un que je connais.

— Je ne savais pas que tu serais là, répondit Melody, soulagée de voir un visage amical.

— J'accompagne Jeremy. Bien évidemment, il m'a abandonnée pour aller faire de la lèche. Je déambule comme une âme en peine depuis des heures et je m'ennuie comme un rat mort.

— Pareil pour moi.

— Eh bien dans ce cas, ennuyons-nous ensemble. Allons nous chercher à boire !

Lacey glissa son bras sous celui de Melody. Puis elle l'entraîna au stand de restauration et commanda deux grandes limonades glacées.

— Le problème avec ce genre d'événement familial, c'est qu'il n'y a jamais d'alcool, déplora-t-elle en tendant les gobelets à Melody pour qu'elle les tienne. Voilà pourquoi je viens toujours équipée.

Elle sortit une petite flasque de son sac en patchwork et versa une dose généreuse de liquide transparent dans chacun des deux verres.

Melody prit une gorgée. De la vodka… C'était un délice.

— Je suis tellement contente d'être tombée sur toi, dit-elle gaiement à Lacey.

Lacey aspira sa boisson avec sa paille et lui sourit.

— Reste avec moi, mon enfant. Je veille sur toi.

* * *

Il était un tantinet possible que Melody soit pompette. Voire très possible. Ce qui était certain, c'est qu'elle s'amusait enfin à ce pique-nique.

Elle en était à son second verre de vodka-limonade. Jusqu'à présent, elles s'étaient fait lire les lignes de la main, peindre le visage – des ailes de papillon pour Lacey et une licorne rose à paillettes pour elle –, puis avaient réussi à convaincre un employé de les laisser sauter dans le château gonflable avec les enfants. Si Melody avait mis son veto au mur d'escalade, elle avait accepté de monter dans une auto tamponneuse, sur le toboggan géant et dans ce truc, Sally le serpent de mer, un immense labyrinthe gonflable duquel elles avaient mis vingt minutes à s'extraire en titubant.

Puis l'annonce du lancement des épreuves des cadres dirigeants avait retenti, et Lacey l'avait entraînée vers les terrains de jeu.

— Crois-moi, tu ne veux pas rater ça. Tous les dirigeants de l'entreprise sont forcés de participer à ces olympiades ridicules.

Intéressant. Melody suivit Lacey qui se frayait un chemin à travers la foule en train de se rassembler.

— Regarde, c'est Jeremy ! s'exclama Lacey en le pointant du doigt.

En effet, Jeremy se tenait au centre du terrain aux côtés d'autres cadres, en pleine préparation pour le tir à la corde. Melody n'identifiait pas assez de participants dans la mêlée pour comprendre comment les équipes étaient réparties, mais elle repéra sans mal le DSI dans l'équipe adverse.

Une fois le coup d'envoi donné, la foule se mit à crier et à encourager les adversaires des deux camps. Lacey et Melody se joignirent à l'euphorie collective, soutenant avec ferveur l'équipe de Jeremy. Après une lutte acharnée, celle-ci parvint à faire passer le foulard derrière le repère, et les spectateurs se déchaînèrent lorsque l'équipe adverse se retrouva traînée dans la boue. Melody applaudit en hurlant de joie, à la fois parce qu'elle était légèrement – franchement – ivre, mais aussi parce qu'il était jouissif de voir le patron de son patron s'écraser de tout son long.

S'ensuivit une épreuve de course en sac, où elle put savourer à nouveau le spectacle du DSI tombant tête la première dans la poussière. Vint ensuite la course à trois jambes.

— Avec qui Jeremy fait-il équipe ? demanda Melody en le voyant s'associer à une jolie adolescente.

— Avec sa sœur, Hannah. Oh, waouh, on dirait que leur mère va concourir aussi.

Au bureau, Angelica Sauer avait la réputation d'être une femme austère et intimidante. Aujourd'hui, pourtant, elle riait et plaisantait comme une gamine. Accroupie près d'un homme que Melody identifia comme le directeur financier, Geoffrey Horvath, elle attachait leurs jambes l'une à l'autre pour la course.

À peine le départ fut-il donné que Jeremy et sa sœur s'élancèrent en parfaite synchronisation, laissant leurs concurrents bien loin derrière eux, avant de s'emparer sans mal de la première place. Melody soupçonnait que ces nombreux pique-niques annuels leur avaient permis de perfectionner leur technique. De leur côté, Mme Sauer et M. Horvath, bien que riant aux éclats, se traînaient loin derrière le peloton, achevant péniblement leur course jusqu'à la ligne d'arrivée.

L'épreuve suivante était une bataille de bombes à eau. Jeremy faisait équipe avec sa mère, tandis que sa sœur avait rejoint M. Horvath. Melody remarqua que Jeremy lançait les ballons de manière précautionneuse, sans doute pour épargner à sa mère de ruiner son élégant brushing. Finalement, un ballon éclata dans ses mains à lui, éclaboussant le devant de sa chemise sous les cris de la foule.

Le pauvre M. Horvath, quant à lui, n'avait pas eu cette chance. Sans scrupule, Hannah lui envoyait de véritables boulets de canon et hurla de rire lorsque le ballon de baudruche explosa sur ses jambes au deuxième tir. Bon joueur, il essora son pantalon en souriant.

Une fois que les épreuves furent terminées, la foule commença à se disperser. Lacey agita le bras pour attirer l'attention de Jeremy, qui s'empressa de les rejoindre.

— Te voilà ! s'écria-t-il en soulevant Lacey, la faisant tournoyer dans les airs. Tu m'as manqué.

C'était la première fois que Melody les voyait ensemble depuis cet horrible dîner. Ils avaient l'air bien plus heureux aujourd'hui. On aurait dit un de ces couples sur les photos témoins vendues avec les cadres : beaux, rayonnants et parfaits.

— Pouah, t'es tout mouillé !

Lacey le repoussa en riant et il lui embrassa le bout du nez.

— J'aime bien tes ailes de papillon. On dirait un masque de super-héros.

— Melody a une licorne, lança Lacey.

— Salut, Melody, dit Jeremy en lui adressant un clin d'œil. Tu t'amuses bien ?

— Plutôt, oui, répondit-elle. Grâce à Lacey.

Melody agita son verre de limonade.

Jeremy piqua le gobelet des mains de Lacey, le regard malicieux.

— Tiens, tiens, qu'avons-nous là ? Ah oui ! commenta-t-il après avoir pris une grande gorgée. Pas étonnant que vous soyez si joyeuses, toutes les deux.

— Hé, c'est à moi ! Ne bois pas tout ! s'indigna Lacey en essayant de récupérer son verre.

— Mmmmh, je crois que je ferais mieux de te le confisquer. Pour ton bien.

Lacey se jeta sur lui, déclenchant une course-poursuite effrénée. Si Jeremy avait l'avantage de la taille, Lacey, vive et impitoyable, ripostait par des chatouilles.

— Bonjour, très chère Lacey, prononça Angelica Sauer d'un ton glacial en surgissant derrière eux, plombant l'ambiance d'un seul coup.

Lacey se raidit et s'écarta brusquement de Jeremy, comme s'il était en feu.

— Bonjour, Angelica.

Mme Sauer se pencha pour l'embrasser sur la joue, en un geste qui évoquait davantage un baiser de la mort administré par un parrain maffieux qu'une marque d'affection chaleureuse. Puis, arquant un sourcil élégant, elle darda sur Melody son regard acéré.

— Jeremy, tu ne me présentes pas ton amie ?

Son fils passa son verre à Lacey et s'avança pour faire les présentations.

— Maman, je te présente Melody Gage. Elle travaille au service informatique.

— Enchantée, Melody.

Mme Sauer arborait un sourire seigneurial en lui tendant la main.

— Tout le plaisir est pour moi, madame Sauer, répondit Melody.

Pourvu qu'elle n'ait pas l'air aussi éméchée qu'elle l'était en réalité. Ouille ! la poigne d'Angelica Sauer était digne d'une championne d'haltérophilie.

— Saurais-tu, par hasard, où se trouve ta sœur ? demanda Mme Sauer en se tournant vers Jeremy.

Ce dernier haussa les épaules.

— Elle m'a dit qu'elle allait retrouver des amis.

Angelica Sauer porta ses doigts à sa gorge.

— Je vois.

— Je suis sûre qu'elle va bien, maman.

Sa mère eut un sourire crispé.

— Tu as sûrement raison.

Jeremy fronça les sourcils.

— Tu veux que j'aille à sa recherche ?

— Non, mon chéri, profite de ta journée, répondit-elle en lui tapotant le bras. Oh, regarde, voilà Edgar Harmon. Je devrais aller le saluer. Veuillez m'excuser, souffla-t-elle tout en adressant un signe de tête à Lacey et Melody, avant de s'éloigner.

Melody ressentit un élan d'affection inattendu envers sa propre mère, qui, malgré tous ses défauts, lui semblait presque inoffensive comparée à celle de Jeremy. Elle n'osait imaginer ce que cela avait dû être de grandir avec une mère comme Angelica Sauer.

— Tu veux aller à la recherche de Hannah ? devina Lacey.

— Peut-être, oui, soupira Jeremy.

— On vient avec toi, affirma Lacey en lui serrant le bras. Hein, Melody ?

— Bien sûr, répliqua Melody en haussant les épaules.

Ce n'était pas comme si elle avait mieux à faire.

* * *

Repérer une adolescente parmi huit cents personnes vêtues du même tee-shirt s'avérait plus facile en théorie qu'en pratique. Tous trois passèrent plus d'une heure à scruter la foule avant de trouver Hannah Sauer, en pleine session de tatouage au henné.

Hannah – ou Microbe, comme la surnommait affectueusement son frère – leva les yeux au ciel en les voyant approcher, comme seule une ado de seize ans savait le faire.

— C'est maman qui t'a envoyé me chercher ? demanda-t-elle en poussant un soupir excédé.

Dotée des cheveux châtain doré et des yeux bleus perçants de son frère, elle avait hérité l'air naturellement hautain de sa mère.

— Non, répondit Jeremy.

Dans l'absolu, ce n'était pas un mensonge. Il semblait soulagé de l'avoir retrouvée, et Melody se rappela que la jeune fille avait traversé une mauvaise passe après le décès de leur père.

Hannah exhiba sous les yeux de son frère le délicat motif sur sa main.

— T'en penses quoi ? Il est pas trop cool ?

— Hyper-cool, confirma Lacey.

— Maman va être ravie, soupira Jeremy. Rassure-moi, ce n'est pas permanent ?

— Ça s'estompe en quelques jours, répliqua Hannah en levant de nouveau les yeux au ciel. Mais attends un peu. Dès que j'ai dix-huit ans, je me fais tatouer pour de vrai, et maman pourra aller se faire voir. T'es qui, toi ? lança-t-elle à Melody en lui jetant un regard méfiant.

— Hannah, voici Melody, une amie de Lacey, déclara Jeremy.

— Bonjour.

Melody arbora un sourire détaché, feignant de ne pas être dérangée par le fait qu'il la présente en tant qu'amie de Lacey plutôt que la sienne. Pourquoi aurait-elle été vexée ? Ce n'était pas faux non plus. Et elle ne pouvait pas lui reprocher de ne pas vouloir raconter à sa petite sœur dans quel contexte ils s'étaient rencontrés.

— Salut, marmonna Hannah, qui avait déjà perdu tout intérêt pour Melody.

— Où sont passés les amis que tu étais censée retrouver ? lui demanda Jeremy.

— Ils étaient ennuyeux.

Jeremy semblait vouloir la questionner davantage, mais Lacey le devança :

— On allait manger un bout. Ça te dit ?

Hannah haussa les épaules.

— Pourquoi pas, marmonna-t-elle comme si cette perspective était presque aussi réjouissante que de faire resserrer son appareil dentaire.

Tous se dirigèrent vers la tente de restauration, où ils remplirent leurs assiettes de côtelettes et de brochettes de bœuf. Jeremy trouva une table de pique-nique libre à laquelle ils s'installèrent en se glissant sur les bancs en bois. Ils dévorèrent leurs plats tout en débattant sur leurs types de barbecue préférés et sur les vertus de la sauce vinaigrée par rapport à la sauce sucrée. Hannah, elle, poussait sa nourriture dans un coin de son assiette sans dire un mot.

— Tout va bien ? finit par lui demander Jeremy en s'essuyant les mains avec une serviette en papier.

— Ouais.

— Microbe, dit-il d'une voix douce, que s'est-il passé avec tes amis ?

— C'est rien, répondit-elle en fixant son assiette. Ils voulaient fumer de l'herbe, et quand je leur ai dit que je ne le ferais pas, ils se sont barrés.

Il lui donna un coup d'épaule affectueux.

— Hé, je suis fier de toi.

— Ouais, super, ronchonna-t-elle, même s'il était évident que cela lui faisait plaisir.

— Qui veut une glace ? proposa Jeremy en jetant sa serviette à la poubelle.

— Moi ! s'exclamèrent Lacey et Hannah à l'unisson.

Jeremy regarda Melody droit dans les yeux.

— Et toi ? demanda-t-il avec un petit sourire, comme s'ils partageaient un secret. Tu aimes les glaces ?

Melody lui rendit son sourire.

— Qui n'aime pas les glaces ?

* * *

Le temps de finir leur glace, la nuit commençait déjà à tomber. Ils retournèrent alors vers les terrains de jeu trouver un spot sympa afin de profiter du feu d'artifice. Jeremy parvint à soudoyer un assistant de direction pour obtenir une couverture supplémentaire, et tous quatre ôtèrent leurs chaussures avant de s'allonger dessus. Étendus sur le dos, ils contemplaient le ciel s'assombrir.

— Étoile du soir, étoile d'espoir, brille de mille feux et exauce mon vœu, chuchota Hannah en pointant du doigt le point de lumière le plus brillant au-dessus de sa tête.

— Fais un vœu, lui souffla Jeremy.

— C'est la planète Vénus, ne put s'empêcher de corriger Melody. Mais on l'appelle l'Étoile du soir donc elle fonctionne sûrement pour les vœux, ajouta-t-elle comme pour s'excuser.

— Tu connais d'autres étoiles ou constellations ? l'interrogea Hannah, lui témoignant pour la première fois de l'intérêt.

Melody scruta le ciel à la recherche d'un élément reconnaissable.

— Hum… Tu vois ce groupe d'étoiles là-bas ? C'est la constellation du Sagittaire. Elle est censée ressembler à un centaure tenant un arc.

— On dirait plutôt une tache, répliqua Hannah en fronçant le nez.

— C'est parce que l'éclat des autres étoiles de la constellation est trop faible pour qu'elles soient visibles. Certains l'appellent la Théière, car c'est un peu la forme que prennent les étoiles centrales. Quand la nuit est très claire, loin des lumières de la ville, on peut apercevoir la Voie lactée s'en échapper comme un nuage de vapeur.

— Où est-ce que t'as appris tous ces trucs ? demanda Hannah à Melody.

— À l'école, répondit Jeremy. Melody a beaucoup étudié au lycée pour pouvoir entrer au MIT.

— Ben dis donc, grand frère, merci pour cette subtile leçon de vie, rétorqua Hannah d'un ton sarcastique en lui donnant un petit coup de coude.

Melody repoussa une mèche de cheveux de son visage, et effleura la peinture sur sa joue.

— Oh, non ! s'écria-t-elle, horrifiée.

— Quoi ? s'inquiéta Jeremy.

— J'avais une licorne à paillettes sur la figure quand tu m'as présenté ta mère !

Elle avait oublié ce stupide maquillage.

Jeremy, Hannah et Lacey éclatèrent de rire.

— C'est pas drôle ! se lamenta Melody en enfouissant son visage dans ses mains. La PDG me prend sûrement pour une idiote, maintenant.

— Relax, dit Jeremy. Cette peinture est adorable. Ma mère ne t'en tiendra pas rigueur.

— Non. Elle t'en voudra bien plus d'être amie avec moi, ironisa Lacey en haussant les épaules.

— Formidable, marmonna Melody.

— Oh, le feu d'artifice commence ! s'exclama Hannah alors que le ciel s'illuminait d'une pluie d'étincelles argentées au-dessus de leurs têtes.

Ils ne prononcèrent plus un mot. Chaque détonation résonnait dans leurs poitrines. Des jets de couleurs éclaboussaient le ciel, et l'odeur de la poudre à canon emplissait l'air, avant de s'évaporer en volutes de fumée bleutée.

Cette journée avait été parfaite, songea alors Melody, étendue dans l'herbe près de Lacey, sous le ciel nocturne éclairé par les feux d'artifice.

C'était exactement ce qu'elle avait espéré en emménageant ici : sentir qu'elle faisait à nouveau partie d'un tout. Et avoir des amis avec qui partager ce sentiment.

Pour la première fois depuis longtemps, elle était heureuse.

Chapitre 11

— Maman, grommela Melody au téléphone. Ne m'offre pas d'abonnement à OKCupid pour mon anniversaire. Je te l'ai déjà dit, les rencontres en ligne ne m'intéressent pas.

Ces derniers temps, les remarques de la mère de Melody au sujet de sa vie amoureuse avaient pris des allures de harcèlement. Elle était convaincue qu'à l'âge avancé de vingt-deux ans sa progéniture était en danger imminent de finir vieille fille et desséchée.

— As-tu eu ne serait-ce qu'un seul rendez-vous depuis que tu as emménagé là-bas ?

Techniquement, la réponse était « oui », si Melody comptait le dîner désastreux avec Jeremy, Lacey et Drew. Mais sa mère exigerait des détails, et cela reviendrait à ouvrir la boîte de Pandore, ce dont elle n'avait aucune envie.

— Eh bien… J'ai été occupée.

— J'ai juste peur que tu te sentes seule, ma chérie.

— Je ne suis pas seule. (*La plupart du temps.*) J'ai des amis.

Lacey pouvait être considérée comme une amie, non ? Même si elles ne traînaient pas ensemble et ne se parlaient pas régulièrement, elles étaient quand même amies, pas vrai ?

— Tu es si loin, toute seule, dans cette nouvelle ville. Je m'inquiète.

— Tout va très bien, maman.

Sa mère poussa un soupir mélodramatique.

— Ça fait plus d'un an que tu as perdu Tu-sais-qui, ma puce.

La mère de Melody ne prononçait jamais le nom de Kieran. Elle savait que sa fille n'aimait pas parler de lui, mais comme elle ne pouvait pas s'empêcher de l'évoquer, elle évitait de prononcer son nom. Comme si c'était Voldemort.

— Je ne veux pas parler de ça, répondit Melody, les dents serrées.

— Je dis juste qu'il est temps de te remettre en selle. Si tu attends trop longtemps, tu risques d'oublier comment ça fonctionne.

— Je n'ai pas oublié comment ça fonctionne.

Ou peut-être l'avait-elle oublié ? Elle se répétait sans cesse qu'elle ne voulait s'engager avec personne. Qu'elle n'était pas prête. Et si ce n'était qu'une excuse ? Peut-être qu'elle ne savait plus comment faire pour aimer à nouveau. Peut-être qu'elle n'en était même pas capable. Comme lorsque l'on cesse d'utiliser ses jambes et que les muscles s'atrophient. Peut-être que son cœur s'était atrophié.

— Je te connais, Melody. Tu as tendance à te couper du monde et à fuir quand les choses se corsent, mais tu ne trouveras jamais le bonheur de cette façon. Il faut te faire violence. Tu pourrais t'inscrire à un club de lecture, par exemple.

— Je vais au yoga toutes les semaines.

— Il n'y a pas d'hommes dans les cours de yoga.

Par chance, la sonnette de l'entrée retentit, offrant à Melody une échappatoire pour mettre fin à cette conversation.

— Maman, je dois y aller. Ma pizza est arrivée.

Elle fit rapidement ses adieux tout en se dirigeant vers la porte.

— Jeremy ! s'exclama-t-elle en ayant un mouvement de recul. Tu n'es pas ma pizza.

Il était trempé jusqu'aux os. La vague de chaleur avait laissé place à une pluie battante – la première depuis que Melody avait emménagé à Los Angeles –, or il n'avait ni veste ni parapluie. L'eau ruisselait sur sa figure, et son expression était si grave qu'il fallut un moment à Melody pour s'apercevoir à quel point les yeux de Jeremy étaient rouges… Comme s'il avait pleuré.

— Tu étais au courant ? gronda-t-il avant qu'elle puisse demander ce qui n'allait pas.

— Pardon ? répliqua-t-elle, prise au dépourvu.

— Pour Lacey et Tessa.

Elle cligna des yeux, déconcertée.

— Pour Lacey et Tessa ?

La colère de Jeremy retomba comme un soufflet, et il s'effondra sous ses yeux.

— Lacey m'a quitté, dit-il d'une voix tremblante. Pour Tessa.

L'espace d'un instant, Melody fut trop stupéfaite pour répondre. Ça n'avait aucun sens, et pourtant… Elle repensa à toutes les fois où elle avait vu Lacey et Tessa ensemble, et à quel point elles semblaient proches, affectueuses l'une envers l'autre. Heureuses. Et au fait que Lacey ne parlait jamais de Jeremy. Absolument jamais.

Melody prit alors conscience que c'était parfaitement logique et qu'elle était bête de ne pas l'avoir compris plus tôt.

— Entre, dit-elle en lui ouvrant la porte. Tu es trempé.

Comme Jeremy ne bougeait pas, elle le prit par le bras et le força à franchir le seuil.

— Désolé, bredouilla-t-il en dégoulinant sur le sol du salon.

— Retire tes chaussures. Je vais te chercher une serviette.

Lorsqu'elle revint les bras chargés de serviettes, il se tenait planté dans l'entrée. Ses chaussures, cependant, étaient posées près de la porte.

— Tiens, dit-elle en lui tendant une serviette.

Elle en étala une autre sur le sol et épongea la flaque d'eau avec son pied.

Il se frotta la tête avec la serviette qu'elle lui avait donnée, se hérissant les cheveux, puis il s'essuya les pieds sur celle gisant par terre.

— Viens t'asseoir, lui dit-elle en désignant le canapé.

— Je vais le mouiller.

Elle disposa une dernière serviette sur les coussins et les tapota avec sa main.

— Assieds-toi.

Sans un mot, il se laissa tomber sur le canapé. C'était déchirant de le voir assis là, pieds nus, les vêtements trempés, agrippé à la serviette autour de ses épaules comme à un doudou. Il semblait encore sous le choc. Il avait dû venir juste après que Lacey lui avait annoncé la nouvelle.

Melody s'installa près de lui.

— Raconte-moi ce qui s'est passé.

Il pencha la tête et se frotta les yeux avec les paumes.

— Elle a dit qu'elle n'était plus amoureuse de moi. Et qu'elle était amoureuse de sa putain de professeure de yoga. Quel putain de cliché, commenta-t-il en lâchant un rire amer. On dirait le scénario d'un mauvais film, pas vrai ?

— Je suis désolée, murmura-t-elle.

Melody voulut poser une main réconfortante sur son dos, mais elle se dégonfla à la dernière seconde, la laissant retomber sur le canapé.

— Je n'arrive pas à le croire. Ma copine est lesbienne.

— Bisexuelle.

Jeremy lui lança un regard inexpressif.

— Les lesbiennes ne sortent pas avec des hommes en général, poursuivit-elle. Lacey est probablement bisexuelle.

— Elle est amoureuse de quelqu'un d'autre depuis des mois, gémit-il, enfouissant à nouveau sa tête entre ses mains.

Difficile de le plaindre, compte tenu de ses antécédents. Mais, selon ses dires, il avait changé, alors peut-être était-il resté fidèle à Lacey. Dans tous les cas, il n'avait rien vu venir.

— Ça n'a pas dû être simple pour elle de te dire la vérité.

Lacey était son amie, et Melody ne pouvait s'empêcher de penser à ce qu'elle avait dû ressentir tout ce temps, refoulant qui elle était vraiment.

Jeremy ferma les yeux.

— Autant te dire que je ne l'ai pas très bien pris. J'ai dit des choses que je ne pensais pas.

Melody se mordit la lèvre. Elle ne voulait pas connaître les détails ni prendre parti.

Puis on sonna à la porte. Sa pizza, enfin. Sauvée par le gong !

Reconnaissante de cette distraction bienvenue, elle se leva d'un bond.

Melody laissa un pourboire au livreur et alla dans la cuisine. Sans demander son avis à Jeremy, elle prépara deux assiettes qu'elle emporta dans le salon, où elle le trouva toujours dans la même posture déconfite sur le canapé.

Elle lui passa une des assiettes.

— Tiens. J'espère que tu aimes le pepperoni et les champignons.

Il se redressa et posa l'assiette en équilibre sur ses genoux. Ils mangèrent leur pizza en silence, les yeux perdus dans le vague. Lorsqu'ils eurent tous deux terminé, Melody le débarrassa.

— Tu veux une autre part ? proposa-t-elle par-dessus son épaule en retournant vers la cuisine.

— Non, merci. Je te remercie, mais je devrais y aller.

Il se leva, frottant ses mains sur ses cuisses. Melody fut tentée de le convaincre de rester, mais il semblait déterminé à partir. Alors elle le raccompagna jusqu'à la porte et attendit qu'il remette ses chaussures humides. Au moins, la pluie avait presque cessé, ce qui lui éviterait d'être à nouveau trempé.

— Hé, dit-elle lorsqu'il ouvrit la porte. Ça va aller ?

Il hocha la tête sans grande conviction.

— Ce n'est pas comme si c'était la première fois que je me faisais larguer, répondit-il en lâchant un autre soupir tremblant. Merci de m'avoir laissé pleurer sur ton épaule.

— Tu n'as pas vraiment pleuré sur mon épaule. Ni sur aucune autre partie de mon corps. Bien que tu puisses le faire, si besoin. J'ai une bonne épaule. Juste là. Deux, en fait. Et elles sont toutes les deux disponibles.

Jeremy retrouva un semblant de sourire.

— Ça va. Ou du moins ça ira.

Il la fixait d'un air étrange, comme s'il voulait lui dire quelque chose. Ses lèvres s'entrouvrirent, mais tout ce qui en sortit fut :

— À bientôt, Melody.

* * *

Le lendemain, Melody reçut un appel de Lacey, qui lui proposait de la retrouver pour un café. Melody devinait la raison de cette invitation, alors elle accepta de rejoindre son amie à l'endroit habituel près du studio de yoga, l'après-midi même.

Arrivée la première, Melody s'inséra dans la queue. Lacey apparut quelques minutes plus tard, vêtue d'un tee-shirt et du même short déchiré qu'elle portait au pique-nique, les cheveux dissimulés sous une casquette de baseball.

— Désolée pour le retard.

— Pas de souci, dit Melody. Je m'occupe de nos cafés. Toi, trouve-nous des places près de la fenêtre.

Une fois qu'elle eut récupéré leur commande, elle alla s'asseoir avec Lacey, qui tapotait nerveusement la table du bout des doigts.

— Il faut que je te dise un truc, confia aussitôt Lacey à Melody.

— Je crois que je sais déjà.

Le visage de Lacey se renfrogna.

— Jeremy t'a tout raconté, c'est ça ?

— Oui.

— Je suis désolée de ne pas te l'avoir dit plus tôt. Je me sens mal de te l'avoir caché pendant tout ce temps.

Melody posa une main sur son bras.

— Tu n'es pas obligée de me raconter si tu ne le sens pas. Sache juste que je suis là si besoin, d'accord ?

— Merci, dit Lacey en triturant nerveusement l'étui en carton de son gobelet, les sourcils froncés.

— Alors… comment tu vas ?

Lacey haussa les épaules.

— Ça va. Je veux dire, ce n'est pas moi qui me suis fait larguer, pas vrai ?

Elle émit un rire bref, qui ressemblait davantage à un sanglot étouffé.

— Ça n'a pas dû être facile quand même, murmura Melody.

Lacey poussa un soupir fébrile.

— Ce n'était pas le meilleur moment de ma vie, c'est sûr. Mais ça aurait pu être pire, je suppose.

— Il était blessé. Quoi qu'il ait pu te dire, il ne le pensait pas.

— Oh, je suis quasi sûre qu'il le pensait, répondit Lacey en fixant son café, auquel elle n'avait pas encore touché. En même temps, je m'y attendais… J'aurais dû lui dire plus tôt. Ce n'était pas correct de lui mentir comme ça.

Elle s'arrêta pour prendre une grande inspiration. Puis leva les yeux vers Melody.

— Comment va-t-il ?

Melody n'en avait aucune idée. Elle n'avait pas de nouvelles de Jeremy depuis qu'il avait quitté son appartement la veille.

— Je pense qu'il est encore sous le choc.

Lacey acquiesça, l'air désolé.

— Il s'en sortira, déclara-t-elle – on aurait dit qu'elle essayait de se convaincre elle-même. Ce n'est pas comme si on était heureux, tu sais ? Même avant que je rencontre

Tessa, on était… Parfois, c'était comme si je ne savais même pas ce qu'on faisait ensemble.

— Alors pourquoi ? ne put s'empêcher de lui demander Melody.

Elle avait du mal à comprendre pourquoi une personne amoureuse d'une autre restait malgré tout.

— Il faut que tu comprennes. Quand Charlotte a découvert ma liaison avec Jeremy, ça a été horrible, expliqua Lacey en se redressant sur son siège. Ils sortaient ensemble depuis si longtemps que tout le monde pensait qu'ils finiraient par se marier. Même s'ils n'étaient pas ensemble-ensemble la majeure partie de leur relation, vu que Jeremy faisait ses études à l'autre bout du pays…

— Elle n'était pas au courant de ses infidélités ?

Lacey haussa les épaules.

— Elle prétendait ne pas savoir, mais je pense qu'au fond, elle s'en doutait. On ne peut pas dire qu'il était très discret à ce sujet. Elle s'imaginait sans doute qu'il allait changer. Qu'une fois son diplôme en poche, il reviendrait vers elle et s'engagerait sérieusement.

— Ça me paraît un peu… naïf, commenta Melody.

— Oui, c'est Charlotte. Elle a toujours eu besoin d'être parfaite : des notes parfaites, des vêtements parfaits, un petit ami parfait… Jeremy et elle formaient le couple parfait… Du moins, c'est ce qu'elle voulait que tout le monde pense. Tant qu'il était loin, elle pouvait fermer les yeux sur ses tromperies, histoire de sauver les apparences. Loin des yeux, loin du cœur, tu vois ? Mais quand elle a découvert qu'il avait couché avec moi, ça a été la goutte d'eau qui fait déborder le vase. Elle a pété les plombs.

— Comment l'a-t-elle découvert ?

Lacey détourna les yeux.

— Eh bien… je le lui ai dit.

La bouche de Melody s'arrondit.

— Pourquoi ?

— J'aimerais te dire que c'était pour la protéger, mais… on s'est disputées, pour une bêtise dont je ne me souviens même plus, et j'étais tellement en colère que je lui ai tout balancé à la figure.

— Aïe. Que s'est-il passé ensuite ?

— Charlotte a fait un scandale. Elle a rompu avec Jeremy en s'assurant que tout le monde sache pourquoi, et elle ne m'a plus parlé pendant un an. Ce n'est toujours pas l'amour fou entre nous, mais maintenant, au moins, elle tolère qu'on soit dans la même pièce.

Melody aurait aimé éprouver plus de compassion envers Lacey, mais, au fond, elle ne pouvait s'empêcher de penser que son amie méritait son sort.

— C'est bon, dit Lacey en voyant l'expression de Melody. Tu as le droit de penser que je suis une connasse.

— Je ne pense pas que tu sois une connasse. Simplement que tu n'as pas toujours fait des choix très… judicieux.

— J'ai merdé, c'est indéniable. Tout ce que je peux te dire, c'est que j'étais jeune et que j'avais clairement des trucs à régler.

— OK, mais comment Jeremy et toi vous êtes-vous retrouvés ensemble après ça ?

Cette partie de l'histoire lui échappait.

Lacey poussa un long soupir.

— Jeremy et moi, on était les méchants de l'histoire. Tout notre entourage s'est retourné contre nous : nos amis, nos familles… Tout le monde nous en voulait. On n'avait personne vers qui se tourner, alors on a fini par se raccrocher l'un à l'autre. Disons que ça nous a rapprochés, tu vois ?

Melody hocha la tête, invitant Lacey à poursuivre.

— Ce n'était pas censé être sérieux. Au début, on ne faisait que s'amuser. Deux gamins stupides qui fricotaient sans réfléchir aux conséquences. Mais une fois que tout le monde l'a su… eh bien on s'est dit : quitte à avoir causé tout ce mal, autant être ensemble. En fait, je pense qu'aucun de nous ne s'est jamais demandé ce qu'il voulait vraiment. Pour être honnête, je ne suis pas sûre qu'on ait jamais été heureux ensemble, ajouta-t-elle après un instant de réflexion.

— Et maintenant, tu es heureuse ? Avec Tessa ?

— Oui, répondit Lacey en se fendant d'un petit sourire. Oui, je le suis.

— Alors c'est tout ce qui compte. Tessa a l'air géniale.

Le sourire de Lacey s'élargit davantage.

— Elle l'est. Elle est trop bien pour moi, ça c'est sûr.

— Depuis combien de temps vous êtes… secrètement amoureuses ? bredouilla Melody, ne sachant comment nommer leur relation.

— Depuis mai.

— Oh, punaise.

Avant même que Melody les rencontre. Cela expliquait bien des choses.

— Ouais, je sais, admit Lacey, les lèvres pincées. Je n'aurais pas dû laisser traîner aussi longtemps.

— Pourquoi, alors ? Je veux dire, si tu savais que tu voulais être avec Tessa, je ne comprends pas : pourquoi ne pas avoir rompu, tout simplement ?

Lacey se recroquevilla sur sa chaise, les poings serrés.

— Parce que je suis une putain de lâche, voilà pourquoi. J'espérais que Jeremy romprait avec moi pour ne pas avoir à le faire. Pour ne pas avoir à lui dire que je le quittais pour une femme.

Melody fut déconcertée. Elle qui pensait que Lacey n'avait jamais peur de rien. Elle était toujours si directe et sûre d'elle, comme si rien ne l'atteignait jamais. C'était un choc – et c'était aussi réconfortant, d'une certaine manière – de s'apercevoir que même une fille comme elle pouvait avoir la trouille.

— Le truc, c'est que ce n'était même pas de le dire à Jeremy qui m'effrayait le plus, reprit Lacey. C'était tout ce que ça allait déclencher. Le lui annoncer à lui signifiait l'annoncer à tous nos amis. À Charlotte. Et à nos parents. C'était juste… trop.

Melody hocha la tête en signe de compassion. Elle se souvenait de son meilleur ami du lycée, le jour où il avait fait son coming out à ses parents. Il y avait eu beaucoup de cris, de pleurs, de menaces d'école militaire et même de thérapie de conversion, avant que sa famille finisse par se faire à l'idée.

— Tu leur en as parlé ?

Lacey esquissa un sourire.

— Ouais, j'ai lâché la bombe au brunch familial ce matin. Ça s'est bien mieux passé qu'avec Jeremy, finalement, va savoir pourquoi. Charlotte a lâché quelques piques passives-agressives parce que la conversation ne tournait pas autour d'elle, mais c'est à peine si mon père a sourcillé. Mon père, ce flic latino ultra-macho… Tout ce qu'il a dit, c'était : « Au moins, je n'ai plus à m'inquiéter que tu tombes enceinte. »

Melody éclata de rire.

— C'est prometteur, non ?

— Ouais. Et ma mère, elle, était carrément ravie. Et impatiente de raconter à toutes ses copines que sa fille est lesbienne, comme si ça lui procurait une aura progressiste ou un truc dans le genre. Pour la première fois de ma vie, je ne suis pas le mouton noir de la famille.

— Aaah, les mères, soupira Melody.

Lacey pouffa de rire en buvant une gorgée de son café.

— Toutes des cinglées, pas vrai ?

Chapitre 12

Quelques jours plus tard, Melody croisa de nouveau Jeremy. Alors qu'elle sortait de l'ascenseur, il entrait dans le hall de l'immeuble.

— Salut, lui lança-t-elle. Comment vas-tu ?

Jeremy lui adressa un sourire poli, un sourire « de travail ».

— Je vais bien.

— Vraiment ?

Elle le scruta, cherchant à déterminer s'il disait la vérité ou s'il faisait semblant. À première vue, il avait l'air plutôt en forme… voire enjoué.

— Vraiment, confirma-t-il en jetant un coup d'œil à sa montre. Désolé, j'ai une réunion…

— Bien sûr, file.

Melody lui fit signe de déguerpir et l'observa se diriger vers l'ascenseur d'un pas assuré : il était souriant, rasé de près, les cheveux impeccablement coiffés et la chemise fraîchement repassée. Aucun signe manifeste de tristesse ni de déprime. Peut-être qu'il se remettait mieux de sa rupture qu'elle l'avait craint. Elle l'espérait, du moins.

Avant de monter dans la cabine, Jeremy se retourna pour lui lancer un dernier regard. Melody fit un petit geste de la main, et il hocha la tête avant de disparaître de son champ de vision.

En fin de semaine, Lacey appela Melody pour l'inviter à prendre un verre dans le bar où elle était serveuse.

— Ça sera en petit comité, annonça-t-elle. Toi, moi, Tessa et quelques copines. Une sorte de soirée pour célébrer.

— Célébrer quoi ?

— Mon coming out ou je ne sais quoi, lâcha Lacey d'un ton gêné. C'est une idée de Tessa. Pour fêter le fait qu'on sorte ensemble. Tu trouves ça naze ?

— Pas du tout. Je trouve ça mignon.

Lacey soupira, agacée, et Melody l'imagina lever les yeux au ciel.

— Bon, ça te dit ou pas ?

— Absolument, confirma Melody en souriant.

— Cool. Prends un taxi. C'est un enfer de se garer dans le quartier et comme ça tu pourras boire sans te soucier de comment rentrer chez toi. Je te préviens, on a prévu de picoler.

* * *

Le bar où Lacey travaillait était situé en plein cœur de Studio City. C'était l'un de ces endroits branchés, style speakeasy[7], qui faisait fureur en ce moment. Les cocktails proposés à la carte portaient des noms farfelus comme Pig Ol' Bitties ou French as Fuck et étaient composés d'ingrédients dont Melody n'avait jamais entendu parler comme le sucre Démérara et la Chartreuse – dont elle

7. Les speakeasies sont des bars un peu cachés inspirés des bars clandestins durant la période de la Prohibition, aux États-Unis.

pensait jusque-là que c'était une couleur, mais qui, manifestement, était aussi une liqueur. Il y en avait d'autres, comme la confiture de figues ou la betterave, qu'elle n'aurait jamais pensé intégrer à une boisson. Heureusement, le barman – ou plutôt le mixologiste – lui épargna la peine de devoir choisir en déposant une bouteille de champagne sur leur table.

En plus de Melody, Lacey et Tessa, deux autres filles étaient présentes : Devika et Kelsey. Devika avait la peau couleur ébène et d'épaisses tresses cuivrées relevées en torsades au sommet du crâne, sans compter une silhouette parfaite, comme si elle sortait tout droit d'un film ou d'un magazine. Kelsey, quant à elle, ressemblait à une pin-up des années 1940. Son rouge à lèvres rouge vif contrastait joliment avec sa peau claire et ses cheveux noir de jais, coiffés en gros rouleaux rétros.

À côté d'elles, Melody se sentait comme le vilain petit canard, une impression devenue familière depuis qu'elle avait emménagé à Los Angeles. Les habitants de cette ville étaient plus beaux que le commun des mortels. On s'y attendait de la part de stars de cinéma, mais même ceux qui n'appartenaient pas à ce milieu étaient d'une beauté remarquable et incroyablement stylés. C'était assez perturbant, à vrai dire.

Lacey souffla un baiser au barman qui remplissait leurs verres.

— Merci, Terrance.

Assise entre Melody et Tessa sur une des confortables banquettes en cuir adossées au mur, cette dernière faisait face à Devika et Kelsey installées dans des fauteuils.

— Tout ce que tu voudras, ma belle, répondit Terrance avec un clin d'œil. Fais-moi signe quand tu seras prête pour un second round.

Lui aussi était très séduisant, dans une version gay de Luke Cage : noir, le crâne rasé et des biceps aussi imposants que les cuisses de Melody.

Kelsey leva sa coupe de champagne en jetant un regard complice à Lacey.

— Portons un toast à cette demoiselle ! Elle a enfin pris sa vie en main, bravo !

— Il était temps ! s'écria Devika avec entrain.

— Et à Tessa, poursuivit Lacey en regardant sa copine avec émerveillement, comme si elle avait changé sa vie.

Ce qui d'une certaine manière, était le cas, pensa Melody.

— Pour s'être montrée si patiente et avoir attendu que je me bouge le cul, ajouta Lacey.

— Il se trouve que j'adore ton petit cul, répliqua Tessa en mêlant ses doigts à ceux de Lacey.

— Santé ! s'exclama Melody.

Elles se penchèrent toutes en avant pour trinquer.

Bien qu'elle ne soit pas une experte en champagne, celui-ci avait le goût du luxe. La sensation du liquide frais et pétillant coulant dans sa gorge était délicieuse.

— Alors, Melody, tu fais quoi dans la vie ? demanda Kelsey.

Elle s'adossa à son fauteuil et étira ses jambes devant elle. Avec ses babies à bouts pointus et aux talons de dix centimètres, elle faisait très femme fatale, telle une héroïne d'un roman de Raymond Chandler.

— Je… hum, je travaille dans l'informatique, répondit Melody en cachant ses Converse noires sous son siège.

— Dans quel genre de boîte ? s'intéressa Devika.

— Celle de Jeremy, intervint Lacey avec un sourire narquois.

Kelsey arqua un sourcil parfaitement épilé et dessiné.

— Nan, sérieux ? Raconte !

— Euh, il n'y a rien de spécial à raconter.

Melody ne savait pas comment les filles réagiraient si elles apprenaient qu'elle avait couché avec Jeremy à l'université, et elle ne tenait pas particulièrement à ce qu'elles le sachent. Le fait qu'elle et Lacey aient toutes les deux couché avec lui était déjà assez bizarre comme ça... alors en parler devant toutes ses amies, le serait encore plus.

— T'inquiète. Elle est grave cool, dit Lacey. Elle a étudié au MIT. C'est un genre de petit génie.

— Et toi, tu fais quoi ? demanda Melody à Kelsey pour changer de sujet.

Kelsey haussa les épaules.

— Actrice slash serveuse. Comme tout le monde à L.A., quoi. Plutôt serveuse qu'actrice ces derniers temps, mais c'est la vie.

— Et l'audition que tu as passée la semaine dernière ? s'enquit Tessa. C'était pour un film, c'est ça ?

Kelsey leva les yeux au ciel.

— Ils voulaient quelqu'un d'un peu plus anorexique. Dommage. Jon Hamm était au casting.

— Il est venu ici une fois, dit Lacey. Je lui ai préparé un martini. Bien chargé.

— Il est aussi beau en vrai ? voulut savoir Melody.

Elle se remémora la fois où elle avait enchaîné trois saisons de *Mad Men* en un week-end. Don Draper avait beau être un macho infâme et immature, Jon Hamm était tellement sexy qu'elle l'épouserait sur-le-champ et lui ferait un million de bébés s'il le voulait.

— Plus encore, répondit Lacey avec un sourire en coin. Tu sais ce qu'on raconte à son sujet, pas vrai ?

— Tu parles de sa queue d'un mètre de long ? intervint Kelsey d'un air narquois.

Lacey acquiesça, amusée.

— Terrance, dit-elle en indiquant le bar d'un mouvement de tête, a décidé de vérifier l'information par lui-même. Alors il l'a suivi jusque dans les toilettes.

— Non, tu déconnes ! s'exclama Devika, horrifiée.

— Et verdict ? demanda Melody, sa curiosité piquée au vif.

Elle mourait d'envie de savoir, OK ? C'était pas un crime !

Lacey haussa les épaules.

— Il était dans le cabinet et pas à l'urinoir.

— Tant mieux, répliqua Kelsey en faisant tourner son champagne dans son verre. Ça entretient le mystère.

— Vous recevez beaucoup de célébrités ici ? s'enquit Melody en balayant la salle du regard.

Elle n'en avait pas croisé tant que ça depuis son arrivée à Los Angeles. Jared Leto, une fois, dans un supermarché, avec son jogging et son tee-shirt déchiré. Elle l'avait presque pris pour un clochard.

— Quelques-unes. La plupart des clients sont des traders et des banquiers. Mais Emma Stone est venue une fois. Très sympa.

— Là, tu me parles ! s'extasia Devika. J'adore les rousses.

— C'est pour ça que tu insistes tant pour que je me teigne les cheveux ? fit mine de s'offusquer Kelsey.

— Peut-être, avoua Devika avec un air mutin, avant de se pencher entre les deux fauteuils pour l'embrasser.

Elles étaient donc en couple, elles aussi, ce qui faisait que Melody était à la fois le vilain petit canard et la cinquième roue du carrosse. D'accord, très bien. Peu importe. Elle avait l'habitude.

— Trop de mignonnerie ! protesta Lacey. C'est écœurant.

Elle leur tira la langue.

— Toi aussi, tu peux maintenant, tu sais, lui fit remarquer Devika.

— Oh, mais tu as raison.

Lacey tourna la tête et embrassa langoureusement Tessa.

Elle semblait si heureuse que Melody en avait littéralement les larmes aux yeux. Elle repensa au chemin que les deux jeunes femmes avaient parcouru pour en arriver là, au stade de pouvoir se témoigner leur affection en public.

Kelsey fronça le nez.

— Bon, ça suffit. Stop. Un peu de tenue, mesdemoiselles, s'il vous plaît.

— Il nous faut une autre tournée.

Lacey agita sa coupe de champagne vide en l'air pour attirer l'attention de Terrance. Ses ongles, fraîchement manucurés et vernis d'un joli bleu turquoise, ne semblaient plus du tout rongés.

— Oh que oui ! s'exclama Devika en vidant sa coupe de champagne jusqu'à la dernière goutte.

— Plusieurs, même, acquiesça Kelsey.

— Gin tonics ? suggéra Lacey.

Terrance débarrassa leurs coupes et partit leur préparer une tournée de gin-tonics maison. Melody n'avait aucune idée de la différence entre un gin-tonic maison et un gin-tonic classique. N'étaient-ils pas tous faits maison ? C'était tout l'intérêt d'un bar, non ? Que les boissons soient préparées sur place ?

— Il faut qu'on case Melody, dit Tessa en la regardant, les lèvres pincées.

Melody secoua la tête, horrifiée.

— Vraiment pas.

— C'est quoi, ton genre ? demanda Devika.

— Les hommes, répondit Lacey.

— Exclusivement ? insista Kelsey.

— Euh, oui, plutôt.

— Tragique, grimaça Devika.

— Hé, les hommes ont leur utilité, dit Kelsey en souriant. Pas vrai, Lacey ?

— Certains plus que d'autres, ricana Lacey.

Melody la scruta, essayant de déterminer si elle faisait référence à Jeremy. Lacey haussa les sourcils en souriant. Cela signifiait-il que oui ? Et si c'était le cas, était-ce ironique ou flatteur ?

Peu importe. Tout bien réfléchi, elle préférait ne pas savoir. Moins elle connaissait les détails de la relation entre Lacey et Jeremy, mieux c'était.

— Et toi, tu fais quoi dans la vie ? demanda Melody en se tournant vers Devika.

— Infirmière en pédiatrie.

— Oh, waouh.

Melody ne supportait ni les enfants ni la vue du sang. Elle éprouvait donc une grande admiration pour les personnes qui avaient le courage de travailler dans ce domaine.

Devika haussa les épaules avec nonchalance.

— Je travaille dans un cabinet médical, donc je me contente de faire des piqûres aux enfants.

— N'essaie pas de changer de sujet, intervint Kelsey en faisant les gros yeux à Melody. Tu les aimes comment ? Blonds ? Bruns ? Minces ? Musclés ?

— Hum, fit Melody en essayant de ne pas penser aux cheveux châtains et au sourire doux de Kieran. Je ne sais pas.

— Si tu pouvais te taper un acteur, n'importe lequel, tu choisirais qui ?

Melody se fendit d'un sourire. Enfin une question à laquelle elle pouvait répondre sans gêne. Elle n'avait même pas besoin d'y réfléchir :

— Chris Evans.

— Excellent choix, commenta Tessa.

— Bordel. Même moi je me taperais Chris Evans s'il débarquait dans ce bar, acquiesça Devika.

— Je suis plutôt *team* Chris Hemsworth, dit Kelsey en se recoiffant.

— Wouhou, à boire ! cria Lacey.

Terrance venait de réapparaître avec un plateau de verres ballon. Elles applaudirent toutes lorsqu'il les posa sur la table et fit mine de soulever un chapeau imaginaire.

Le gin-tonic maison était délicieux. Et très fort. Melody sentait déjà l'alcool lui monter à la tête après seulement quelques gorgées.

Chacune donnait son avis sur les célébrités avec lesquelles elles aimeraient coucher, jusqu'à ce que Kelsey et Tessa lancent un débat animé autour de Kate Winslet et de Cate Blanchett – Melody aurait voté sans hésiter pour Kate Winslet, mais décida de le garder pour elle. La discussion se transforma alors en une partie de « J'épouse, je couche, je tue ».

— Han Solo, princesse Leia et Chewbacca ? proposa Tessa à Devika après que Terrance avait apporté leur deuxième tournée de gin-tonics.

— Anciens ou nouveaux films ? s'enquit Kelsey.

— Qu'importe, répondit Tessa.

— Non, c'est important, insista Kelsey. Pas vrai ? s'insurgea-t-elle en cherchant un soutien du côté de Melody.

— Tout à fait, acquiesça Melody.

— Anciens, dans ce cas, précisa Tessa.

Devika fronça les sourcils tout en réfléchissant à la question.

— Hum… OK, j'épouse Leia, évidemment.

— Évidemment, répéta Tessa.

— Mais si je tue Han Solo, ça veut dire que je devrais baiser avec Chewbacca, j'imagine.

— Tu tuerais Han Solo ? s'offusqua Melody, sidérée.

Han Solo était le premier homme qu'elle avait voulu épouser. Son esprit hétéro ne pouvait comprendre un tel sacrilège.

Kelsey leva une main pour mettre le holà.

— Pause ! On peut parler du fait que ma petite amie vient de dire qu'elle baiserait avec un Wookie ?

— J'ai une question, dit Lacey en inclinant la tête. Tu crois qu'il y a un sexe d'être humain sous tous ces poils ou une petite quéquette rouge comme celle d'un chien ?

— Il ne porte pas de pantalon, répliqua Tessa, les sourcils froncés comme si elle réfléchissait sérieusement à la question. Donc il a forcément un zizi de chien, non ?

— Tu veux changer ta réponse ? demanda Kelsey à Devika.

— Non, c'est bon, répondit Devika en souriant.

Elles éclatèrent de rire, comme si c'était la blague la plus drôle du monde.

* * *

— Ces cocktails sont vraiment très forts, commenta Melody en sirotant son troisième gin-tonic.

Elle qui pensait tenir l'alcool, force était de constater que le monde autour d'elle commençait à devenir de plus en plus bancal.

Kelsey se pencha en avant et planta son ongle rouge et brillant dans le genou de Melody.

— Pourquoi tu ne veux pas te caser ?

Melody haussa les épaules tout en se vautrant dans le canapé.

— Ça ne m'intéresse pas d'être en couple en ce moment.

— Tout le monde a envie d'être en couple, contesta Devika. Tous ceux qui prétendent le contraire sont des menteurs. Ou se mentent à eux-mêmes.

— J'ai été en couple, confia Melody en faisant tourner les glaçons dans son verre. C'était du sérieux. Je ne suis pas encore prête à remettre ça.

Devika la fixait en plissant les yeux, hésitant à la questionner davantage.

— Quel âge tu as ? finit-elle par lui demander.

— Vingt-deux. Presque vingt-trois.

Tessa se pencha par-dessus Lacey.

— Ton anniversaire est quand ?

— Mercredi prochain, en fait.

Melody avait essayé de ne pas y penser. Elle n'avait personne avec qui le fêter, alors ce serait juste un jour comme un autre. Pas de quoi en faire un drame. De toute façon, à quoi bon fêter son anniversaire après vingt et un ans ?

— Nan, sérieux ? Il faut qu'on fête ça ! s'écria Lacey en se tournant vers Tessa. Pas vrai ?

— Carrément.

— Non, vraiment, dit Melody en secouant la tête. Vous n'êtes pas obligées.

— On ne te laisse pas le choix, déclara Lacey d'un ton catégorique. Dîner mercredi soir, après le travail. OK ?

Melody ne put s'empêcher d'esquisser un sourire.

— OK.

* * *

— J'adore tes cheveux, lança Melody à Kelsey alors qu'elles en étaient à leur quatrième, ou peut-être cinquième, tournée de gin-tonics – comment savoir à ce stade ? Et ton maquillage. Et ton… tout ça, poursuivit-elle en agitant la main. Comment t'as appris à faire ça ?

— YouTube, dit Kelsey. Sans rire.

Melody se sentait comme sur un nuage. Comme si elle portait son pantalon de pyjama en polaire préféré, mais autour de son cerveau. C'était tellement cool de boire. Pourquoi ne buvait-elle pas plus souvent, d'ailleurs ?

— Lacey, ta copine est bourrée, observa Devika.

Lacey plissa les yeux en direction de Tessa, le regard trouble.

— Pas ta copine-copine. Ton autre copine.

Devika fit un signe de tête en direction de Melody.

— Objection ! répliqua Melody, avant de se mettre à rire comme une hyène.

Elle savait qu'elle aurait la gueule de bois le lendemain, mais elle s'en moquait.

— T'inquiète, dit Lacey en lui tapotant affectueusement le bras. On va la raccompagner chez elle.

Melody posa sa tête sur l'épaule de Lacey et lui fit un câlin.

— Vous êtes les meilleures, les filles.

* * *

Le réveil fut brutal lorsque son téléphone sonna le lendemain matin. Melody avait l'impression que sa tête avait été passée dans un broyeur.

— Alors, cette gueule de bois ? demanda Lacey lorsque Melody parvint enfin à localiser son téléphone et à décrocher.

— Cataclysmique.

— Fais-toi un bloody mary. Ça fera l'affaire.

Melody n'avait pas de quoi faire un bloody mary dans son appartement. Et même si ça avait été le cas, rien que l'idée d'une nouvelle dose d'alcool lui soulevait l'estomac.

— Je note pour plus tard, marmonna-t-elle en réprimant son envie de vomir.

— Je voulais m'assurer que tu étais toujours en vie après la nuit dernière. T'étais sacrément bourrée.

Melody se frotta le front avec la paume.

— Ouais. Merci de m'avoir raccompagnée.

Elle se souvenait à peine de son retour chez elle. Juste d'avoir quitté le bar, le bras de Tessa autour d'elle pour la soutenir, de s'être écroulée dans son lit, et de Lacey qui lui avait retiré ses chaussures. Tout le reste était flou.

— Bon, je te laisse décuver, dit Lacey. C'est toujours OK pour mercredi ?

— Mercredi ?

Oh, c'est vrai. Son anniversaire.

— Tu n'es pas obligée de…

— Ne raconte pas de bêtises, l'interrompit Lacey. C'est ton anniversaire.

* * *

En dehors de l'appel enthousiaste de sa mère – chanson incluse – aux aurores, l'anniversaire de Melody s'était déroulé comme n'importe quel autre jour. Et c'était très bien ainsi. Vraiment.

On lui avait enfin confié un projet de développement de logiciel, mais en tant que testeuse plutôt que développeuse. Il y avait du progrès. Elle faisait désormais partie d'une équipe de projet et travaillait avec d'autres personnes. Cependant, c'était encore récent, et aucun de ses nouveaux collègues ne savait que c'était son anniversaire. Non pas qu'ils s'en seraient souciés, mais peut-être que quelqu'un lui aurait offert une petite carte ou un gâteau.

Il était possible qu'une infime partie de Melody ait espéré que Jeremy passe le lui souhaiter, mais c'était idiot. Comment aurait-il pu le savoir ? Ce n'était pas comme s'ils étaient amis. Elle ne savait pas ce qu'ils étaient, au juste, en tout cas pas des amis.

Il n'en avait pas le profil : il était beaucoup trop beau, beaucoup trop riche, beaucoup trop inaccessible. Si tenter d'être amie avec un coup d'un soir, qui en plus se trouvait être l'ex de Lacey, était déjà absurde en soi, il ne fallait pas oublier que sa famille dirigeait l'entreprise pour laquelle travaillait Melody. Ça faisait beaucoup.

De toute façon, elle ne l'avait pas beaucoup vu ces derniers temps. Seulement deux fois depuis sa rupture avec Lacey, et c'était à peine s'il lui avait accordé quelques secondes avant de s'enfuir en courant.

Tous deux n'étaient que de simples connaissances, rien de plus. Et depuis que Lacey et lui s'étaient séparés, Melody n'était plus qu'une copine de son ex, ce qui n'avait aucune valeur, n'est-ce pas ?

Peu importe. Elle n'avait pas besoin que Jeremy, ou qui que ce soit d'autre au travail, lui souhaite son anniversaire, car elle avait Lacey et Tessa. Melody avait ses propres amies, maintenant, et elles l'emmenaient dîner ce soir.

Elles avaient réservé dans un restaurant cubain sur La Cienega Boulevard, ce qui lui convenait parfaitement, car la cuisine cubaine lui rappelait la maison. Melody les rejoignit directement après le travail. Les plats étaient excellents. Pas autant qu'en Floride, bien sûr, mais le poulet à l'ail était délicieux. La sangria que Lacey avait commandée pour la tablée était tout aussi savoureuse. Melody n'en but qu'un verre, car c'était un soir de semaine… et qu'elle se sentait d'humeur prudente après les festivités du samedi précédent.

En plus d'être professeure de yoga, Tessa travaillait comme massothérapeute. Elle anima le dîner en leur racontant des anecdotes hilarantes sur ses clients les plus bizarres.

— Un jour, il y a eu ce type d'une cinquantaine d'années très propre sur lui, genre banquier, costume-cravate, cheveux grisonnants… Bref, je suis sortie de la pièce pour qu'il puisse se déshabiller et, quand je suis revenue, il se tenait debout dans un string rouge à paillettes.

— Beurk ! s'exclama Melody en fronçant le nez.

— C'est bien la preuve qu'il faut toujours se méfier des apparences, dit Lacey, la bouche pleine de *lechón asado*[8].

Melody tenta d'imaginer ses collègues de travail portant des strings à paillettes sous leur costard. L'image était vraiment trop perturbante.

— Et il était aussi très poilu, ajouta Tessa. Comme Robin Williams.

— Un Ours[9], quoi, dit Lacey d'un air entendu.

Tessa secoua la tête, faisant glisser une mèche blonde de sa queue-de-cheval sur son front.

— Je suis presque sûre qu'il était hétéro.

— Les hétéros ne portent pas de string, affirma Lacey. Sauf s'ils sont strip-teaseurs.

---

8. Cochon de lait rôti à la bigarade.

9. Le terme « Ours » désigne ici une catégorie d'hommes gays avec une pilosité assez fournie.

— Crois-moi, insista Tessa en se servant un autre verre de sangria, celui-là, si.

Elle remplit celui de Lacey, puis présenta le pichet devant Melody, les sourcils levés.

Melody secoua la tête.

— Comment tu fais ? Pour toucher des inconnus comme ça ? Des inconnus à moitié à poil, en plus.

Elle avait déjà du mal à concevoir se faire toucher par un étranger, alors masser, n'en parlons pas.

Tessa replaça ses cheveux derrière son oreille en souriant.

— C'est pas si difficile. Ce ne sont que des corps. Tout le monde en a un.

— Tu vois, ce qui différencie Tessa du commun des mortels comme toi et moi, dit Lacey à Melody en se penchant d'un air conspirateur, c'est qu'elle aime les gens.

— Je trouve les gens intéressants, rétorqua Tessa. Tout le monde a une histoire.

Lacey leva les yeux au ciel.

— Ouais, comme ce crétin au bar hier soir qui m'a dit que j'avais des seins de belette. Un vrai comique, celui-là.

— Ça n'a pas de sens, s'esclaffa Melody. Quel genre de seins a une belette ?

Lacey piqua un bout de banane plantain frit dans l'assiette de Melody.

— Qu'est-ce que j'en sais ? Les gens sont chelous. À l'exception des personnes ici présentes, bien évidemment.

— Tu lui as parlé du krav maga ? demanda Tessa à Lacey.

— Je me suis inscrite à des cours de krav maga, marmonna Lacey en haussant les épaules.

— Dis-lui pourquoi.

— Je vais m'inscrire à la prochaine session de formation de l'académie du LAPD[10]. Je me suis dit que le krav maga m'aiderait pour le test d'aptitude physique.

— C'est génial ! Tu l'as dit à tes parents ?

Melody tendit la main pour serrer le bras de Lacey. Même sans le krav maga, elle n'imaginait pas que Lacey rencontre la moindre difficulté à passer le test physique.

Lacey secoua la tête.

— Je veux d'abord attendre d'être acceptée. Si je suis acceptée.

— Tu le seras, c'est certain, affirma Melody avec conviction.

Lacey poussa sa nourriture dans son assiette.

— On verra bien.

Quand le serveur vint débarrasser leurs assiettes, Lacey lui lança une phrase en espagnol et, quelques minutes plus tard, il réapparut avec un gâteau *tres leches* orné d'une bougie, qu'il déposa devant Melody.

— *¡Feliz cumpleaños!* cria Lacey. Les employés du restaurant m'ont proposé de pousser la chansonnette, mais j'ai pensé que tu serais gênée.

Melody baissa ses yeux embués de larmes vers la table avant qu'ils la trahissent.

— Merci. De m'avoir épargné les chants et pour le gâteau. Pour le dîner aussi. Pour toute cette soirée, en fait.

— Fais un vœu, lui murmura Tessa.

Je veux plus de soirées comme celle-ci, pensa Melody. Puis elle souffla sur la bougie.

10. Le Los Angeles Police Department (LAPD) est la police municipale de Los Angeles.

Chapitre 13

Melody préparait des scones pour son club de lecture. Oui, elle s'était inscrite à un club de lecture. Mais cela n'avait rien à voir avec la remarque de sa mère. C'était seulement parce qu'elle aimait les livres. Et qu'elle aimait parler de livres. Et parce qu'elle voulait rencontrer d'autres personnes qui aimaient parler de livres.

Sa vie sociale s'était nettement améliorée ces derniers temps, mais les sorties avec Lacey et Tessa lui avaient mis l'eau à la bouche. Peut-être que le MIT lui manquait. Toute sa vie avait été centrée sur les études, et maintenant qu'elles étaient terminées, Melody ressentait un vide qu'elle peinait à combler.

Sa charge de travail s'était alourdie dernièrement, et pourtant ses missions n'étaient toujours pas assez stimulantes pour la captiver tout à fait. Si elle restait chez Sauer Hewson pendant au moins deux ans, l'entreprise financerait son retour sur les bancs de l'école : elle pourrait ainsi obtenir un master en ingénierie. Mais en attendant…

En attendant, elle s'était inscrite à un club de lecture, raison pour laquelle elle préparait des scones un vendredi soir quand elle reçut un appel de Lacey.

— J'ai besoin que tu me rendes un service.

Melody coinça son portable contre son oreille pour ouvrir la porte du four.

— Dis-moi.

Elle jeta un œil au plateau de scones aux cranberries. La pâtisserie n'était pas trop son truc, mais au moins elle s'essayait à quelque chose de nouveau. Parce que les nouvelles expériences étaient censées être stimulantes, non ?

— Je te préviens, c'est un gros service, s'excusa par avance Lacey.

Des basses résonnaient bruyamment en arrière-plan, ce qui signifiait qu'elle appelait du travail.

— Tu veux que je tue quelqu'un pour toi ?

Melody plissa les yeux en observant ses scones, se demandant si elle devait prolonger la cuisson.

— Pas aussi gros. Je suis au boulot et Jeremy est là… complètement bourré. Il faudrait que tu viennes le chercher.

Melody posa le plateau de scones sur le comptoir et retira son gant de cuisine.

— Là, maintenant ?

— Oui, désolée. Je t'expliquerai quand tu seras là.

— Lacey, j'ai mon club de lecture ce soir. J'apporte des scones.

— Bon sang, bonjour l'intello !

— Hé ! Rappelle-moi qui a besoin d'un service ?

— Pardon, mais on est vendredi soir. Trouve-toi une vie sociale.

— C'est précisément ce que j'essaie de faire !

— S'il te plaît, Melody…

— Et depuis quand Jeremy Sauer est devenu mon problème ?

C'était à peine s'il l'avait calculée ces dernières semaines, et elle était censée tout laisser en plan parce qu'il avait trop bu ?

— Il aurait bien besoin d'un ami, ce soir. Et moi, j'ai besoin que quelqu'un le ramène chez lui avant que je me fasse virer.

Avec regret, Melody contempla ses scones aux cranberries et soupira, résignée.

— Je serai là dans vingt minutes.

* * *

À cause d'un véhicule en panne sur Ventura, il lui fallut plus de trente minutes pour rejoindre Studio City. Puis elle tourna en rond cinq bonnes minutes supplémentaires avant de trouver enfin une place de stationnement.

Une fois sur place, elle contourna un groupe de loups de Wall Street en herbe agglutinés dans l'entrée, se frayant un chemin jusqu'au fond du bar où Lacey versait une liqueur orange vif semblable à du Kool-Aid dans un verre à martini cerclé de sucre.

En l'apercevant, Lacey fit signe à Melody, puis glissa un mot à l'oreille d'un des barmans avant de se diriger vers elle.

— Où est l'urgence ? cria Melody par-dessus la musique qui sortait des enceintes.

— Là-bas, répondit Lacey en indiquant d'un mouvement de tête l'extrémité du bar.

Melody scruta la foule et aperçut Jeremy, perché sur un tabouret, la tête entre les mains.

— Ça n'a pas l'air d'être une grosse urgence, Lacey.

— Ouais, eh bien quand je t'ai appelée, il agressait des clients en hurlant. Heureusement, on dirait que l'alcool triste a pris le pas sur l'alcool mauvais.

— Pourquoi est-il dans cet état ? Que s'est-il passé ?

Les rares fois où elle l'avait croisé récemment au bureau, il semblait aller bien. Certes, c'était dans un cadre professionnel où il devait faire bonne figure, mais Melody pensait qu'il avait au moins dépassé le stade de la beuverie post-rupture.

— Drew et Charlotte se sont fiancés.

Drew… et Charlotte ?!

— Je ne savais même pas qu'ils sortaient ensemble.

— Jeremy non plus. Ils ont gardé le secret et lui ont menti pendant des mois. Je suppose qu'il s'est disputé avec Drew quand il a fini par l'apprendre. C'est compliqué.

— On dirait bien, oui.

Toutes ces personnes séduisantes avec leurs histoires amoureuses tordues… On se serait cru dans un épisode de *Grey's Anatomy*, les opérations chirurgicales en moins.

— Ouais, et ça juste après que je l'ai largué…

— Ouais, ouais, ouais…

Les proches de Jeremy lui avaient beaucoup menti, ces derniers temps. Melody comprenait qu'il puisse être bouleversé, même si elle aurait préféré qu'il ne choisisse pas le soir de son club de lecture pour se bourrer la gueule et avoir besoin d'être secouru.

— On n'est plus ensemble, mais je me fais toujours du souci pour lui, tu sais ? dit Lacey, le regard fixé au loin. Je veux juste m'assurer qu'il rentre chez lui sain et sauf.

Melody observa Jeremy. Il faisait peine à voir, affalé au bar, à faire tourner les glaçons dans son verre d'un air morose.

— Tu m'en dois une, marmonna-t-elle à Lacey. Ça va te coûter cher.

Lacey esquissa un sourire en coin.

— Mets ça sur ma note. Fais-le sortir par-derrière, OK ? Devant, il pourrait y avoir des paparazzis.

Melody acquiesça et suivit Lacey à travers la foule jusqu'au tabouret où Jeremy était assis.

— Hé, Jeremy, dit Lacey en lui tapotant le bras.

— Hein ?

Il leva la tête, les paupières lourdes.

— Melody va te raccompagner chez toi, d'accord ?

Lacey désigna Melody, postée à sa gauche.

Jeremy posa sur elle un regard vitreux, remarquant à peine sa présence, avant de retourner à son verre.

— Je suis très bien là où je suis, merci.

— Allez, debout, insista Lacey.

— Je n'ai pas besoin d'une putain de baby-sitter, Lacey, et t'as plus ton mot à dire sur ce que je dois faire.

Sa véhémence était atténuée par son élocution difficilement compréhensible.

— Sérieux ?

Lacey soupira, jetant un coup d'œil derrière elle où la foule agglutinée devant le bar commençait à s'impatienter. Un de ses collègues lui fit un signe désespéré.

— Merde. Je dois retourner bosser.

— Je me charge de lui. Vas-y.

— Merci, souffla Lacey avant de filer.

— Allez, Jeremy, dit Melody en se tournant vers lui. Laisse-moi te ramener chez toi.

Elle le saisit par le bras pour tenter de le faire descendre de son siège, mais avec ses trente kilos et ses vingt centimètres de plus qu'elle, il ne bougea pas d'un millimètre. C'était comme si Titi essayait de déplacer Hector le bouledogue.

Il cligna lentement des yeux.

— Qu'est-ce que tu fous là, Melody ?

Elle renonça à le tirer du tabouret et lui lâcha le bras.

— Lacey m'a demandé de te raccompagner chez toi.

— Lacey, répéta-t-il avec amertume. Évidemment. Parce que Lacey obtient toujours tout ce qu'elle veut. Elle tombe amoureuse de quelqu'un d'autre, et elle t'a, toi.

— De quoi tu parles ?

— C'est grâce à moi que vous êtes devenues amies, et c'est elle qui continue de te voir après la rupture, et moi je n'ai rien… je n'ai personne. Même plus Drew.

Ouille. Cela dit, c'était injuste. Peut-être que Melody ne lui avait pas beaucoup tendu la main récemment, mais lui ne s'était pas manifesté non plus. Au contraire, il avait gardé ses distances et elle avait pensé que c'était ce qu'il souhaitait.

— Hé, déclara-t-elle en se penchant pour accrocher son regard. Je ne suis la propriété de personne. Lacey m'a avertie que tu avais besoin d'une amie ce soir, et me voilà, après avoir lâché tous mes projets du vendredi soir pour toi.

Il détourna les yeux sans piper mot, affichant un air boudeur comme un enfant vexé.

— Tu sais quoi ? lâcha-t-elle, sentant qu'elle atteignait ses limites. Je devrais être à mon club de lecture en ce moment. J'ai lu *Les Misérables* ! Tu sais le temps qu'il m'a fallu pour lire ce livre ? Beaucoup de temps, Jeremy… vraiment beaucoup ! J'ai aussi préparé des scones. Aux cranberries ! s'écria-t-elle en lui assenant un coup dans le bras pour accentuer ses propos. De bout en bout ! (*Paf !* un autre coup.) Des scones qui vont finir à la poubelle parce qu'il fallait quelqu'un pour te gérer vu que tu t'es pris une cuite. Alors tu vas te lever de ce tabouret et me laisser te ramener chez toi. C'est clair ?

Décontenancé par sa tirade, il la regarda un instant avant de se lever en vacillant. Melody se glissa sous son bras et le guida vers le couloir indiqué par Lacey qui menait à la porte arrière, réservée aux livraisons.

Jeremy garda son bras autour d'elle pendant tout le trajet jusqu'à la voiture pour ne pas perdre l'équilibre. Il sentait l'alcool à plein nez et chacun de ses pas était lourd et lent. Malgré son poids, il parvint tout de même à se stabiliser et à marcher plus ou moins droit. Melody soupira de soulagement lorsqu'ils atteignirent enfin à la voiture, et qu'elle le fit s'asseoir côté passager.

— Punaise, merci, souffla-t-elle en se laissant tomber derrière le volant. Le trajet ne m'avait pas semblé aussi long à l'aller tout à l'heure.

Jeremy ne répondit rien. Il était avachi sur son siège, la tête contre la vitre, les yeux clos.

— Je suis désolée pour Charlotte et Drew, dit Melody d'une voix plus douce. Tu veux en parler ?

Elle regrettait un peu son accès de colère. Elle aurait sans doute dû prendre davantage de ses nouvelles après sa rupture. Peut-être avait-il espéré qu'elle lui tendrait la main.

— Non, répondit-il en gardant les yeux fermés.

Bon, peut-être pas finalement.

— Tu ne vas pas vomir dans ma voiture, hein ?

Louper le club de lecture pour le ramener chez lui était une chose, mais un vomito sur ses sièges de voiture dépassait la limite de ce qu'elle était prête à endurer ce soir, peu importe que Jeremy traverse une mauvaise phase.

Il ouvrit un œil, vexé.

— Non.

Elle ouvrit l'application GPS sur son téléphone et lui tendit l'appareil.

— Bien. Entre ton adresse.

Pendant ce temps, Melody se tourna vers la banquette arrière. Elle se souvenait qu'elle avait laissé une bouteille d'eau dans son sac de yoga.

— Bois ça, dit-elle en troquant la bouteille contre son téléphone.

Puis elle cala ce dernier sur le support du tableau de bord, boucla sa ceinture et démarra la voiture.

— Melody ?

Elle le regarda du coin de l'œil, les sourcils froncés.

— Merci d'être venue me chercher.

Son agacement s'évanouit aussitôt, et elle tendit la main pour lui presser affectueusement le bras.

— De rien.

* * *

Voilà une information que Melody ignorait jusqu'alors à propos de Jeremy Sauer : il vivait encore chez sa mère.

Plus précisément dans le manoir du professeur Xavier dans *X-Men*… ou du moins dans son équivalent hollywoodien. Peut-être que si sa mère habitait un putain de manoir, Melody aussi vivrait encore sous son toit. En fait, non. Rectification : même dans un manoir, jamais plus elle n'envisagerait de vivre chez sa mère de son plein gré.

— Waouh ! s'exclama Melody, les yeux écarquillés devant l'imposante demeure, alors qu'elle garait sa voiture dans l'allée circulaire menant à la gigantesque porte d'entrée. C'est comment, la vie de château ?

Jeremy haussa les épaules d'un air indifférent.

— Ce n'est qu'une maison.

Même s'il semblait avoir un peu dégrisé pendant le trajet, son humeur laissait toujours à désirer.

— Tu es sûr ? Parce que de mon point de vue, ça ressemble plutôt à un château de contes de fées, tel que je l'imaginais quand j'étais petite et que je jouais à la princesse et au dragon. Gaufrette, mon chien, faisait le dragon. C'était un teckel très féroce.

Elle mima des griffes avec ses mains tout en faisant une effrayante grimace.

La bouche de Jeremy se retroussa en un léger sourire.

— Tu veux entrer ? Maintenant que tu es là.

— Entrer là-dedans ? Je ne pense pas être assez présentable.

— Tu es parfaitement présentable. Il n'y a pas de dress code. C'est chez moi. Allez, viens, je vais te faire visiter, dit-il en ouvrant la portière de la voiture.

Melody coupa le moteur et le suivit. Combien de fois dans une existence avait-on l'occasion de pénétrer au cœur même de *Lifestyles of the Rich and Famous*[11] ?

Jeremy maintint la lourde porte d'entrée en bois ouverte et lui fit signe d'avancer dans un vaste hall. À l'intérieur, la demeure était aussi calme et solennelle qu'un musée après la fermeture. Une lumière argentée filtrait à travers une rangée de vitraux à l'étage, illuminant une cheminée colossale en pierre de taille, digne d'une salle de banquet d'un chef viking. Des meubles oppressants de style classique étaient disposés avec soin sur tout le pourtour de la pièce.

Entre le mobilier foncé, les boiseries chargées et les détails architecturaux d'inspiration gothique, l'ambiance tenait plus de *La Maison du diable*[12] que d'une chaleureuse

11. *Lifestyles of the Rich and Famous* est une série télévisée américaine diffusée de 1984 à 1995 et qui mettait en scène le mode de vie extravagant de riches célébrités.

12. Film d'horreur américano-britannique réalisé par Robert Wise sur un manoir hanté.

maison familiale. Le seul élément un tant soit peu accueillant était une table ronde sur laquelle trônaient des photos de famille dans de jolis cadres.

— C'est toi et Hannah ? demanda Melody en désignant la photo d'un garçon aux dents de lapin avec une houppette sur la tête et un bébé sur les genoux.

Jeremy eut un léger sourire.

— Oui, elle m'a vomi dessus deux secondes après que la photo a été prise.

La photo d'à côté montrait un Jeremy adolescent, un peu gauche, en compagnie d'un homme qui ne pouvait être que son père, tous deux sur le pont d'un bateau.

— Tu lui ressembles.

— C'est ce que tout le monde dit, commenta Jeremy, qui observa un instant la photo avant de pencher la tête. Allez, viens. Je suis sûr que tu vas adorer la bibliothèque.

— La bibliothèque ? répéta Melody, son visage s'illuminant à cette perspective. Oui, s'il te plaît !

Ils arpentèrent un long couloir orné de peintures à l'huile dans de lourds cadres dorés, avant de pénétrer dans la bibliothèque. Les yeux écarquillés, Melody alla se poster au centre de la pièce et tourna lentement sur elle-même, admirant l'espace autour d'elle.

Cette bibliothèque dépassait de loin tout ce qu'elle avait pu imaginer dans ses rêves les plus fous : sombre, mystérieuse et raffinée, avec une cheminée en marbre, des boiseries, des fauteuils en cuir, un immense bureau en bois et… des livres ! Une multitude d'étagères chargées de livres, sur toutes les thématiques possibles et imaginables couvrait les murs du sol au plafond. Il y avait même une échelle ! Toute sa vie, elle avait rêvé d'une bibliothèque avec une échelle.

Elle se précipita dessus et grimpa les premières marches pour caresser les reliures de cuir anciennes sur la plus haute étagère.

— Ça te plaît ? demanda Jeremy dans son dos.

Lorsqu'elle se retourna, il affichait un grand sourire.

— C'est fabuleux ! s'exclama-t-elle, émerveillée, en redescendant de l'échelle. Tu devais y passer des heures quand tu étais enfant.

Il enfonça les mains dans ses poches, considérant la pièce d'un air morne.

— Je n'avais pas le droit d'entrer ici quand j'étais plus jeune.

— Oh.

C'était sans doute la chose la plus triste qu'il lui ait jamais dite. À quoi bon vivre dans un tel endroit si on ne pouvait pas en profiter ?

Il haussa les épaules.

— Je n'ai jamais été un grand lecteur, de toute façon.

Un tableau accroché au mur attira l'attention de Melody. Elle prit une profonde inspiration.

— C'est un Whistler ? Un vrai Whistler ? Peint de ses propres mains ?

Jeremy acquiesça.

— Mon père était un grand collectionneur d'art.

Melody traversa la pièce pour examiner la peinture de plus près.

— C'est incroyable. Je n'arrive pas à croire qu'il soit exposé dans votre maison !

Les détails minutieusement travaillés au pinceau étaient extraordinaires. Rien à voir avec les impressions papier ou les photos sur Internet. L'envie de passer les doigts sur la texture rugueuse de la toile était si forte que Melody joignit ses mains derrière son dos pour se contenir.

— Je ne savais pas que tu étais amatrice d'art, dit Jeremy en s'approchant d'elle.

— Oh, pas vraiment. Dans le cadre des crédits en sciences humaines, j'ai suivi un cours d'histoire de l'art, et Whistler était l'un de mes artistes préférés. J'adore ses nocturnes. Ils sont oniriques tout en restant empreints de réalisme, tu vois ? Ils ont quelque chose d'apaisant.

La tête inclinée sur le côté, Jeremy contemplait le tableau comme s'il le découvrait pour la première fois.

— Il y en a un autre dans le hall, à l'étage, ajouta-t-il au bout d'un moment. Tu veux le voir ?

Melody hocha la tête en sautillant sur place.

— Oui, s'il te plaît !

Ils retournèrent dans le hall d'entrée et empruntèrent l'un des deux grands escaliers qui flanquaient la pièce. Une fois sur le palier aux vitraux, ils montèrent encore quelques marches pour traverser une longue galerie surplombant l'entrée. Au bout, ils bifurquèrent dans un petit couloir où était exposé l'autre Whistler. Contrairement au paysage urbain gris et or de la bibliothèque, celui-ci était une marine dans des tons bleus et violets.

— C'était une des toiles préférées de mon père.

— Elle est sublime.

Melody comprenait pourquoi M. Sauer l'avait tant aimée. C'était une scène paisible : une étendue d'eau s'étirant à l'infini, trois petits navires à l'horizon. Les coups de pinceau horizontaux et le subtil jeu de couleurs lui procuraient un sentiment de plénitude.

Alors qu'ils étaient en pleine contemplation, une porte s'ouvrit au bout du couloir, et Geoffrey Horvath apparut sur le seuil, vêtu en tout et pour tout d'un peignoir pour femme en soie rose. À leur vue, il s'arrêta net.

— Jeremy ! s'exclama-t-il.

Les yeux de Melody s'écarquillèrent. À ses côtés, elle entendit la respiration de Jeremy s'accélérer, signe qu'il était aussi surpris qu'elle de voir le directeur financier de Sauer Hewson se balader dans ce qu'elle supposait être le peignoir de la PDG. Beurk…

— Geoff ?

Angelica Sauer apparut aux côtés de M. Horvath, vêtue d'un peignoir de soie assorti à celui de son compagnon. Son visage se figea lorsqu'elle aperçut son fils.

— Jeremy. Je croyais que tu étais de sortie ce soir.

— Je vois ça.

La voix de Jeremy était plus glaciale qu'elle l'avait jamais été.

Melody se glissa derrière lui, espérant que Mme Sauer et M. Horvath ne la reconnaîtraient pas. Sinon, ses perspectives d'évolution dans l'entreprise risquaient d'en souffrir.

— Inutile de me parler sur ce ton, répliqua Mme Sauer.

— Vraiment ? Le meilleur ami de mon père couche avec ma mère et c'est mon ton qui est problématique ?

M. Horvath se racla la gorge, visiblement mal à l'aise.

— Jeremy…

— Depuis combien de temps couches-tu avec ma mère ?

— Jeremy ! objecta sévèrement sa mère. Ce n'est évidemment pas ainsi que nous voulions que tu l'apprennes…

— Hannah est au courant ?

— Non, bien sûr que non. Elle est à une soirée pyjama.

— Depuis combien de temps ça dure ?

— Je ne vois pas en quoi cela te regarde.

— *Depuis combien de temps ?*

Jeremy cria assez fort pour faire sursauter Melody.

Sa mère baissa les yeux.

— Cinq ans.

— Cinq ans ? s'étrangla-t-il. Tu couchais déjà avec Geoffrey quand papa était en vie ? Quand il était mourant ?

Melody garda les yeux rivés sur le sol, tentant tant bien que mal de se rendre invisible. Elle n'aurait pas dû être là. Elle n'aurait pas dû entendre tout ça. La situation était déjà assez pénible en soi, sans qu'elle se déroule devant elle, une parfaite étrangère.

La mère de Jeremy fit un pas vers lui.

— C'est compliqué. Tu ne comprends pas. J'essayais seulement de te protéger.

— Non, tu essayais de te protéger, toi, maman. Parce que tu es la seule personne dont tu te sois jamais souciée.

Le masque impassible de Mme Sauer se fissura, dévoilant une expression de douleur. Elle avança à nouveau, mais Jeremy tourna les talons et déguerpit à toute vitesse.

Melody se retrouva seule face à Angelica Sauer et Geoffrey Horvath dans leurs déshabillés respectifs. Autrement dit, son pire cauchemar professionnel venait de se matérialiser sous ses yeux. À la différence que les rôles étaient inversés, car, dans ses cauchemars, c'était elle qui se retrouvait à moitié nue devant les dirigeants de sa boîte.

Elle leur adressa un sourire confus et crispé, puis courut derrière Jeremy, qui avait déjà dévalé la moitié des escaliers. Le temps qu'elle le rattrape, il était assis dans sa voiture, le regard vide. Melody s'installa derrière le volant, puis se tourna sur son siège pour lui faire face.

Il avait l'air anéanti. Comme un petit garçon qui venait de perdre ses parents. Elle avait cru qu'il menait une vie de rêve, or tout n'était qu'illusion. Sous la surface, c'était un véritable carnage.

— Tu veux bien m'emmener ailleurs, s'il te plaît ? implora-t-il d'une voix étranglée.

— Où veux-tu aller ? lui demanda-t-elle, son cœur se serrant pour lui.

Sa mâchoire se crispa.

— N'importe où, tant que c'est loin d'ici.

Chapitre 14

Ne sachant pas où aller, Melody conduisit Jeremy chez elle.

Il resta silencieux pendant tout le trajet et même lorsqu'ils montèrent les marches jusqu'à son appartement. À peine était-il entré qu'il s'effondra sur le canapé, la tête entre les mains.

— Quel mois de merde.

Melody rangea son sac à main et vint s'asseoir près de lui. Après un moment d'hésitation, elle posa une main sur son dos.

Il laissa échapper un long soupir tremblant, qu'elle sentit vibrer sous ses doigts.

— Lacey est tombée amoureuse de quelqu'un d'autre. Charlotte et Drew sont ensemble. Même ma mère est avec Geoffrey, lâcha-t-il avec un rire. Et moi… je n'ai personne, parce que je bousille tout ce que je touche.

Voilà que son manque de confiance en soi se manifestait de nouveau. Melody lui frotta le dos de haut en bas, tâchant d'apaiser les lignes de tension.

— C'est faux.

— Moi qui pensais que Geoffrey croyait en moi. En fait, il se sentait juste coupable parce qu'il baise ma mère.

— Tu n'en sais rien.

Il se passa les mains sur le visage, la tête toujours baissée.

— Je me suis comporté comme un connard avec Drew, et maintenant il ne veut plus me parler. J'ai traité Charlotte comme de la merde. Et même quand j'essaie d'être une meilleure personne, j'arrive à tout faire foirer avec Lacey.

— Je ne suis pas sûre que ce qui s'est passé avec Lacey soit ta faute.

Il se redressa, et Melody retira sa main juste avant qu'il s'adosse au canapé.

— Je n'ai pas réussi à la rendre heureuse, dit-il en fixant le mur. Si elle avait été heureuse, elle ne serait jamais tombée amoureuse de quelqu'un d'autre.

Il n'avait pas tort. D'un autre côté…

— Peut-être que vous n'étiez pas faits l'un pour l'autre. Tu sais, tu devrais peut-être songer à élargir ton cercle de fréquentations au-delà des sœurs Lopez, ajouta-t-elle avec un sourire taquin. C'est juste une idée en passant.

Jeremy se tourna vers elle et son regard s'adoucit.

— Désolé de t'impliquer dans tous mes problèmes. Tu n'as rien demandé.

Elle secoua la tête.

— Oui, enfin, tu te rappelles le jour où tu m'as trouvée en train de pleurer comme une madeleine dans ma voiture ? Je te devais bien ça.

Cela lui donna une idée.

— De la glace ! s'écria-t-elle en bondissant sur ses pieds. Voilà ce qu'il te faut !

— Tu n'es pas obligée de…

— Chut ! dit-elle en disparaissant dans la cuisine.

Tous les glaciers étaient fermés à cette heure-ci, mais elle en gardait toujours une réserve... Pour les cas d'extrême urgence, bien sûr, comme là maintenant. Elle revint dans le salon munie d'un pot de glace et de deux cuillères.

— Choco caramel extra-fondant, annonça-t-elle en se laissant retomber sur les coussins. *Pour vous, monsieur*[13], déclara-t-elle en tendant une cuillère à Jeremy.

Il jeta un regard sceptique dans le pot, qu'elle avait posé entre eux.

— Je ne sais pas... Tu es sûre que c'est assez chocolaté ?

— Mmmmh, tu as raison, répondit-elle en piochant un morceau de caramel glacé. Ils auraient quand même pu en mettre un peu plus.

— Quelle bande de fainéants, ajouta-t-il, la bouche pleine.

Ils engloutirent le pot entier en quelques minutes.

— Alors, ça va mieux ? demanda Melody en se penchant pour poser le pot vide sur la table basse.

— En fait, je crois que j'ai un peu abusé, gémit Jeremy, se frottant le ventre.

— Moi aussi.

Avec une grimace, elle replia ses jambes sous ses fesses et cala sa tête contre le dossier du canapé.

— Super, le remède miracle à base de glace. Merde, il est tard, dit-il dans un bâillement en jetant un œil à sa montre. Je vais appeler un taxi et te fiche la paix.

Il se redressa et sortit son téléphone de sa poche.

— Et pour aller où, exactement ?

— Chercher ma voiture, répliqua-t-il en faisant glisser son pouce sur l'écran.

---

13. En français dans la version originale.

Cela ne répondait pas à sa question.

— Et ensuite ? Tu vas retourner chez toi pour affronter ta mère ?

Jeremy suspendit son geste.

Melody lui prit le portable des mains.

— C'est bien ce que je pensais. Reste ici cette nuit. Tu peux dormir sur le canapé.

Jeremy inclina la tête, puis tourna son regard vers elle d'un air si vulnérable que cela lui creva le cœur.

— Tu n'es pas obligée de faire ça.

— Je sais. Mais j'en ai envie.

Il poussa un long soupir.

— Merci. C'est juste que… je suis tellement fatigué.

— Ne bouge pas. Je vais te chercher un oreiller et une couverture.

Quand elle revint, Jeremy s'était assoupi sur le flanc, une main coincée sous le menton. Maintenant que la tension sur son visage s'était dissipée, il paraissait plus jeune… et rappelait davantage l'étudiant insouciant qu'elle avait rencontré à Boston trois ans auparavant. Avec une meilleure coupe de cheveux.

Il ne broncha pas lorsqu'elle posa la couverture sur lui.

— Fais de beaux rêves, murmura-t-elle avant d'éteindre la lumière.

* * *

Quand Melody se réveilla le lendemain matin, le canapé était vide. Là où Jeremy avait dormi se trouvait une note griffonnée à la hâte au verso d'un ticket de caisse :

J'ai appelé un taxi. Merci pour la glace et la compagnie. La prochaine fois, c'est moi qui offre. J.

Alors qu'elle prenait son petit déjeuner, composé de scones durcis, Melody se fit la réflexion que Jeremy Sauer, célibataire milliardaire et figure incontournable de la scène mondaine de Los Angeles, n'avait pas tant d'amis que ça, finalement. Pas de véritables amis, du moins. Seulement des compagnons de soirée pour faire la fête et picoler. Pas d'amis à qui il aurait pu confier ses peurs et ses faiblesses. Des amis qui auraient accouru quand il avait besoin d'eux.

Ça leur faisait un point en commun. Peut-être était-ce ce constat qui la poussa à l'appeler plus tard dans la journée, juste pour prendre de ses nouvelles.

Il sembla content de l'entendre. En fait, il paraissait plutôt d'humeur joyeuse, ce qui représentait une nette amélioration par rapport à la veille.

— Tu as discuté avec ta mère ?

— Oh, tu sais, dans ma famille, on ne parle pas vraiment. On se met plutôt d'accord sur une trêve.

— Ça m'a l'air… très sain, ironisa Melody.

Il émit un léger grognement.

— Communiquer n'est pas dans les habitudes de ma mère. Ça fait trop désordre… pas assez digne. Mais elle a accepté de dire la vérité à Hannah, c'est déjà ça. Elle compte lui dire ce soir. Le dîner de famille s'annonce épique.

Melody noua machinalement l'ourlet de sa manche de chemise autour de son doigt. Rien qu'imaginer ce dîner la rendait nerveuse.

— Comment tu crois que Hannah va réagir ?

— Aucune idée. Elle adore Geoffrey. Et elle était plus jeune que moi quand papa est décédé, donc peut-être qu'elle le prendra bien. J'ai peut-être réagi de manière excessive, soupira-t-il d'un air résigné. Au fond, j'ai toujours su que le mariage de mes parents n'était pas idyllique. Et mon père est mort depuis trois ans. Ce n'est pas juste d'attendre de ma mère qu'elle joue les veuves éplorées éternellement.

Melody appuya le téléphone contre son oreille. Ses doigts serraient si fort sa chemise qu'ils commençaient à s'engourdir.

— Tu as le droit de lui en vouloir pour te l'avoir caché si longtemps. Même si je comprends qu'elle ait eu peur de ta réaction.

Un soupir fébrile retentit à l'autre bout de la ligne.

— J'ai l'impression d'avoir pas mal merdé, ces derniers temps.

— Pour ta défense, tu as eu beaucoup choses à affronter.

Melody doutait qu'elle aurait pu se débrouiller aussi bien en de pareilles circonstances.

— Désolé pour ton club de lecture hier soir. Et merci d'être venue me chercher.

— C'est à ça que servent les amis, non ? déclara-t-elle d'un ton léger, comme si ça n'avait pas d'importance.

— C'est ce qu'on est ? Amis ?

La façon dont il lui posa cette question n'avait rien de désinvolte, en revanche. Il avait l'air sérieux. Comme si cela signifiait réellement quelque chose pour lui.

Melody serra un peu plus fort le téléphone.

— Eh bien… à ce stade, je ne pense pas qu'on puisse y échapper.

Il émit un petit rire.

— Je suppose que non.

* * *

Quelques jours plus tard, Jeremy fit irruption dans le bureau de Melody. Au lieu de signaler qu'il était là, il resta planté sur le seuil, attendant patiemment qu'elle remarque sa présence.

Lorsqu'elle leva enfin les yeux, Melody sursauta.

— Bon sang ! s'exclama-t-elle, une main plaquée sur sa poitrine. Je ne t'avais pas vu rôder.

— Je ne rôdais pas, protesta-t-il. Je suis bien en vue.

Les manches de sa chemise étaient retroussées jusqu'aux coudes, dévoilant ses avant-bras aux veines saillantes. Melody ne put s'empêcher de penser qu'il devait faire beaucoup de sport. Il suffisait de regarder son corps.

Lorsqu'elle prit conscience qu'elle était en train de le mater, elle baissa brusquement les yeux, le feu aux joues.

— Tu aurais pu dire quelque chose pour attirer mon attention.

— Je ne voulais pas te faire peur.

— Loupé.

Il s'appuya contre l'encadrement de la porte, un sourire amusé aux lèvres.

— Effectivement. La prochaine fois, je commencerai par dire bonjour.

La prochaine fois ? Melody ne savait même pas ce qui l'amenait aujourd'hui, et il parlait déjà d'une prochaine fois ?

— J'avais quinze minutes à tuer entre deux réunions, précisa-t-il comme s'il lisait dans ses pensées. Alors je me suis dit que j'allais venir te dire bonjour.

— Bonjour, répliqua-t-elle en souriant.

Ce n'était donc qu'une visite amicale ? Maintenant qu'ils étaient amis ?

Il passa la langue sur sa lèvre inférieure.

— Bonjour. Je ne te dérange pas, j'espère ? Si tu es occupée…

— Nan, tu ne me déranges pas, et je ne suis pas occupée. Non pas que je me tourne les pouces, pas du tout. Je bosse dur. Très dur même. Pas de tirage au flanc ici, monsieur Sauer.

— Je ne suis pas ton patron, grogna-t-il.

Elle plissa les yeux.

— Un peu quand même, non ?

Il secoua la tête.

— Absolument pas. Je ne suis qu'une petite abeille ouvrière dans la même ruche que toi.

— Une ruche dont ta mère possède tout de même la majorité des parts.

Son sourire s'évanouit légèrement.

— Ma mère, c'est ma mère. Et moi, c'est moi. Crois-moi, ici, personne n'écoute ce que je dis.

— Dure journée dans les tranchées ?

Jeremy haussa les épaules.

— Pas plus que d'habitude.

Son regard dévia vers la rangée de figurines alignées sur l'étagère derrière le bureau de Melody. Intrigué, il s'approcha pour les regarder de plus près.

— C'est une sacrée collection que tu as là, dit-il en donnant une pichenette sur la tête mobile de Ron Swanson, qui se mit à osciller. On dirait une armée miniature.

Melody pivota sur son fauteuil en l'observant.

— Il se peut que je nourrisse une addiction. Pas un mot à la direction… Oups. Trop tard.

Un sourire en coin étira ses lèvres.

— Ton secret est bien gardé avec moi, répondit-il en saisissant la figurine Funko Pop ! de Black Widow.

C'était l'une des préférées de Melody. Une édition exclusive de *Avengers : l'ère d'Ultron* avec le bouclier de Captain America.

Jeremy fronça légèrement les sourcils.

— Comment tu décides lesquelles viennent au bureau et lesquelles restent chez toi ?

— Oh, eh bien, c'est un système très complexe basé sur le pur hasard et mon humeur du moment.

Jeremy reposa la figurine… au mauvais endroit. Melody coinça ses mains sous ses cuisses, résistant à l'envie de se lever pour la replacer correctement. Zen… Ce n'était qu'une question de minutes avant qu'elle rectifie le tir.

Il se tourna vers elle, la tête inclinée sur le côté.

— Je devrais te laisser travailler.

— Je peux travailler même si tu es là.

— D'accord. Tu bosses sur quoi ? lui demanda-t-il alors que ses yeux se posaient sur l'écran d'ordinateur de Melody.

— Oh, tu ne veux pas savoir. C'est d'un ennui mortel.

Le projet qui lui avait été assigné consistait à mettre à jour des logiciels gérant les systèmes de régulation de climatisation dans les avions. Ce n'était peut-être pas aussi captivant que les vaisseaux cargo pour la station spatiale, mais le département de l'aviation commerciale de Sauer Hewson générait soixante-dix pour cent du chiffre d'affaires de l'entreprise, représentant ainsi la majeure partie de ses bénéfices. Après tout, les passagers avaient besoin de chauffage et d'air conditionné lorsqu'ils étaient entassés comme des sardines dans une boîte de conserve volante. Voilà pourquoi elle rédigeait des scripts pour tester la fonctionnalité du logiciel développé par les programmeurs.

Jeremy se laissa tomber dans l'autre fauteuil et inclina le dossier en arrière, se mettant à l'aise.

— Tu sais, je pratique l'ennui à longueur de journée. J'excelle dans l'ennui. Mets-moi à l'essai pour voir.

— Bon, d'accord. En ce moment, je réalise un test pour m'assurer que notre logiciel ne plante pas si un utilisateur décide de changer le nom d'un des capteurs en cours de route. Par exemple, s'il nomme un capteur de débit d'air « air_flow_1 », mais qu'au bout de trois heures d'un test de six heures, il décide de le remplacer par « air_flow_alpha », notre logiciel doit être capable d'enregistrer l'information sans bugger.

Le coin de sa bouche tressaillit.

— Ça a l'air important.

— Ça l'est. Je suis une personne très importante. C'est pour ça qu'on m'a attribué un luxueux bureau, comme tu peux le voir.

Tel un agent immobilier, elle présenta la pièce d'un geste théâtral.

Il hocha la tête.

— Au moins, tu es tranquille.

— C'est vrai. J'aime ma tranquillité. Enfin, non pas que la compagnie me dérange, s'empressa-t-elle d'ajouter, au cas où il penserait qu'elle cherchait à se débarrasser de lui. J'adore avoir de la compagnie. On peut vite se sentir très seul ici, alors c'est cool d'avoir de la visite de temps en temps.

Elle sentit le rouge lui monter aux joues et s'efforça d'afficher un large sourire pour masquer sa gêne.

Jeremy lui rendit son sourire, dévoilant ses adorables fossettes.

— Alors il va falloir que je vienne plus souvent.

Chapitre 15

Et il tint parole. Encore et encore.

Maintenant qu'ils étaient officiellement amis, Jeremy rendait régulièrement visite à Melody pour discuter ou traîner quelques minutes dans son bureau. Ses missions, qui ne représentaient toujours pas de difficultés, lui permettaient d'apprécier ces interruptions bienvenues. Surtout aujourd'hui.

— Salut, dit Jeremy en se pointant à la porte de son bureau.

En pleine conversation téléphonique, Melody leva un doigt pour lui indiquer de patienter. Alors qu'il s'apprêtait à faire demi-tour, elle lui fit signe d'entrer.

— Maman, je dois te laisser, quelqu'un vient d'arriver. OK… D'accord. Je t'aime. Bye.

— Tu n'étais pas obligée de raccrocher.

— Crois-moi, ça m'arrange.

L'accueil aurait-il été aussi chaleureux si elle avait osé se présenter au bureau de Jeremy, à l'étage de la direction, pour une petite causette improvisée ? Elle se le demandait parfois, mais elle n'avait nullement l'intention de le découvrir. Ç'aurait été risqué de tomber sur Geoffrey Horvath ou Angelica Sauer, deux personnes qu'elle avait brillamment réussi à éviter depuis l'infâme affaire du peignoir. Non merci.

Elle ne savait même pas où se trouvait avec précision le bureau de Jeremy ni à quoi il ressemblait. Elle aurait pu lui poser la question, mais comme elle n'avait pas prévu d'y mettre les pieds un jour, à quoi bon ?

Non, elle se contenterait de rester dans sa tanière au cinquième étage, à profiter des visites occasionnelles de Jeremy lorsqu'il daignait passer. Il se plaignait des manigances qui avaient lieu dans les hautes sphères de la direction, tandis qu'elle se lamentait sur les développeurs qui, dès qu'il y avait des bugs, tentaient de lui faire porter le chapeau, au lieu d'en assumer la responsabilité. C'était si agréable d'avoir quelqu'un avec qui partager toutes les petites contrariétés du bureau qu'elle en oubliait presque qu'il était le fils de la PDG.

— Je pensais faire un saut au Coffee Bean, proposa-t-il. Ça te dit ?

Elle attrapa son sac et se leva d'un bond.

— Oh que oui ! J'ai besoin de café aujourd'hui. De beaucoup de café.

Il arqua un sourcil.

— Tout va bien ?

— Très bien, répondit-elle avec un sourire faussement enjoué. Il me faut juste ma dose de caféine.

Sur le trajet, Jeremy évoqua le projet Cyber Génome, que le service R&D, à la pointe, avait obtenu de la DARPA[14]. D'ordinaire, un tel sujet aurait enthousiasmé Melody, mais elle était tracassée par sa conversation avec sa mère et se contentait d'acquiescer machinalement.

---

14. La Defense Advanced Research Projects Agency est une agence du département de la Défense des États-Unis chargée de la recherche et développement des nouvelles technologies destinées à un usage militaire.

— Bon, lâcha-t-il lorsqu'ils furent installés devant leur café. Tu es bien plus emballée par ces trucs de geek, d'habitude. Parle-moi, Melody.

Elle cligna des yeux.

— Hein ?

— Tu as la tête ailleurs. Qu'est-ce qui se passe ?

— Ce n'est rien, dit-elle en ajustant ses lunettes. Juste ma mère qui débarque à L.A. la semaine prochaine.

Les sourcils froncés, il s'adossa contre sa chaise.

— À en juger par la tête que tu fais, je suppose que ce n'est pas une bonne nouvelle ?

— Non, c'est pas ça. C'est juste que… c'est ma mère, finit-elle par dire comme si cela se passait d'explications.

Jeremy hocha la tête d'un air entendu.

— Ne te méprends pas, j'ai hâte qu'elle voie enfin mon appart et découvre Los Angeles. Vraiment.

Melody ne voulait pas qu'il pense que sa mère était épouvantable, parce que n'était pas le cas. Elle avait juste le don de… la rendre folle.

— Mais…

— Mais elle va me bassiner avec ma vie amoureuse, ou plutôt mon absence de vie amoureuse, pendant toute la durée de son séjour, et ça me fatigue d'avance. Et je trouve ça plutôt vexant, à vrai dire, ajouta-t-elle en grimaçant.

— Alors invente un truc. Dis-lui que tu vois quelqu'un.

Melody fronça le nez.

— Tu veux dire comme un faux petit ami ?

Il haussa les épaules.

— Si ça te permet d'avoir la paix.

— Ce n'est pas si simple. Elle ne va pas laisser tomber juste parce que je lui dis que je vois quelqu'un. Ça ne fera que piquer son intérêt. Elle va me poser un milliard de questions et elle voudra le rencontrer.

Melody se frotta les tempes. C'était une très mauvaise idée à tous les niveaux. Le simple fait d'y penser lui filait la migraine.

— Je pourrais faire semblant d'être ton mec, proposa-t-il nonchalamment.

— Mais oui, bien sûr…

Ils n'étaient pas dans un téléfilm de Noël. Elle n'allait pas engager un faux petit ami pour berner sa mère.

— Pourquoi pas ?

— Parce que ce serait un mensonge. Et un mensonge absurde, en plus.

— Pas si absurde que ça. Et si ça peut faire plaisir à ta mère de penser que tu as un petit ami, où est le mal ? Ce n'est pas comme si on devait se marier pour de faux et passer le reste de notre fausse vie ensemble à élever de faux enfants. Dans quelques semaines, tu pourras lui dire que ça n'a pas fonctionné. Ça ne fera de mal à personne.

— Ça reste un mensonge.

Melody n'était pas sûre que Jeremy saisisse le concept de « mentir, c'est mal ». D'un autre côté… elle ne pouvait s'empêcher de s'amuser intérieurement à l'idée de la tête de ma mère si elle lui disait qu'elle sortait avec un milliardaire.

— Je suis partant si tu l'es.

Melody tenta de se représenter sa mère, avec sa veste en jean bling-bling et ses faux ongles vernis, faire la rencontre de Jeremy Sauer, ancien cancre et héritier d'un empire industriel. C'était trop bizarre pour ne serait-ce que l'imaginer.

— Hum, non, conclut-elle en secouant la tête. Merci pour ta proposition, je vais m'en tenir à la vérité.

* * *

La résolution de Melody s'évanouit vingt minutes seulement après l'arrivée de sa mère à l'aéroport de Los Angeles.

— Tu es bien pâle, lui fit remarquer cette dernière alors qu'elles attendaient ses valises, scrutant en vain le tapis de livraison des bagages qui tournait à vide. Comment se fait-il que tu ne sois pas bronzée alors que tu vis en Californie ?

La mère de Melody était très portée sur le bronzage. Sa peau, exposée au point d'avoir viré au marron foncé, contrastait vivement avec ses cheveux décolorés jaune paille.

— Je travaille toute la journée dans un bureau sans fenêtre, se justifia Melody. Et je ne bronze pas, de toute façon. Je brûle, pour finir tout aussi blanche qu'avant.

Sa mère grimaça.

— Les gènes de ton père, ça.

D'après elle, chaque trait génétique fâcheux que Melody possédait venait forcément du côté de son père.

— Oh ! Ça me fait penser. Tu connais Sandy, du boulot ?

Melody ne connaissait pas Sandy. Sa mère était employée depuis un an comme réceptionniste chez un concessionnaire automobile, et Melody n'avait jamais rencontré aucun de ses collègues.

— Elle a fait la connaissance d'un chiropracteur sur le site Christian Mingle. Ils se marient à Hawaï à Noël ! Qu'est-ce que tu dis de ça ? Tu vois que les rencontres sur Internet ne sont pas que pour les losers.

— Primo, je ne suis pas chrétienne, répliqua Melody en serrant les dents. Deuxio, je n'ai aucune envie de sortir avec un chiropracteur. Ils pratiquent une pseudo-science.

Sa mère agita la main avec impatience.

— Ce que je veux dire, c'est qu'il y a beaucoup d'options pour les jeunes femmes de nos jours. Tu ne veux tout de même pas gâcher ta jeunesse ! Crois-moi, chérie, elle ne dure pas éternellement. Tu es une si jolie jeune femme, tu sais. Si seulement tu faisais plus d'efforts pour soigner ton apparence.

Elle examina Melody avec un léger dégoût.

Melody se frotta les tempes, sentant la tension monter.

— Tu sais que ce que tu viens de dire est insultant, n'est-ce pas ?

Elles n'avaient pas encore quitté la zone de livraison des bagages, et déjà sa santé mentale vacillait.

— Je dis juste que ça ne te tuerait pas de te montrer un peu plus féminine. Comment espères-tu attirer les hommes si tu t'habilles comme eux ?

Melody n'arrivait pas à croire qu'une femme portant un survêtement en peau de pêche turquoise et des tongs à plateforme lui donne une leçon de mode.

— À moins que tu veuilles devenir gay, poursuivit sa mère. Ce qui ne me dérange pas, si c'est ce que tu veux. Mon amie Maryellen a assisté à un mariage lesbien le mois dernier. Elle m'a dit que c'était de très bon goût.

— J'ai un petit ami, glapit Melody avant même de réfléchir à ce qu'elle était en train de faire.

Sceptique, Pamela Gage arqua un sourcil tatoué.

— Depuis quand ?

— Pas longtemps. Quelques semaines. C'est pour ça que je ne t'ai rien dit. Je ne voulais pas m'attirer le mauvais œil.

Elle avait honte de voir à quel point les mensonges lui venaient facilement à la bouche… mais pas assez honte pour les contenir. À situations désespérées, mesures désespérées.

— Comment s'appelle-t-il ? Que fait-il dans la vie ? Comment vous êtes-vous rencontrés ?

— Il s'appelle Jeremy, et on s'est rencontrés au travail.

Sa mère fouilla dans son sac à main.

— Jeremy. C'est un joli prénom. Il bosse aussi au bidule d'otite informatique ?

— Pour la millième fois, maman, on dit IT. C'est l'abréviation de « Information Technology ». Et non, il est stagiaire en management.

Sa mère déballa un chewing-gum et le fourra dans sa bouche.

— Ouh là là, pardon. Tu as une photo de monsieur le futur manager ?

Melody secoua la tête.

— Je te l'ai dit, ça ne fait pas longtemps qu'on sort ensemble. On n'a pas encore eu le temps de prendre des photos.

Elle avait réponse à tout. Qui aurait cru qu'elle serait si douée à ce truc de faux petit ami ?

— Et quand aurai-je l'honneur de rencontrer ce garçon ? demanda sa mère en faisant éclater son chewing-gum.

Melody se mordit la lèvre.

— Je ne sais pas. C'est un peu tôt pour le présenter à ma mère, tu ne crois pas ?

Cette dernière tendit la main pour lui pincer les joues comme si elle était une petite fille.

— Chérie, il n'est jamais trop tôt pour présenter un garçon à ta mère.

Bon sang. Qu'avait-elle fait ?

* * *

Le soir même, Melody passa un coup de fil à Jeremy alors que sa mère s'affairait dans la salle de bains pour se « refaire une beauté » avant de sortir dîner.

Elle l'emmenait chez Jerry's Deli. Un choix sûr puisque sa mère n'aimait pas la nourriture épicée, ce qui, selon sa définition, incluait à peu près tout, de Chipotle à P.F. Chang's. Trouver un restaurant décent que sa mère ne jugerait pas trop « ethnique » relevait du parcours du combattant. Un bon vieux déli de style new-yorkais semblait une valeur sûre, et sa mère apprécierait sûrement toutes ces photos de célébrités accrochées aux murs.

— Qu'est-ce que tu fais demain soir ? demanda Melody à Jeremy dès qu'il décrocha. Pitié, dis-moi que tu n'as rien.

— Rien que je ne puisse annuler.

— Tu viendrais dîner avec ma mère et moi ?

Il marqua une pause si longue que Melody regretta d'avoir posé la question.

— En tant qu'ami ou que petit ami ?

Elle jeta un regard anxieux vers la porte de la salle de bains. Sa mère chantait – faux – une chanson de Billy Joel tout en se maquillant.

— Seconde option.

— OK, dit-il d'un ton enjoué. Je m'occupe de la réservation. À 19 heures ?

— Rien de trop branché. Ni de trop exotique. Elle aime la nourriture lambda.

— Lambda. C'est noté.

Melody poussa un soupir de soulagement.

— Merci.

— Melody ?

— Hmmmh ?

— Ne t'inquiète pas. Tout va bien se passer.

Facile à dire. Il ne connaissait pas sa mère.

Chapitre 16

— Waouh ! s'exclama Melody en ouvrant la porte de chez elle le lendemain soir.

Jeremy se tenait, un bouquet de roses dans chaque main, vêtu d'un de ses costumes habituels, mais sans cravate. Son col ouvert dévoilait la naissance de son torse, et cette vision troubla Melody plus qu'elle l'aurait voulu, telle l'héroïne d'un roman de l'époque de la Régence.

— Il ne fallait pas te donner autant de mal, dit-elle en arrachant son regard de sa pomme d'Adam étrangement séduisante.

— Ce n'est pas tous les jours qu'on rencontre la mère de sa petite amie, répliqua-t-il avec un clin d'œil accompagné d'un sourire éclatant.

Oh, non. C'était une terrible, horrible, effroyable, monstrueuse idée. Où avait-elle eu la tête ? Il était bien trop parfait. Sa mère allait le dévorer tout cru, et Melody allait mourir de honte. Sans compter qu'elle en entendrait parler jusqu'à la fin de ses jours lorsqu'elle annoncerait qu'ils avaient rompu.

Jeremy inclina la tête vers elle.

— Melody ?

— Oui ?

— Tu comptes me laisser entrer ?

— Oui ! Désolée !

Elle recula d'un pas, et, alors qu'il passait, il se pencha pour déposer un baiser sur sa joue.

Ce geste la surprit plus que de raison. Pourtant, il l'avait toujours embrassée sur la joue. Elle l'avait juste oublié, car cela faisait longtemps qu'ils n'avaient pas eu d'interactions sociales en dehors du bureau.

— Relax, chuchota-t-il à son oreille. Tout va bien se passer.

Elle savait qu'il voulait bien faire, mais sa suggestion produisit tout l'effet inverse.

— Oh, Seigneur, c'est lui ? piailla sa mère en entrant dans le salon.

Elle portait des sandales compensées et une robe portefeuille à imprimé floral vif qui aurait pu être élégante s'il n'y avait eu cet impressionnant décolleté.

Jeremy lui tendit la main tout en lui adressant LE sourire.

— Bonjour. C'est un honneur de vous rencontrer, madame Gage.

Sa mère rayonnait alors qu'elle lui saisissait la main pour la presser entre les siennes et la secouer avec enthousiasme.

— Oh, mon chou, tu peux m'appeler Pam. Et tout le plaisir est pour moi, tu peux me croire.

Elle lui sourit, serrant sa main si longtemps que cela en devint gênant.

Lorsqu'elle la relâcha enfin, Jeremy lui offrit un des bouquets.

— Pour vous, Pam. Et celui-là est pour toi.

Alors qu'il tendait l'autre bouquet à Melody, il l'embrassa de nouveau. Sur la bouche, cette fois.

Les paupières de Melody se fermèrent doucement, et elle se laissa aller contre lui sans même s'en rendre compte. C'était un baiser chaste et délicat, mais la bouche de Jeremy s'attarda sur la sienne, presque tendrement, avant de se décoller.

Elle rouvrit les yeux, découvrant sur le visage de Jeremy une expression qui signifiait : *C'était OK ?*

Elle se força à lui sourire, comme si s'embrasser était pour eux une habitude. Toute cette histoire lui remémora une kyrielle de souvenirs du soir de leur rencontre, qu'elle s'empressa de chasser de son esprit.

Oh, merde. Lacey. Elle venait d'embrasser l'ex de Lacey.

Juste après avoir raccroché avec lui la veille, Melody avait appelé son amie pour l'informer de la mission qu'elle avait confiée à Jeremy, afin de s'assurer que ça ne posait pas de problème. Lacey s'était amusée de la situation et avait affirmé que ça ne la dérangeait pas, mais aurait-elle aussi bien réagi si elle avait su qu'il y aurait des baisers ?

— Que vous êtes craquants ! s'extasia la mère de Melody, aux anges. Oh, ma chérie, où est ton portable ? Il faut prendre des photos de vous, les tourtereaux.

— Maman, non !

— Je trouve que c'est une excellente idée, dit Jeremy avec un sourire malicieux.

L'instant d'après, ils se retrouvèrent à poser comme un couple de lycéens avant leur bal de promo pendant que sa mère les mitraillait.

— Rapprochez-vous, ordonna Pam. Jeremy, mon chou, passe ton bras autour de sa taille. Voilà, comme ça. Maintenant, souriez !

Jeremy enroula son bras autour de Melody, la serra contre lui et appliqua ses lèvres sur sa joue.

— Parfait ! dit Pam. Ne bougez plus !

Melody compta jusqu'à trois avant de se libérer de l'étreinte de Jeremy.

— Bon, ça suffit, les photos. On va arriver en retard au resto.

* * *

Melody fut surprise en découvrant la voiture de Jeremy : une élégante Jaguar gris perle. Elle avait imaginé que ses goûts seraient plus clinquants, moins… matures.

Mais leur carrosse restait assez luxueux pour impressionner sa mère. Cette dernière passa les cinq premières minutes du trajet à pousser de petits cris euphoriques et à tripoter les commandes de climatisation à l'arrière, au grand dam de Melody.

Lorsqu'elle en eut assez de faire mumuse, sa mère se pencha entre les deux sièges avant.

— Alors, Jeremy. Melody m'a dit que vous vous étiez rencontrés au travail.

Jeremy lui jeta un coup d'œil, l'air amusé.

— C'est exact.

Se sentant rougir, Melody reporta son attention sur la route.

— Et tu es stagiaire en management ? Comment as-tu fait pour décrocher ce stage ?

— Eh bien…

— Grâce à son diplôme de commerce, intervint Melody. Sauer Hewson a un programme de formation en management réservé aux diplômés d'écoles de commerce.

Elle avait préféré ne pas mentionner à sa mère la famille de Jeremy ni sa fortune. Le simple fait d'imaginer sa mère lui cirer les pompes si elle apprenait à quel point il était riche donnait à Melody l'envie de mourir. Sans parler de la déception qu'elle ressentirait quand Melody finirait par lui annoncer leur rupture.

Jeremy jeta un nouveau coup d'œil à Melody, les sourcils dressés. Elle lui lança un regard suppliant.

— Oui, j'ai commencé juste après mes études à Cal State.

— Eh bien, bravo, trésor. C'est admirable de voir un jeune homme qui n'a pas peur de travailler dur pour réussir dans la vie.

Avant que sa mère puisse ajouter quoi que ce soit, Melody monta le volume de la radio.

* * *

Le restaurant que Jeremy avait choisi était absolument parfait : assez chic pour que sa mère se sente spéciale sans qu'elle fasse tache.

— C'est Dustin Hoffman ? chuchota sa mère lorsque l'hôtesse les conduisit à leur table.

— Ne le fixe pas, maman.

Par chance, leur table se trouvait dans le coin le plus reculé du restaurant, loin du prétendu Dustin Hoffman. La mère de Melody s'extasia pendant un certain temps devant le menu avant de se décider pour le cordon bleu de poulet. Melody prit les beignets de crabe et un gin-tonic. Puis un deuxième, car ce dîner avec sa mère et Jeremy n'était qu'une succession de moments plus embarrassants les uns que les autres.

D'abord, sa mère raconta à Jeremy son accouchement, parce que, c'est évident, qui n'aimait pas entendre parler de liquide amniotique et de placenta pendant le dîner ? Lorsque Melody tenta gentiment de la faire taire, sa mère riposta avec une anecdote sur la fois où, à l'âge de quatre ans, elle avait voulu faire pipi debout comme un garçon. En outre, Pam riait à gorge déployée au moindre commentaire de Jeremy. En lui touchant le bras. Et pas de manière subtile, non : elle lui caressait carrément le biceps. *Beurk.*

Jeremy supportait cette mascarade avec une patience qui frisait la sainteté. Melody, quant à elle, avait envie de ramper sous la table et de disparaître.

— Je suis tellement désolée, dit-elle quand sa mère s'absenta pour aller aux toilettes.

— À quel sujet ?

— Ma mère ! Elle est infernale, je sais. Je suis désolée que tu aies à subir ça.

— Melody, répliqua-t-il en la regardant comme si elle était folle. Ta mère est géniale. Je l'aime beaucoup et je passe un bon moment. Pourquoi pas toi ?

— Parce qu'elle est tellement… elle. Tout ce qu'elle dit et fait semble minutieusement calculé pour m'humilier.

Il secoua la tête en souriant.

— Elle t'adore. Je reconnais qu'elle est sans doute un peu excessive, et que c'est un sacré personnage. Mais as-tu la moindre idée de la chance que tu as ? D'avoir une mère qui est fière de toi et n'hésite pas à le montrer ?

Melody pensa à Angelica Sauer, avec son sourire figé et ses manières hautaines, et un sentiment de honte l'envahit.

— Merde, Jeremy, je ne voulais pas…

Il leva la main pour l'interrompre, toujours en souriant.

— Je n'essaie pas de te faire culpabiliser. Crois-moi, je sais à quel point la famille peut rendre barge comme personne d'autre sur terre. Je dis juste que j'apprécie ta mère. Elle me fait un peu penser à toi.

— Oh.

Melody baissa les yeux vers ses genoux, ne sachant pas si elle devait se sentir flattée ou horrifiée.

— Vous savez qu'ils passent de la musique dans les toilettes ici ? s'extasia sa mère en revenant à table. C'est très classe !

Le sourire aux lèvres, elle fredonna quelques mesures d'un air méconnaissable. Et elle se balança même au rythme de la mélodie qui jouait dans sa tête.

— Vous savez, les enfants, quand vous vous marierez…

— Maman ! rouspéta Melody, bien que d'un ton moins tranchant qu'auparavant.

— Quoi ?

— On ne se fréquente que depuis deux semaines, alors mollo avec les discussions sur le mariage.

Sa mère se pencha pour tapoter sa main.

— D'accord, ma chérie. Je suis désolée. Que veux-tu, j'aime tout planifier très à l'avance.

Melody croisa le regard de Jeremy, assis en face d'elle, et la façon dont il lui souriait fit se dissiper toute once de gêne.

* * *

Sur le chemin du retour, sa mère continua de jacasser. Melody réussit tant bien que mal à ne pas trop s'en formaliser, même lorsque Pam jugea bon de raconter à Jeremy la fois où sa fille s'était fourré des bonbons Red Hots dans le nez, les obligeant à filer aux urgences pour les faire retirer.

— Et c'est pour ça que j'ai commencé à l'appeler « ma petite tête brûlée », conclut sa mère.

Elle était aussi fière que si elle avait raconté comment le projet de Melody avait remporté la première place au concours de sciences de son État. Une histoire qu'elle s'était bien gardée de mentionner ce soir, d'ailleurs. Probablement parce que celle-ci n'était pas assez embarrassante.

Jeremy posa une main sur celle de Melody, la pressant doucement. Une onde de chaleur lui irradia la peau tout le long du bras, avant de venir se loger dans sa poitrine. La jeune femme ravala sa salive et détourna le regard, mais ne retira pas sa main. Ils étaient censés être en couple : cela faisait partie du jeu.

Lorsqu'ils arrivèrent devant son immeuble, Jeremy les raccompagna jusqu'à la porte d'entrée, mais déclina poliment l'offre de sa mère de prendre un dernier verre – visiblement, Pam vivait dans un feuilleton des années 1980 où les gens utilisaient réellement l'expression « dernier verre » – en prétextant un petit déjeuner matinal avec sa propre mère.

— Tu entends ça ? Quel bon garçon ! Ne le laisse pas filer, celui-là.

Les lèvres pincées, Melody leva les yeux au ciel tandis que sa mère donnait à Jeremy une dernière accolade, à mi-chemin entre le trop familier et le carrément flippant.

— C'était un plaisir de vous rencontrer, Jeremy. Prenez bien soin de ma fille, d'accord ?

— Pas d'inquiétude, Pam. C'est ce qui est prévu, la rassura-t-il avec un clin d'œil, jouant à fond la carte de la séduction.

— Je vous laisse vous souhaiter bonne nuit, annonça sa mère en leur décochant l'œillade la moins subtile de toute l'histoire des œillades.

— Merci, chuchota Melody à Jeremy une fois que sa mère fut en lieu sûr à l'intérieur. Vraiment. Merci beaucoup.

— Ce fut un plaisir, lui répondit-il avec un sourire.

Il avait passé presque toute la soirée à lui sourire, et elle se sentait un peu fébrile.

— Tu m'as sauvé la mise plus d'une fois, je suis heureux de te rendre la pareille.

Le regard de Jeremy dériva vers la fenêtre. Aussitôt, il se mordilla les lèvres comme pour contenir un sourire.

— Elle nous espionne à travers les stores.

Affreusement gênée, Melody soupira, laissant sa tête tomber en avant.

— Manquait plus que ça.

— On ferait mieux de sortir le grand jeu.

Melody secoua la tête.

— Tu n'es pas obligé de…

Il avait déjà penché la tête pour l'embrasser. Pour l'embrasser pour de vrai. Un baiser doux et un peu hésitant au début, mais loin d'être chaste comme le précédent.

Et le baiser se prolongea. Encore et encore. Comme on embrasse quelqu'un qu'on aime sincèrement. Et plus il s'éternisait, moins il était timide. Puis la langue de Jeremy explora sa bouche, et elle l'embrassa à son tour avec fougue.

Ce n'était pas réel : l'hémisphère gauche de son cerveau, plus rationnel, comprenait que tout cela faisait partie du show. L'hémisphère droit, quant à lui, ne répondait plus de rien. Il n'y avait plus qu'elle, en train d'embrasser Jeremy… emportée par la sensation merveilleuse que cela lui procurait.

Il embrassait divinement bien. Cette information d'il y a trois ans était encore fraîche dans sa mémoire, mais maintenant qu'elle avait droit à une mise à jour… *Bordel de merde.*

Ce qui était troublant, c'est que ça semblait très réel. Comme s'ils n'avaient jamais quitté le trottoir devant le Cask'n Flagon et qu'elle se perdait à nouveau en lui.

À bout de souffle, Melody haleta contre ses lèvres entrouvertes, subjuguée. Lorsque Jeremy finit par s'écarter, il resta là un long moment, la fixant de ses yeux sombres et impénétrables. Ses bras toujours enroulés autour d'elle, la maintenant fermement tandis qu'elle se cramponnait à lui… Oh, hé, comment se faisait-il qu'il ait une main sur ses fesses ? Quand cela s'était-il produit ?

Elle ravala sa salive… avec difficulté.

— Jeremy.

Il la lâcha brusquement et fit un pas en arrière. Ce retrait soudain la fit vaciller, et il s'élança pour la stabiliser. Dès qu'il fut sûr qu'elle n'allait pas tomber – tomber littéralement à ses pieds, voilà qui aurait été la conclusion parfaite à cette soirée –, il s'écarta de nouveau.

— Tu penses qu'elle y a cru ? lui demanda-t-il avec un sourire satisfait.

Melody s'éclaircit la voix.

— Sans aucun doute.

— Bon. Super. Eh bien, bonne nuit, lança-t-il comme si tout était on ne peut plus normal.

Comme s'il ne venait pas tout juste de l'embrasser comme jamais.

Il tourna les talons et regagna sa voiture.

Euh… OK. Que venait-il de se passer ?

Melody l'observa s'éloigner, sonnée, avec l'impression d'avoir été percutée de plein fouet par un camion invisible.

Ressaisis-toi, se dit-elle. *Ce n'était que du cinéma. C'était forcément ça. Non ?*

Si ça avait été réel, il ne serait pas parti comme ça, comme si rien ne s'était passé. Il ne lui aurait pas souri de cette manière.

— Regarde-toi, tu es toute rouge, observa sa mère quand elle rentra enfin. Eh beh, ça doit être quelque chose au lit.

— Maman… gémit Melody, priant pour que la mort la délivre sur-le-champ de cette ultime humiliation. Tais-toi, je t'en conjure.

* * *

Melody dormait encore lorsque son portable sonna le lendemain matin. Rejouer mentalement le baiser d'adieu avec Jeremy l'avait maintenue éveillée la moitié de la nuit, et elle avait traîné plus tard que prévu. En gémissant, elle se retourna et chercha à tâtons son téléphone.

Merde. C'était Lacey.

Elle avait embrassé l'ex de Lacey hier soir. Et pas qu'un peu. Merde. Melody porta le téléphone à son oreille et ferma les yeux.

— Salut.

— Comment s'est passé ton rancard avec Jeremy ?

— Euuuh…

Elle chercha que dire outre la présence de la langue de Jeremy dans sa bouche.

— Ta mère l'a apprécié ? Il fait sensation auprès des mamans. Bon, ma mère le détestait, mais la plupart l'adorent.

— Ouais… elle, euh, l'a bien aimé.

Elle devait parler du baiser à Lacey, non ? Oui ? Non ? Si. Il fallait qu'elle lui dise.

— J'en étais sûre.

— Tu avais raison.

D'un autre côté… Lacey semblait hyper-emballée à l'idée de ce faux date, alors peut-être qu'elle se ficherait qu'ils se soient embrassés ? Ce n'était pas comme si c'était pour de vrai. Peut-être même qu'elle s'y attendait. Peut-être que Melody n'avait même pas besoin de le lui dire.

— Ça va ? T'as l'air bizarre. Ta mère te sort déjà par les yeux ?

— Non, hum… Je veux dire, si un peu, mais ça va.

Dans tous les cas, il fallait qu'elle lui dise. Au cas où cela lui importerait. Elle devait être honnête. Tout lui balancer, jouer cartes sur table, braver l'orage… et un tas d'autres expressions que le cerveau de Melody peinait à rassembler à cet instant.

— Tu veux que j'entre en jeu ? Je peux venir t'aider à la divertir cet après-midi.

— Non ! dit Melody. Je veux dire, merci, mais je gère. Je ne voudrais pas te faire subir ça. Profite bien de ton dimanche.

— OK, cool, lâcha Lacey, qu'elle put presque entendre hausser les épaules au téléphone. On dîne ensemble, cette semaine ? Je suis de repos jeudi.

— Oui, carrément. Faisons ça.

— Top, dit Lacey. Je t'appelle plus tard dans la semaine.

— Parfait ! Bye !

Melody grogna et enfouit son visage dans l'oreiller.

Le séjour de sa mère à Los Angeles touchait déjà à sa fin. Après s'être extirpée du lit et avoir pris une douche, Melody décida de l'emmener passer sa dernière journée au Grove.

Si Melody détestait les centres commerciaux, sa mère les adorait. Elles se retrouvèrent donc à déambuler dans la galerie la plus emblématique de L.A., qui ne différait guère des autres centres commerciaux aux États-Unis si ce n'est qu'on avait plus de chances d'y apercevoir une starlette has been ou un acteur de série B.

Telle une shoppeuse aguerrie, sa mère fouillait parmi les rayons des soldes chez Tommy Bahama lorsque le nom de Jeremy s'afficha sur le portable de Melody. Son cœur cessa de battre.

— C'est Jeremy ? demanda sa mère d'une voix guillerette en se penchant pour jeter un coup d'œil à l'écran. Je vous laisse un peu d'intimité, d'accord ? On se retrouve à la boutique Ugg.

Melody attendit que sa mère soit hors de portée pour décrocher.

— Salut, dit-elle d'un ton hésitant, à la fois soulagée qu'il l'appelle et terrifiée par ce qu'il allait lui dire.

— Salut. J'appelais juste pour prendre de tes nouvelles.

Le son de sa voix lui noua l'estomac. Le cerveau de Melody s'agitait frénétiquement en hurlant : « C'était quoi, ce baiser ? Je t'en supplie, dis-moi ! », mais le seul son qui franchit ses lèvres fut un simple :

— Ah.

— Comment se passe la journée avec ta mère ?

Melody s'écarta d'un groupe de femmes qui pépiaient et se réfugia sous un palmier en pot.

— Plutôt bien, je crois. On est au Grove.

— Elle repart quand ?

— Demain matin.

Silence.

— Elle ne va pas trouver bizarre que je ne sois pas là aujourd'hui ?

— Je lui ai dit que tu avais d'autres projets. Tout va bien.

— Parfait. Tant que tu n'as pas besoin de mes services.

Elle n'arrivait pas à décrypter son ton. Était-il soulagé ? Déçu ? Indifférent ? Mitigé ? Elle n'en avait pas la moindre idée.

Melody se mordilla la lèvre inférieure.

— Non, je n'ai pas besoin de toi.

Un autre silence, plus long cette fois, s'étira entre eux.

— Bon, je vais te laisser à ton shopping. Je me suis dit que je devais t'appeler. C'est ce que font les petits amis.

— Merci pour hier soir, lança-t-elle. Vraiment.

— Pas de souci. Ce n'était rien.

Voilà. Sa réponse était là : ce n'était rien.

Elle avait vu juste. Tout était bidon.

Quand Melody rejoignit sa mère, celle-ci essayait une paire de bottines en polaire affreuses qu'elle ne pourrait porter que trois jours par an à Tampa.

— Qu'en penses-tu ? demanda-t-elle en se tournant devant le miroir.

— J'en pense qu'elles sont ridicules. Et que tu ne les porteras jamais.

Sa mère leva les yeux vers elle, l'air inquiète.

— Tout va bien avec Jeremy, ma chérie ?

— Oui, maman. Tout va parfaitement bien.

Chapitre 17

— Tenterais-tu de me soudoyer ? demanda Melody en découvrant le café fumant et le muffin aux myrtilles que Jeremy venait de déposer sur son bureau.

Près de deux semaines s'étaient écoulées depuis l'épisode du baiser, et tous deux excellaient dans l'art d'éviter le sujet. C'était comme s'ils avaient conclu un accord tacite pour se comporter comme si cela ne signifiait rien. Ce qui, de toute évidence, était le cas.

Melody s'en accommodait très bien. Elle ne tenait pas à parler de ce baiser factice qui, pourtant, lui avait paru bien réel… Un baiser dont elle n'avait d'ailleurs toujours pas réussi à parler à Lacey. Faire l'autruche était largement plus facile, surtout si Jeremy semblait décidé à faire comme si de rien n'était.

Aucun problème.

— Je le prends très mal, ironisa-t-il en s'installant dans le fauteuil libre qu'elle commençait à considérer comme le sien, puisqu'il était le seul à s'y asseoir régulièrement. Est-il inconcevable que je t'apporte du café sans avoir d'arrière-pensées ?

— Et un muffin, ajouta-t-elle. C'est une première.

Jeremy la provoqua du regard en buvant une gorgée de son café.

— Peut-être que je me sens d'humeur généreuse, aujourd'hui.

Melody plissa les yeux, l'observant avec suspicion.

— Bon, d'accord, concéda-t-il. J'ai besoin d'un service.

— Quoi, cette fois ?

Elle renifla son café à titre indicatif. Un latte à la vanille – elle n'aurait pas choisi autre chose.

Jeremy se pencha en arrière en étirant ses jambes devant lui et posa son gobelet sur sa cuisse.

— Tu te souviens quand ta mère a débarqué et que tu m'as supplié de faire semblant d'être ton mec ?

Melody se raidit et s'empressa de le dissimuler en s'emparant de son muffin.

— Il me semble que tu t'es porté volontaire pour cette mission, répliqua-t-elle d'un ton qui se voulait désinvolte. Mais vas-y, continue.

— J'ai besoin d'une cavalière pour m'accompagner à une soirée le week-end prochain.

Le muffin s'écrasa entre ses doigts, projetant une pluie de miettes sur son bureau.

— J'ai du mal à croire que tu peines à trouver une cavalière, rétorqua-t-elle, s'efforçant de garder une voix égale, tout en balayant les miettes à la poubelle.

— C'est la soirée de fiançailles de Drew et Charlotte, lâcha-t-il en baissant les yeux. C'est déjà assez pénible de devoir porter un toast au bonheur futur de mon meilleur ami avec mon ex, mais Lacey sera là aussi. Avec Tessa.

Melody pinça les lèvres en signe de compassion.

— Oh.

— J'ai pensé que… ce serait plus facile d'y faire face avec une amie. Quelqu'un qui m'empêchera de faire un truc stupide, tu vois ? (Il la regarda, les yeux pleins d'espoir.) Alors, tu veux bien être ma cavalière pour ce qui s'annonce comme une soirée atroce ? Et avant de répondre, souviens-toi que je t'ai apporté un muffin.

— Avec plaisir, dit-elle, incapable de résister à son regard de chien battu.

Même si elle n'avait pas été fan de ses yeux bleus, elle lui était redevable.

— Merci, répondit Jeremy, soulagé. J'apprécie énormément.

— Donc… c'est en tant qu'amie que tu me demandes de venir, pas en tant que petite amie, c'est bien ça ? ajouta Melody d'un ton léger, les yeux fixés sur les restes de son muffin.

— Je suppose, oui.

Son regard demeura rivé sur le muffin qu'elle triturait minutieusement, comme si elle pratiquait une opération chirurgicale.

— Parce que ça risque d'être bizarre, sinon. Tu sais, vis-à-vis de Lacey. Je ne voudrais pas…

— Oui, bien sûr, confirma-t-il. Ça ne serait pas correct.

Melody hocha la tête en contemplant les vestiges de son gâteau.

— Clairement pas, murmura-t-elle. Bon, tant qu'on est sur la même longueur d'onde.

* * *

Melody n'avait pas de miroir en pied chez elle.

Il y en avait toujours eu un dans ses précédents appartements, généralement fixé à l'arrière de la porte de la salle de bains ou du placard par un ancien locataire mort depuis des lustres.

Ce logement-ci était assez récent, et personne n'avait jamais jugé utile d'y installer un miroir en pied. Pourtant, les gens riches qui possédaient de belles choses n'avaient-ils pas tous un grand miroir glamour dans leur chambre à coucher ? Dans un joli cadre en bois ?

Pas Melody. Elle se contentait d'un matelas et d'un sommier posés sur un simple cadre métallique. Et de deux tables de nuit dépareillées venant d'un magasin d'occasion.

Voilà pourquoi elle était perchée sur la cuvette des toilettes, plissant les yeux pour jauger son reflet dans le petit miroir de la salle de bains.

Cette robe mettait sans aucun doute sa poitrine en valeur, mais le décolleté n'était-il pas un peu trop plongeant ? Elle ne voulait surtout pas avoir l'air d'une allumeuse ou d'une fille vulgaire, ni, à l'inverse, donner l'impression d'en avoir trop fait.

La fête de fiançailles de Drew et Charlotte avait lieu au yacht-club de Marina Del Rey. Melody n'avait jamais mis les pieds dans un yacht-club auparavant et elle s'imaginait les hommes en smoking bleu marine, coiffés de chapeau de capitaine blanc comme le capitaine Stubing dans *La croisière s'amuse*.

Mais ce ne serait probablement pas le cas.

Pour l'occasion, elle avait troqué ses lunettes contre des lentilles de contact et réalisé une coiffure sophistiquée grâce à un tutoriel sur YouTube. Elle avait aussi craqué pour une robe et des chaussures de marque qui lui avaient coûté plus cher que tout son mobilier réuni. Elle voyait ça comme un investissement dans sa nouvelle vie d'adulte. En théorie, cet événement serait le premier d'une longue série d'événements qui exigeraient une robe chic, et elle avait donc choisi une toilette d'un style intemporel et chic, afin de la rentabiliser au maximum.

Melody descendit de la cuvette et enfila ses nouvelles chaussures : des Louboutin, comme les stars sur le tapis rouge. Elle s'était imaginé que des escarpins de marque seraient plus confortables qu'une paire bas de gamme. Négatif. Voilà plus d'une semaine qu'elle les portait chez elle afin de les faire, mais elle les considérait toujours autant comme des instruments de torture. Des instruments de torture au prix exorbitant.

Affublée de sa tenue de créateur, Melody avait espéré gagner en assurance. Pourtant, malgré ce look hors de prix, elle ne se sentait toujours pas à la hauteur. Elle se faisait plutôt l'effet d'une petite fille qui jouait à se déguiser en adulte pour côtoyer la haute société le temps d'une soirée.

Lorsqu'elle avait confié ses doutes à Lacey, précisant qu'elle accompagnerait Jeremy – en toute amitié, bien entendu – et qu'elle craignait de ne pas réussir à s'intégrer, cette dernière avait eu un rire amusé, tout en lui disant de ne pas s'en faire.

« La moitié des invités sont des snobs qui ne t'aimeront pas quoi que tu fasses, et l'autre moitié, une bande de nouveaux riches prétentieux et tellement centrés sur eux-mêmes qu'ils ne te remarqueront même pas. Quant à ma famille, ne t'inquiète pas, nous sommes tous des ploucs qui n'avons jamais mis un pied dans un yacht-club non plus. Je t'assure que tu feras très bonne impression à côté de ma tante Flora. »

Alors qu'elle se remémorait ces mots pour se donner du courage, on frappa à la porte. Melody prit une profonde inspiration. Jeremy était là… avec cinq minutes de retard. Prête ou pas, elle ne pouvait plus reculer.

Quand il la vit, il écarquilla les yeux.

— Quoi ? s'affola-t-elle d'un ton angoissé. Ça ne va pas ? Je suis trop habillée ? Pas assez ? Je ne savais pas quel serait vraiment le dress code…

Un sourire se dessina lentement sur le visage de Jeremy.

— Non, tu es parfaite. Plus que parfaite, en fait. Tu es magnifique.

Melody sentit ses joues s'empourprer.

— Oh. Merci.

Même si le compliment de Jeremy semblait teinté d'étonnement, elle décida d'en savourer chaque moment.

Il attendit qu'elle verrouille la porte avant de lui offrir son bras. Il sentait particulièrement bon, ce soir. Il était très élégant aussi. Pourtant, ce n'était pas la première fois qu'elle le voyait en costume sur-mesure… C'était son uniforme habituel au travail.

— Prêt ? s'enquit-elle tandis qu'il l'escortait jusqu'à la voiture.

Il lui répondit par un sourire crispé.

— Autant que possible.

Ils montèrent dans un coupé BMW noir, bien plus sportif que la Jaguar de la dernière fois. Melody mourait d'envie de lui demander combien de voitures il possédait, mais un coup d'œil à son visage tendu suffit à l'en dissuader.

— Tu attends quelque chose de précis de moi ce soir ? demanda-t-elle plutôt alors qu'ils descendaient du trottoir.

Il avait géré comme un pro ce dîner ultra-gênant avec sa mère, et elle était déterminée à lui rendre la pareille.

Ses mains se resserrèrent sur le volant jusqu'à faire blanchir ses articulations.

— Empêche-moi de trop boire. Ou de dire de la merde, à qui que ce soit. Si je commence à me comporter comme un connard, emmène-moi ailleurs ou fais-moi taire. Ce genre de trucs.

— Ça va aller, dit Melody avec un sourire encourageant. Ça va bien se passer. Tu verras.

Elle allait y veiller.

* * *

Jeremy l'aida à descendre de la voiture et posa aussitôt sa main dans le creux de ses reins pour la guider… directement au bar.

Pas de doute, le père de Drew savait comment organiser une fête digne de ce nom. Ou du moins l'agence d'événementiel qui s'en était chargée pour lui.

La piste de danse du yacht-club baignait dans une lumière douce, diffusée par des centaines de bougies nichées dans des compositions florales d'inspiration champêtre et disposées aux quatre coins de la salle. Les lustres ornés de guirlandes scintillantes au plafond et le spectacle du clair de lune se reflétant sur l'eau à travers les grandes baies vitrées ajoutaient une touche de féérie.

Une fois qu'ils furent munis d'un verre, Jeremy balaya la pièce du regard, comme s'il se préparait au combat. Aucun chapeau de capitaine en vue, nota Melody non sans une certaine déception. Elle remarqua cependant la présence d'une ou deux célébrités. Il y en avait certainement d'autres qu'elle ne connaissait pas. Vu le métier du père de Drew, il était probable que la plupart des invités appartenaient de près ou de loin à l'industrie du cinéma. C'était plutôt grisant.

Pas plus de cinq minutes.

Rapidement, Melody découvrit que le monde des gens riches était d'un ennui mortel. L'attention de Jeremy fut aussitôt monopolisée par une succession de personnes, chacune cherchant à profiter de cette soirée de fiançailles pour agrandir son réseau. Ses interlocuteurs semblaient tous avoir quelque chose à vendre, à promouvoir ou à financer, sous couvert de papoter. Entre ceux qui recherchaient des investisseurs pour leur dernier projet cinématographique et ceux qui militaient pour un groupe politique ou une fondation, chaque échange paraissait cacher une transaction en attente.

Jeremy, quant à lui, activa son mode « charmeur professionnel » – désormais breveté – et se prêta au jeu avec aisance. C'était étrange de le voir se transformer en un autre homme : confiant, séducteur et, pour être honnête, un peu faux cul. Cette version de lui ne plaisait pas vraiment à Melody, même si elle admirait son talent… et respectait qu'il ait besoin de jouer ce rôle.

Elle fit de son mieux pour suivre la cadence, arborant un sourire de circonstance et acquiesçant poliment. Mais la plupart des gens ne faisaient aucun effort pour l'intégrer au-delà du stade des présentations. Puisqu'elle n'était pas celle avec le gros chéquier, elle ne leur était d'aucune utilité. Elle feignit l'intérêt, mais c'était terriblement ennuyeux – voire franchement écœurant – d'assister à cette litanie de vantardises, de courbettes et de manœuvres grossières. Après un moment, tout se mêla en un brouhaha indistinct où chaque phrase, chaque rire, manquait cruellement de sincérité.

Ce qui la troublait plus que tout, cependant, c'était la main que Jeremy ne cessait de poser dans le creux de ses reins… comme pour lui rappeler qu'il n'oubliait pas sa présence. C'était plutôt mignon. Sauf que la robe qu'elle avait achetée était très décolletée dans le dos, ce qui laissait sa peau nue à cet endroit précis. Ce détail lui avait paru anodin en boutique, mais ici, entourée de personnalités influentes d'Hollywood, sentir la paume chaude de Jeremy Sauer contre sa peau et son pouce qui traçait distraitement de petits cercles le long de sa colonne vertébrale était, disons… perturbant. Au point de déclencher de légers frissons et des picotements dans tout son corps.

— On dirait que tu as besoin d'un autre verre, lui murmura Jeremy lorsque leur conversation avec un homme rougeaud du conseil des affaires de Los Angeles connut un moment de flottement. Veuillez nous excuser, Charles.

Un soupir de soulagement s'échappa des lèvres de Melody tandis qu'il l'entraînait vers le bar.

— Désolé, dit-il en lui prenant doucement son verre de vin vide avant de faire signe au barman. J'ai conscience que ça doit être un peu barbant pour toi.

Maintenant qu'ils étaient seuls, il avait désactivé le mode charmeur, et la tension se lisait sur son visage.

— Ne t'en fais pas pour moi, le rassura-t-elle.

Elle comprenait le poids de ses obligations et voulait lui rendre cette soirée plus supportable. Elle n'était pas là pour s'amuser, mais pour le soutenir, en bonne amie.

— Si ça peut te consoler, sache que je m'ennuie à mort moi aussi.

Melody n'en doutait pas, mais avant qu'elle ait pu ajouter quoi que ce soit, Drew apparut derrière eux et tapota l'épaule de Jeremy.

— J'aurais dû deviner que je te trouverais au bar, mec !

Jeremy l'attira dans une de ces accolades viriles accompagnées de multiples tapes dans le dos.

— Hé, voilà enfin l'invité d'honneur ! Je commençais à croire que tu avais séché ta propre fête.

— Ça m'a traversé l'esprit, je l'avoue. Cette soirée est assommante.

Les yeux de Drew se posèrent sur Melody, et il haussa légèrement les sourcils.

— Tu te souviens de Melody ? dit Jeremy en glissant un bras autour de sa taille.

Euh, le geste tenait plus de l'attitude de petit ami que d'ami tout court. Mais ce soir, c'était Jeremy qui menait la danse, et Melody se contentait de suivre.

— Bien sûr, répondit Drew avec un sourire complice, comme si Jeremy et lui partageaient une blague silencieuse qu'eux seuls pouvaient comprendre. Ravi de te revoir, Melody.

Elle lui adressa un sourire poli, celui qu'elle avait perfectionné tout au long de la soirée.

— Félicitations pour vos fiançailles.

Le barman leur apporta leurs boissons, et Jeremy tendit un nouveau verre de vin à Melody.

— D'ailleurs, où est passé ton futur petit boulet ? demanda-t-il à Drew, un sourire en coin.

Ce dernier pouffa de rire.

— Oh, mec, heureusement que Charlotte ne t'entend pas.

— Heureusement que Charlotte n'entend pas quoi ? s'enquit une magnifique brune en approchant derrière lui.

La fameuse Charlotte Lopez, devina Melody, à en juger par la manière dont elle glissa un bras possessif sous celui de Drew, tout en jetant un regard glacial à Jeremy, et par le fait qu'elle ressemblait à une version plus grande, plus mince et plus sévère de sa sœur.

Jeremy se raidit une fraction de seconde, avant d'afficher de nouveau son sourire éclatant habituel.

— Je disais à Drew que tu ne serais pas fan à l'idée qu'il te surnomme son « petit boulet », lança-t-il en balançant sans vergogne son meilleur ami.

Charlotte esquissa un sourire pincé.

— Bien tenté, Jeremy. Je pense qu'on sait très bien qui, de vous deux, a du mal à s'engager.

Le sourire de Jeremy se figea, et il serra un peu plus la taille de Melody, comme s'il s'accrochait à une bouée de sauvetage… Elle interpréta ce geste comme un signal.

— Tu dois être Charlotte, déclara-t-elle avec un sourire radieux en lui tendant la main. Félicitations.

— Charlotte, voici Melody, fit Drew en désignant Melody. La… euh… de Jeremy.

— Enchantée, répondit Charlotte en saisissant la main de Melody, dévoilant des dents d'une blancheur éblouissante. Et tu dois être la dernière petite amie en date de Jeremy.

C'était le moment où l'un d'eux aurait dû clarifier qu'ils étaient là en tant qu'amis, la chose la plus logique et sensée à faire. La main de Jeremy, toujours fermement agrippée à sa hanche, ainsi que son silence prolongé, firent comprendre à Melody qu'elle était désormais seule aux commandes.

— En effet, s'entendit-elle répondre pour une raison qu'elle ignorait.

Et merde.

Chapitre 18

Jeremy pressa les hanches de Melody en signe de gratitude. Cette dernière se blottit un peu plus contre lui, déployant son plus grand sourire pour rivaliser avec celui de Charlotte.

— J'ai entendu dire que tu étais en fac de droit.

— Oui, je commence ma deuxième année à UCLA, répondit Charlotte en détournant les yeux de Jeremy.

— Melody ! Te voilà ! s'écria soudain Lacey en se dirigeant droit vers eux.

Youhou. Comme si les choses n'étaient pas déjà assez compliquées.

Jeremy blêmit en voyant débarquer son ex, et le sourire de Charlotte s'évanouit à mesure que sa sœur approchait.

— Oh, bordel, marmonna Drew dans son verre.

— Lacey ! Salut ! s'exclama Melody, déterminée à ignorer la tension palpable autour d'elle. Où est Tessa ?

— Avec ma mère, répliqua Lacey en tendant son pouce par-dessus son épaule. Qui l'exhibe fièrement devant toutes ses copines.

— Vous vous connaissez, toutes les deux ? s'étonna Charlotte, son regard passant successivement de Lacey à Melody.

— Oui, Jeremy nous a présentées, confirma Lacey avec entrain. Melody est ma pote de yoga.

Le sourire de Charlotte était si glacial que la température sembla baisser de quelques degrés.

— Comme c'est mignon. C'est formidable de voir toutes les conquêtes de Jeremy s'entendre si bien.

Les yeux de Lacey se rivèrent sur la main de Jeremy, toujours plaquée sur la taille de Melody, et elle lui lança un regard interrogateur.

— Je me demande quand le groupe va commencer à jouer, lança Drew sans vraiment s'adresser à quelqu'un en particulier.

— Veuillez m'excuser. Il y a quelqu'un là-bas à qui je dois parler, annonça Charlotte avant de s'éclipser à l'autre bout de la pièce.

— Ça s'est plutôt bien passé, marmonna Jeremy en grimaçant dans son verre de scotch.

— Mieux que je l'imaginais, pour être honnête, commenta Drew en haussant les épaules.

— Je peux te parler une seconde ? enjoignit Melody à Lacey, avant de la prendre par le bras et de l'entraîner à l'écart.

— Tu sors avec Jeremy ? s'exclama Lacey, les yeux écarquillés.

— Non. Jamais de la vie !

— Tu es sûre ? Parce que ça y ressemble.

— Charlotte a demandé si on était en couple, et Jeremy était en PLS, alors j'ai peut-être involontairement… laissé entendre qu'on sortait ensemble, soupira Melody. Mais ce n'est pas le cas, je te le jure. Je ne te ferais jamais ça.

Lacey fronça les sourcils.

— Oh. Dommage.

Melody la regarda en clignant des yeux.

— Pardon ?

— Vous feriez un beau couple. Pour tout te dire, j'espérais même que vous alliez vous mettre ensemble.

— Depuis quand ?

Lacey esquissa un sourire en coin.

— Depuis le soir où je t'ai appelée pour que tu viennes le chercher au bar.

— Tu veux que je sorte avec ton ex ?!

Melody n'arrivait pas à le croire. C'était complètement fou.

— Pourquoi pas ? Ce n'est pas comme si j'étais encore éprise de lui. Je veux juste qu'il soit heureux, tu sais. Je veux votre bonheur à tous les deux, déclara Lacey en lui donnant un petit coup d'épaule.

Melody secoua si vigoureusement la tête qu'elle en eut le vertige.

— Ce n'est pas d'actualité, Lacey. Genre, absolument pas. Ni maintenant, ni demain, ni jamais.

Lacey leva les yeux au ciel.

— Ma chérie, je t'en prie. J'ai vu comment vous vous regardiez. La façon dont vous vous comportiez. Il y a un truc entre vous.

— Pas comme ça, insista Melody. Il n'y a rien… Nous n'avons rien en commun. Du tout.

— Bien sûr que si.

Melody secoua de nouveau la tête.

— Non, vraiment…

— Vous vous plaisez, dit Lacey. Que te faut-il de plus ?

La gorge de Melody était devenue sèche.

— Ce n'est pas ce que tu crois.

Lacey haussa les épaules.

— Comme tu veux… Oh, merde, je crois que Tessa commence à saturer des collègues de ma mère. Je ferais mieux d'aller la délivrer. Ne te prive pas d'être avec Jeremy à cause de moi, c'est tout ce que je dis.

Elle lui fit un câlin express, puis Melody la regarda retourner vers Tessa, au centre d'un groupe de femmes d'un certain âge ultra-pomponnées. Lorsqu'elle entreprit de chercher Jeremy, elle le vit s'approcher d'elle.

— Hé, désolé pour tout à l'heure. C'était un peu bizarre.

— On s'y attendait, répliqua-t-elle d'un ton nonchalant.

— Et Lacey ?

— C'est bon. Je lui ai dit la vérité.

Elle omit de mentionner que Lacey leur avait donné sa bénédiction, ne sachant pas comment aborder le sujet. « Tiens, au fait, tu sais que ton ex pense qu'on devrait sortir ensemble ? Tu en penses quoi, toi ? »

Non merci.

— Je peux aussi dire la vérité à Charlotte, si tu veux, déclara-t-il, la mine coupable.

Melody secoua la tête un peu trop vigoureusement.

— Je préfère éviter de passer pour une menteuse compulsive, mais merci quand même. On peut jouer la comédie jusqu'à la fin de la soirée, pas vrai ? ajouta-t-elle, un rire nerveux s'échappant de ses lèvres.

Jeremy posa une main sur son épaule, et une sensation de calme l'envahit aussitôt.

— Seulement si tu es sûre que ça ne te dérange pas.

Melody prit une profonde inspiration, puis expira lentement, se forçant à hocher la tête.

— J'en suis certaine, dit-elle avec plus de conviction qu'elle en ressentait.

— Merci. Je sais que tu n'aimes pas mentir, et j'apprécie ce que tu fais pour moi.

Il lui pressa l'épaule avant de la relâcher.

Melody esquissa un sourire et s'appliqua à adopter un ton léger.

— Hé, c'est pour ça que je suis là ce soir, non ? Pour assurer tes arrières. Tu tiens le coup ? s'enquit-elle en ajustant délicatement le nœud de sa cravate.

Il lui adressa un sourire las.

— Ça va grâce à toi. (Quelque chose derrière elle attira son attention, et il blêmit.) Maman.

Oh, merde.

Melody se raidit et s'écarta avec précipitation de Jeremy. Il ne lui avait pas traversé l'esprit que sa boss serait là. Même si, avec du recul, elle aurait dû s'y attendre. Jeremy et Drew étaient amis depuis le lycée, et leurs familles fréquentaient les mêmes cercles. Bien sûr que la mère de Jeremy était invitée aux fiançailles de Drew.

— Bonjour, mon chéri.

Angelica Sauer se pencha en avant pour déposer un baiser sur la joue de son fils, avant de darder son regard froid et évaluateur sur Melody.

— Maman, tu te souviens de Melody ?

Jeremy glissa une main autour de sa taille, l'attirant plus près.

C'était la première fois qu'elle se retrouvait face à Angelica Sauer depuis la fameuse nuit du peignoir. Son instinct lui hurlait de prendre ses jambes à son cou, mais le contact rassurant de Jeremy la maintint en place.

— Bien sûr, répondit Mme Sauer en souriant, comme si leur dernière rencontre avait eu lieu lors d'un gala de charité, et non alors qu'elle avait été surprise en flagrant délit de batifolage par son fils. Ravie de vous revoir, ma chère.

— Bonsoir, madame Sauer, réussit à articuler Melody.

Les yeux d'Angelica Sauer s'attardèrent un instant sur elle, se plissant légèrement avant de se poser à nouveau sur Jeremy.

— Sais-tu où se trouve Andrew, par hasard ? demanda-t-elle.

— La dernière fois que je l'ai vu, il était sur la terrasse.

— En train de fumer un de ces maudits cigares, je suppose. Je ferais mieux d'aller chercher Geoffrey pour que nous puissions aller féliciter notre hôte. Profitez bien du reste de la soirée, les salua-t-elle, regardant Melody avec une expression indéchiffrable sur le visage.

Dès que la mère de Jeremy s'éloigna, Melody poussa un long soupir tremblant.

— C'était terrifiant.

— Crois-le ou pas, je pense qu'elle t'apprécie.

Melody frémit.

— Si c'est comme ça qu'elle se comporte avec les gens qu'elle apprécie, j'ose à peine imaginer comment elle traite les gens qu'elle déteste.

Le regard de Jeremy dériva vers l'estrade.

— C'est l'heure des discours.

Les serveurs commencèrent à sillonner la foule pour distribuer des coupes de champagne, et Jeremy en saisit deux au vol.

Quelques minutes plus tard, le père de Drew, Andrew Fulton II, s'avança vers le micro pour souhaiter la bienvenue à ses invités. On aurait dit un banquier relooké à la sauce hollywoodienne : botoxé, couvert d'autobronzant et, Melody en aurait mis sa main à couper, portant des implants capillaires. Il s'exprimait avec aisance et charisme, et son discours était si habilement émaillé de blagues qu'elle ne put s'empêcher de se demander s'il avait été écrit par l'un des scénaristes qui travaillaient pour lui.

Une femme qu'elle supposait être son épouse se tenait à ses côtés, légèrement vacillante sur ses talons de dix centimètres, et arborant un sourire aussi large que ses lèvres bourrées d'acide hyaluronique le lui permettaient.

— C'est la mère de Drew ? chuchota Melody à Jeremy.

Elle semblait bien trop jeune pour avoir un fils de cet âge. Mais avec toute cette chirurgie esthétique, allez savoir.

— Sa belle-mère. La deuxième, en fait. Sa mère est morte quand il avait douze ans.

Melody ressentit un élan de compassion. Rien dans la famille de Drew ne semblait réel. Sa belle-mère sortait tout droit de Central Casting[15], et le discours de son père, si brillant soit-il, ne dégageait aucune authenticité ni la moindre émotion.

Lorsque M. Fulton eut terminé son discours, il passa le micro au père de Charlotte. Robert Lopez contrastait nettement avec le charme policé d'Andrew Fulton. Avec son visage buriné par le soleil, son large poitrail et sa moustache épaisse qui rappelait celle de l'acteur Edward James Olmos, son aura était plus rustique. Visiblement peu loquace, il porta un toast bourru, mais dont on sentait qu'il venait du cœur, au bonheur futur de sa fille, avant de céder le micro à sa femme.

La mère de Lacey et de Charlotte était, de loin, la plus bavarde de la famille. Elle discourut avec enthousiasme sur sa fille et Drew, narrant de nombreuses anecdotes, dont une interminable sur la première fois où Charlotte avait invité le jeune homme chez eux pour dîner. Avec ses cheveux gris assumés, ses grosses boucles d'oreilles et ses sandales confortables, la professeure Lopez était le stéréotype de l'intellectuelle féministe.

---

15. Première agence de figurants de Los Angeles.

Alors que son discours touchait à sa fin et que l'attention de la salle commençait à se dissiper, Drew s'empara du micro et son charisme naturel embarqua de nouveau l'assemblée. Au milieu de son témoignage d'amour éternel pour Charlotte, d'une surprenante sincérité, Melody glissa sa main dans celle de Jeremy.

— Ça va ? lui murmura-t-elle.

Il acquiesça, lui pressant la main avec reconnaissance.

Dès que le discours de Drew s'acheva, l'orchestre entama « When I Fall in Love », et l'heureux couple ouvrit le bal. Jeremy les contemplait en silence, le visage dénué de toute expression.

— Danse avec moi, demanda-t-il alors que le groupe enchaînait avec « It Had to Be You ».

— Euh, je ne t'ai jamais dit que j'étais une piètre danseuse ? protesta Melody alors qu'il l'entraînait vers la piste. Je maîtrise les pas du madison, mais c'est à peu près tout ce dont mes pieds sont capables.

Contrairement à Jeremy, elle n'avait pas passé son adolescence à fouler la piste des bals de débutantes et des fêtes de country club. Elle ne connaissait même pas les pas de base.

— Tout ce que tu as à faire, c'est te laisser guider, lui assura-t-il en plaçant la main gauche de Melody sur son épaule et en prenant l'autre dans la sienne. Tu sens ma main dans ton dos ?

Elle hocha la tête en se mordillant la lèvre inférieure, car, oui, elle avait bien senti sa main sur sa peau nue toute la soirée. Très bien même.

— Mes mains vont te dire exactement où aller. Tu sens ? (Il exerça une légère pression sur son omoplate.) Ça, ça veut dire qu'on ira par là. Et quand je fais ça…

(il serra délicatement sa main) ça veut dire qu'on ira dans cette direction. Compris ?

— Euh…

— Ça va venir, promit-il, puis il effectua des pas de danse lents et exagérés. Ne regarde pas mes pieds. Regarde-moi dans les yeux.

— Mais…

Melody leva la tête et en eut la respiration coupée l'espace d'un instant. Elle n'avait pas l'habitude d'être aussi proche de Jeremy. Il était juste là, ses yeux d'un bleu insensé rivés dans les siens, et c'était comme fixer le soleil.

— Mais si je ne regarde pas tes pieds… comment je saurai où ils vont ? souffla-t-elle en luttant pour maîtriser sa voix.

— Tu le sauras. Tu dois me faire confiance. Tu as confiance en moi ?

— Oui.

Elle fut surprise de constater que c'était le cas.

Jeremy avait raison : une fois qu'elle cessa de se concentrer sur ses pieds, elle commença à se laisser porter par les petites pressions qu'il exerçait et par le rythme de la musique, et tout devint plus fluide.

— Tu vois ? C'est aussi simple que ça.

— J'y arrive ? demanda-t-elle, surprise.

Il lui sourit.

— Tu y arrives.

Elle n'était pas aussi nulle qu'elle le pensait. Le dicton disant qu'il suffisait d'avoir un bon partenaire devait être vrai, car lorsque le groupe attaqua la chanson suivante, Jeremy et elle évoluaient en parfaite synchronisation.

Une fois la gêne des premiers instants dissipée, Melody réussit à garder ses yeux ancrés dans ceux de Jeremy. Si ce n'est que, au bout d'un moment, elle se laissa happer.

Ils n'étaient pas d'un simple bleu uniforme comme elle l'avait cru jusque-là : il était dégradé, avec des contours plus sombres qui s'éclaircissaient en de subtiles nuances presque argentées à l'approche de la pupille. Et elle remarqua aussi pour la première fois la légère déviation de son nez. Une imperfection minime qui, d'une façon inexplicable, donnait du caractère à son visage, ce qui était d'une injustice sans nom.

Alors qu'ils se fixaient avec intensité, une énergie palpable, presque électrique, semblait circuler entre eux, comme s'ils fermaient un circuit invisible. On aurait dit que leurs mains étaient scellées comme deux aimants... Elle n'aurait pas pu les décoller même si elle l'avait souhaité. Non que ce fût le cas. C'était agréable d'être à nouveau si proche de quelqu'un, de communiquer par le toucher plutôt que par les mots, de s'en remettre entièrement aux mains de son partenaire et de s'abandonner au rythme de la musique et aux pas de danse.

C'était un peu comme faire l'amour, sans la dimension charnelle. Juste la proximité, la confiance mutuelle et la chaleur d'un contact physique. Bon, ils se trouvaient dans une pièce bondée de gens, mais il était si facile d'oublier le monde autour quand elle plongeait dans les beaux yeux bleus de Jeremy. Ils étaient comme dans une bulle où rien d'autre n'existait.

Un autre avantage de la danse était que personne ne venait les interrompre. Plus de pantins hollywoodiens en plastique, plus besoin de feindre un intérêt pour des discussions qui l'excluaient. Ils étaient seuls, absorbés l'un par l'autre. Melody pouvait presque se convaincre que la foule autour avait disparu.

Jusqu'à ce que le regard de Jeremy soit attiré par quelque chose à l'autre bout de la pièce et qu'elle le sente se raidir.

— Qu'y a-t-il ?

Il reporta son attention sur elle et secoua la tête.

— Rien. Rien du tout.

Lorsqu'ils pivotèrent, Melody aperçut Lacey et Tessa danser langoureusement sur un coin de la piste.

— Tu veux qu'on aille ailleurs ? demanda-t-elle à Jeremy.

Il fronça les sourcils.

— Pourquoi voudrais-je aller ailleurs ?

— Si c'est trop difficile pour toi de voir Lacey…

— Ça ne l'est pas. Je pensais que ça le serait, mais non.

Melody inclina la tête sur le côté, tâchant de déterminer s'il disait la vérité.

— Vraiment. Je suis très bien où je suis, tant que tu l'es toi aussi. D'accord ?

Elle acquiesça, sans être tout à fait convaincue.

— Maintenant, je vais te faire chavirer, dit-il. Tu es prête ?

— Non ! glapit-elle.

Il l'avait déjà saisie sous le bras, puis la faisait tournoyer sur elle-même d'un mouvement souple du poignet. Il enchaîna sur un pas de côté et remonta sa main pour lui soutenir la nuque avant de la faire basculer en arrière. Elle fit de son mieux pour ne pas se raidir comme une bûche, confiante qu'il la rattraperait.

Quand il la redressa, elle se pendit à son cou en riant. Jeremy referma ses bras autour d'elle, l'attira contre lui et posa son menton sur le sommet de sa tête, avant de reprendre leur position de départ.

Ils dansèrent sur les trois chansons suivantes, réussissant même à exécuter quelques figures dont un tombé, puis Jeremy lui proposa de faire une pause. Cela ne lui était pas venu à l'esprit, mais elle se rendit compte qu'elle avait mal aux pieds et qu'elle avait une envie pressante.

Jeremy partit leur trouver à boire ainsi que deux sièges, et Melody en profita pour se rendre aux toilettes.

Devant le miroir, elle retoucha son rouge à lèvres et constata que ses joues étaient écarlates. Probablement à cause du vin et de l'effort physique. Rien à voir avec Jeremy Sauer, ni avec leur proximité prolongée, ni même avec la manière dont il la regardait. Absolument rien.

— Mon fils et vous faites sensation sur la piste de danse.

Melody se retourna en étouffant un cri.

— Madame Sauer, murmura-t-elle d'une voix timide.

La mère de Jeremy la toisa de haut en bas, et Melody eut aussitôt l'impression de rapetisser sous le poids de son regard.

— Vous vous amusez bien ?

— Oui, répondit Melody en s'efforçant de se redresser. C'est une très belle soirée.

— Je tenais à vous remercier pour votre discrétion concernant… le fâcheux incident d'il y a quelques mois, dit Mme Sauer en s'approchant.

Elles étaient seules dans les toilettes, personne ne pouvait donc entendre leur conversation.

Melody lança un regard désespéré vers la porte dans l'espoir que quelqu'un entre pour les interrompre.

— Cette histoire ne me concerne pas, répondit-elle avec une assurance feinte. En fait, c'est à peine si je m'en souviens. Quel incident, déjà ?

Elle laissa échapper un rire nerveux qui lui donna l'air d'une gamine, puis s'empressa de fermer la bouche avant de dire quelque chose de *vraiment* stupide.

Mme Sauer hocha lentement la tête.

— J'ai effectué quelques recherches sur vous, vous savez, mademoiselle Gage. C'est un CV impressionnant que vous vous êtes constitué à un si jeune âge. Vous avez, manifestement, travaillé dur pour arriver là où vous en êtes.

Melody ne savait pas si c'était un compliment ou une tentative d'intimidation. Tout ce qui sortait de la bouche de cette femme semblait comporter une menace sous-jacente.

— Le palmarès de mon fils dans les histoires de cœur n'est pas très reluisant, poursuivit Mme Sauer. Mais vous êtes différente des autres femmes qu'il a fréquentées. Vous êtes intelligente, réfléchie, indépendante. Ambitieuse.

Elle marqua une pause. Une pause suffisamment longue pour que Melody sente une tension se nouer dans son estomac.

— Je tenais à ce que vous sachiez que vous avez ma bénédiction, ajouta sa boss.

Un instant… quoi ?

— Votre… votre bénédiction ? bégaya Melody.

— Oui. Vous formez un joli couple, Jeremy et vous. Je vous souhaite à tous les deux beaucoup de bonheur ensemble.

— Oh.

C'était sûrement le moment propice pour avouer à la mère de Jeremy qu'ils n'étaient pas en couple, mais si Melody n'avait déjà pas eu le courage de corriger Charlotte, reprendre Angelica Sauer était inconcevable.

— Hum… merci.

— Bien, dit Mme Sauer en inclinant légèrement la tête d'un air dédaigneux, considérant que la discussion était close. Je suppose que Jeremy vous attend.

— Oui. Tout à fait. Ravie de cet échange, marmonna Melody avant de se sauver.

Jeremy était assis à une table de l'autre côté de la piste. Elle se précipita sur la chaise à côté de lui et lui arracha presque des mains le verre de vin qu'il lui tendait.

— Un problème ? demanda-t-il en fronçant les sourcils, tandis qu'elle avalait une grande gorgée de rosé.

— Non. Juste… ta mère.

À ce mot, Jeremy tressaillit.

— Qu'est-ce qu'elle a fait ?

— Elle nous a donné sa bénédiction.

Ce qui faisait deux personnes. C'était quoi, ce délire ?

Jeremy éclata de rire.

Melody lui flanqua une tape sur le bras.

— Ce n'est pas drôle ! Elle pense qu'on sort ensemble, et je n'ai pas osé la contredire. Elle a dit qu'on formait un joli couple !

Il passa une main sur sa mâchoire, toujours en ricanant.

— Tu as raison, pardon. Ce n'est pas drôle.

— Alors pourquoi tu ris encore ?

Il secoua la tête, un sourire ironique aux lèvres.

— C'est juste que… tu es la première de mes petites amies qu'elle approuve.

— Sauf que je ne suis pas ta petite amie.

Il prit une gorgée de scotch.

— C'est pour ça que c'est drôle.

Melody ne trouvait pas ça drôle du tout. Elle détourna le regard vers la piste de danse. Le groupe jouait « Embraceable You », tandis que Drew et Charlotte, enlacés tendrement, dansaient comme s'ils étaient seuls au monde. Cette vision la rendit étrangement triste.

Jeremy lui donna un petit coup d'épaule.

— Je t'avais bien dit que ma mère t'appréciait.

Melody avait la tête qui tournait, et le vin n'en était pas la cause. Elle avala péniblement la boule qui lui obstruait la gorge et hocha la tête, les yeux toujours rivés sur Drew et Charlotte.

— Ça va ? demanda-t-il.

— Très bien, répondit-elle, forçant un sourire.

— On est là depuis assez longtemps, tu sais. On peut partir quand tu veux.

— Comme tu le sens. Je suis à ta disposition ce soir.

Le regard de Jeremy se posa sur Drew et Charlotte, et il murmura :

— Allons-y.

* * *

Ils n'échangèrent pas un mot sur le chemin du retour. Jeremy zappa distraitement d'une station radio à une autre, tandis que Melody contemplait la route qui défilait sur le côté.

Au loin, des feux d'artifice explosaient par intermittence dans le ciel nocturne. Les Dodgers avaient dû remporter un match. De petits éclats de lumière multicolores se détachaient à l'horizon, illuminant le centre-ville. Ce spectacle lui rappela les feux d'artifice du pique-nique annuel de Sauer Hewson et le bonheur qu'elle avait ressenti alors.

Ce soir, pourtant, elle ne se sentait pas heureuse. Elle se sentait… vide.

Une fois qu'ils furent arrivés devant son immeuble, Jeremy la raccompagna jusqu'à la porte et la serra chaleureusement dans ses bras.

— Merci pour cette soirée.

— De rien, dit-elle contre son épaule.

Il ne semblait pas pressé de la lâcher, et elle ne l'était pas non plus. Enveloppée dans ses bras, Melody se laissa aller contre lui en fermant les yeux, la joue contre le tissu rugueux de sa veste.

Puis Jeremy desserra son étreinte, et l'air frais de la nuit s'infiltra entre eux, aussi mordant qu'un jet d'eau glacée. Il recula d'un pas mal assuré, l'observant avec une intensité troublante.

Sa lèvre inférieure était légèrement gercée, et Melody se surprit à la fixer – quel effet cela lui ferait-il s'il l'embrassait ?

Elle *voulait* qu'il l'embrasse.

Cette prise de conscience la frappa comme un coup de tonnerre. Depuis tout ce temps, c'était là, sous ses yeux. Aussi clair que le jour. Et pourtant, elle se retrouvait prise de court par la force de cette révélation.

Le vide qu'elle avait ressenti au creux de son ventre toute la soirée, c'était parce qu'elle enviait ce que possédaient Drew et Charlotte. Ou Lacey et Tessa… Cette complicité. Cette connexion profonde avec une autre personne. Cette certitude d'avoir quelqu'un dans ce monde à ses côtés. Quoi qu'il arrive.

Et c'était avec Jeremy qu'elle voulait le vivre.

L'intensité de ses sentiments la terrifia. Elle qui avait passé tant de temps à se persuader qu'elle était mieux seule – qu'elle ne voulait surtout, surtout, surtout pas être en couple… Ce revirement brutal la désorienta. C'était comme si le sol venait de se déplacer de cent quatre-vingts degrés sous ses pieds sans prévenir.

Melody sonda le visage excessivement beau de Jeremy, pétrifiée. Si elle devait dire quelque chose ou faire quoi que ce soit, c'était maintenant ou jamais. Or elle était bien trop secouée pour bouger – et encore moins pour formuler une phrase cohérente.

Jeremy posa une main sur son épaule, la faisant doucement glisser le long de son bras. Elle ferma les yeux, réprimant un frisson.

Il se pencha et déposa un léger baiser sur son front.

— Bonne nuit, souffla-t-il, d'une voix si basse que c'était presque un murmure.

Puis il retourna à sa voiture.

Une fois dans son appartement, Melody s'adossa contre la porte et ferma les yeux.

Et merde. Je suis amoureuse de Jeremy Sauer.

Chapitre 19

Ce n'est pas de l'amour, se répétait Melody en boucle. Elle n'était pas amoureuse de Jeremy Sauer.

C'était juste un crush. Un engouement temporaire. Une lubie passagère. Voilà le mot-clé : passager. Ce qui signifiait que ça allait lui passer, et le plus tôt serait le mieux.

À l'âge de treize ans, Melody avait été obsédée par Adam Brody, de la série *Newport Beach*. Elle achetait tous les magazines dans lesquels il apparaissait, découpait les photos et les épinglait en un collage géant sur le mur au-dessus de de son lit. Chaque soir, elle s'endormait en écoutant les chansons du groupe Fall Out Boy tout en admirant cinquante versions du visage d'Adam Brody.

Son crush pour Jeremy était un peu du même acabit, sauf qu'au lieu de fabriquer des collages flippants, elle passait des heures devant son ordinateur à faire défiler de vieilles photos de lui, prises par des paparazzis. Bon, OK, elle avait créé une alerte Google à son nom. Mais elle nierait tout en bloc si quelqu'un lui demandait pourquoi elle avait développé un logiciel d'espionnage sur mesure qui détectait toutes les photos de lui sur Internet.

Il y avait quand même du progrès : elle n'écoutait plus Fall Out Boy. Elle avait donc mûri.

La différence majeure entre Adam Brody et Jeremy Sauer, c'était qu'Adam Brody ne se matérialisait pas sans arrêt dans sa vie. En chair et en os. Contrairement à Jeremy, qui, lui, avait pris l'habitude de venir faire un saut à son bureau chaque fois qu'il s'ennuyait, ce qui se produisait de plus en plus fréquemment. N'avait-il pas de boulot, sérieux ?

Chaque minute au bureau la maintenait dans un état de tension perpétuelle, l'esprit rivé à la possibilité de le croiser à tout moment. Son estomac se nouait dès qu'elle entendait des pas dans le couloir, espérant secrètement que ce soit lui, venu échanger quelques mots. Elle arpentait l'immeuble avec des papillons dans le ventre et l'espoir de le croiser au café dans le hall ou sur le chemin vers le parking en fin de journée.

Quand ça n'arrivait pas, elle ressortait les photos que sa mère avait prises d'eux sur son portable, fantasmant à ce que pourrait être leur vie si elle était réellement sa petite amie. Les dîners en amoureux ou les soirées Netflix blottis l'un contre l'autre sur le canapé. Mieux encore : les soirées sans Netflix…

Elle ne cessait de repenser à ce qu'elle avait ressenti lorsqu'ils s'étaient embrassés, et à quel point elle mourait d'envie de l'embrasser de nouveau. À quel point elle voulait juste être près de lui, ne serait-ce que pour bavarder. Elle adorait leurs discussions presque autant qu'elle aimait l'embrasser.

Bien sûr, c'était épuisant nerveusement, voire carrément éprouvant, de vivre ces montagnes russes du matin au soir, tout en s'efforçant de se comporter avec naturel en sa présence.

Du moins, elle espérait qu'elle réussissait à donner le change. Chaque fois qu'elle était près de lui, une sorte d'énergie latente bouillonnait en elle, prête à jaillir, l'empêchant de se concentrer. Parfois, elle se surprenait à fixer sa bouche lorsqu'il parlait. À contempler ses lèvres parfaitement dessinées bouger, imaginant la sensation contre les siennes… jusqu'à ce qu'elle se rende compte qu'elle n'avait pas écouté un mot de ce qu'il venait de dire.

Heureusement, il se comportait toujours de la même manière avec elle, donc peut-être ne s'en tirait-elle pas trop mal. C'était sûrement la première fois que sa maladresse sociale jouait en sa faveur : il devait simplement la croire distraite ou bavarde, comme d'habitude.

Ce qui rendait la situation encore plus compliquée, cependant, et dont elle n'avait pas conscience jusqu'à présent, c'était à quel point Jeremy était tactile. Il avait cette manie de lui bousculer gentiment l'épaule pour ponctuer une plaisanterie lorsqu'ils marchaient côte à côte, de lui toucher le bras pour lui dire bonjour ou au revoir et, surtout, de poser la main dans le creux de son dos chaque fois qu'elle franchissait une porte devant lui.

Cette foutue main dans le dos était le pire de tout. Elle finirait par causer sa perte.

Et puis il y avait ce truc qu'il faisait avec ses yeux. Cette façon de la regarder en l'écoutant parler, comme s'il buvait chacune de ses paroles. Comme si elle comptait vraiment. Comme si elle avait plus d'importance à ses yeux que n'importe qui d'autre.

Et même si Melody savait que ce n'était pas le cas, que c'était sa manière d'être avec tout le monde, ça la faisait fondre intérieurement.

Elle avait l'impression d'avoir perdu le contrôle de sa vie. Elle ne maîtrisait ni le moment ni la fréquence de leurs rencontres au bureau. Pas plus qu'elle ne parvenait à contrôler ce qu'elle ressentait lorsqu'il était près d'elle :

l'éclat particulier dans ses yeux, le léger tremblement de ses genoux. Le désir de l'embrasser… et plus encore. La sensation de picotement sur sa peau chaque fois qu'il la touchait, et qui subsistait longtemps après.

Melody ne parvenait pas à se défaire de cette obsession pour lui. Pire encore, elle ne pouvait se résoudre à se lancer pour ne serait-ce que faire évoluer la situation.

Maintes fois, elle avait envisagé de dire à Jeremy ce qu'elle ressentait. Comment aborder un tel sujet ? En aucun cas elle ne pouvait le faire au bureau ni même lors de leurs escapades au Coffee Bean. Ce n'était ni le moment ni l'endroit. Certes, elle aurait pu l'inviter à boire un verre un soir après le travail, ou lui proposer une sortie le week-end, sauf que la seule idée de passer à l'action lui provoquait une poussée d'urticaire. Et ce n'était pas une façon de parler : cela lui donnait bel et bien de l'urticaire. Sa poitrine se couvrait de plaques rouges qui la démangeaient pendant plus d'une semaine.

Le problème, c'était que si elle lui avouait ses sentiments et qu'ils n'étaient pas réciproques, tout serait fini : adieu, les visites dans son bureau ; adieu, les invitations à prendre un café ; adieu, les conversations. Adieu, leur amitié.

La seule chose qui l'effrayait encore plus que la perspective de lui dire ce qu'elle ressentait, c'était ça : perdre leur amitié. Par conséquent, Melody choisit de ne rien faire.

Ce qu'elle éprouvait pour Jeremy lui faisait penser à l'expérience de Schrödinger. Tant qu'elle n'ouvrait pas la boîte, leur relation subsistait dans un état de superposition quantique : à la fois possible et impossible. Melody était trop lâche pour chercher à savoir si le chat était vivant ou mort.

Des jours entiers s'écoulèrent. Des semaines entières. Pendant ce temps, son obsession ne faiblit pas et son courage restait désespérément aux abonnés absents. Alors elle commença à se résigner, à accepter l'idée que les choses s'en tiendraient là pour toujours.

Puis vint le jour où son moteur de recherche trouva une photo de Jeremy entrant dans un restaurant, main dans la main, avec une ancienne candidate de l'émission *Top Model USA*. Et le week-end suivant, tout un tas d'autres photos d'eux en train de roucouler dans un club de West Hollywood.

Et voilà. Fin de l'histoire.

Elle aurait sûrement eu plus de chances avec Adam Brody.

* * *

— Comment ça se passe avec Jeremy ? l'interrogea sa mère lors de leur conversation téléphonique qui suivit.

C'était officiel, Melody était une mauvaise personne. Elle avait laissé croire à sa mère qu'elle et Jeremy sortaient toujours ensemble. Elle n'en était pas fière, mais elle l'avait fait pour sa propre survie. Tant que sa mère pensait qu'elle était heureuse et en couple, elle ne la harcelait plus sur son célibat. Oui, elle avait dû mentir chaque fois que Pam demandait des nouvelles de Jeremy, et Melody était devenue experte dans l'art de rester évasive et de façonner des mensonges inspirés de la réalité.

Non. Elle était indéfendable. C'était mal, et il était temps d'y mettre un terme. Plus que temps, même.

— Hum, puisqu'on en parle…

Sa mère émit un bruit inquiet.

— Ça sonne comme une mauvaise nouvelle. Tu vas m'annoncer une mauvaise nouvelle ?

— En quelque sorte.

— Tu es enceinte ?

Pour sa mère, la seule chose pire que d'être célibataire était de tomber enceinte par accident. Elle lui avait fait la leçon sur les risques de rapports sexuels non protégés chaque fois qu'elle était sortie avec un garçon au lycée. Littéralement chaque fois.

— Non, maman, soupira-t-elle.

Sa mère souffla bruyamment.

— Dieu merci.

— Jeremy et moi avons rompu.

— Quoi ? Non !

— Si.

— Que s'est-il passé ?

— C'est compliqué.

— Il t'a trompée ?

Melody grimaça.

— Non, rien de tel.

— Tu l'as trompé ?

— Non ! Il n'y a pas eu de tromperie.

Elle se frotta le front avec la paume de sa main.

— Alors je ne comprends pas. Que s'est-il passé ? Vous aviez l'air si heureux ensemble.

Elle pouvait presque entendre sa mère secouer tristement la tête.

— Ça ne fonctionnait pas, voilà tout. On n'était pas faits l'un pour l'autre.

— Qu'est-ce que ça veut dire ?

— Ça veut dire qu'on est trop différents. Nous venons de mondes différents.

Sa mère resta silencieuse un instant.

— Parce qu'il est riche, tu veux dire ?

Parfois, sa mère pouvait se montrer très perspicace.

— Oui, voilà.

— Oh, trésor.

Melody ferma les yeux. Même s'il s'agissait d'une fausse rupture d'une fausse relation, cette discussion était beaucoup trop proche de la réalité.

— Ce n'est pas seulement ça. Il y avait d'autres choses.

Sa voix se brisa sur le dernier mot.

— Tu vas bien, ma chérie ?

Melody passa ses mains sous ses lunettes pour s'essuyer les yeux.

— Oui, oui. Je vais bien.

Elle ne voulait pas inquiéter sa mère. Ce n'était qu'un stupide béguin. Elle finirait par s'en remettre.

Sa mère tenta de la consoler :

— Tu sais que tu es aussi douée que lui, n'est-ce pas ? Tu es même meilleure. *Lui* n'a pas obtenu de bourse pour le MIT, pas vrai ? Il n'a pas construit un ordinateur à partir de rien à l'âge de quinze ans. Il n'a pas gagné la première place au décathlon universitaire. C'est toi qui as accompli toutes ces choses, et tu n'as jamais eu besoin d'argent pour y arriver. Tu as tout fait toute seule.

Melody renifla.

— Merci, maman.

— Voilà ce que tu vas faire, lui dit sa mère. D'abord, accorde-toi une semaine pour te lamenter. Je sais que tu souffres en ce moment, et il est important de prendre le temps d'honorer cette douleur. Ensuite, tu te reprends en main. Tu vas te faire une nouvelle coupe, une manucure, et tu te remets en selle. Un de perdu, dix de retrouvés.

— C'est juste que… Je ne pense pas être très douée pour les relations amoureuses, geignit Melody.

— Ne sois pas ridicule, ma chérie. Tu en parles comme si c'était de la psychique nucléaire.

Melody retira ses lunettes et se frotta les yeux.

— De la physique nucléaire, maman. Et si c'était le cas, je m'en sortirais mieux.

— Tu viens juste d'essuyer un petit revers. Tu t'en remettras.

Sa mère était une optimiste, elle. Peu importe le nombre de petits copains avec qui elle avait rompu ou le nombre d'emplois qu'elle avait perdus, elle croyait toujours avec une certitude inébranlable que le prochain serait le bon… même si tout poussait à croire le contraire.

— Tu n'as pas besoin de lui. Il y a plein d'autres poissons dans l'océan.

Melody ne voulait d'aucun autre poisson dans l'océan. Elle voulait Jeremy.

* * *

— Je peux fermer ? demanda Jeremy lorsqu'il se présenta au bureau de Melody la fois suivante.

Elle s'empressa de quitter la page Internet de la séance photo qu'il avait faite pour *Town & Country* avant de lever les yeux vers lui.

— Hein… quoi ?

Il pencha la tête.

— La porte. Je peux la fermer ?

— Euh… oui, bien sûr.

Il ne s'était jamais préoccupé de fermer la porte auparavant. Alors… c'était étrange. Et un peu intimidant.

— Je vais te dire un truc, mais tu dois me promettre de n'en parler à personne, déclara-t-il d'un air très sérieux.

Maintenant, elle était encore plus intimidée.

— D'accord.

Son cerveau se mit à imaginer le pire : une réorganisation de la boîte, une fusion, des licenciements… Bon sang, et s'ils délocalisaient le service informatique !

Jeremy s'assit dans le fauteuil, puis se pencha en avant, les avant-bras posés sur les genoux. Les sillons qui creusaient son front étaient assez profonds pour y loger un crayon.

— Ma mère et Geoffrey vont se marier.

— Oh.

Melody respira à pleins poumons. Mais le soulagement de ne pas avoir perdu son job fit aussitôt place à de l'inquiétude pour Jeremy.

— Tu vas bien ?

Il haussa les épaules.

— Je crois… Je pense que je ne réalise pas encore vraiment.

— Quand l'as-tu appris ?

— Hier soir. Pendant le dîner. « Passe-moi le sel, mon chéri… Tiens, au fait, Geoffrey et moi allons nous marier. »

L'imitation que Jeremy faisait de sa mère était des plus réalistes. Melody ne doutait pas que c'était grosso modo ce qui s'était passé.

— Comment l'a pris Hannah ?

— Elle était folle de joie. Elle adore Geoffrey. Alors…

Il haussa de nouveau les épaules.

— C'est une bonne chose, non ?

Il acquiesça, les yeux dans le vague.

— Oui.

Il avait l'air d'avoir besoin d'un câlin, et elle aurait adoré lui en faire un. Or un bureau s'interposait entre eux, et ils étaient sur leur lieu de travail. Même avec la porte fermée, c'était risqué.

— Tu veux sortir d'ici ? demanda Melody. Aller prendre un café ?

Il secoua la tête, puis se leva d'un bond.

— Je dois retourner en haut. Je suis en réunion toute la journée. Ils ne feront pas d'annonce publique avant plusieurs semaines, alors pas un mot. Je voulais juste te le dire.

— Hé, dit-elle alors qu'il ouvrait la porte. Si tu veux en parler, je suis là, d'accord ?

Les coins de sa bouche esquissèrent un sourire.

— Merci. Je t'appellerai peut-être plus tard.

Melody passa toute la soirée près de son téléphone à attendre son appel.

Qui ne vint jamais.

Il avait sûrement appelé le mannequin et devait être chez elle en ce moment même, en train de se confier pendant qu'elle le réconfortait.

À minuit, Melody renonça et alla se coucher.

Chapitre 20

Pour la première fois depuis qu'elle avait été embauchée chez Sauer Hewson, la charge de travail était intense. L'échéance d'un gros projet approchait à grands pas, ce qui signifiait que les développeurs produisaient des codes à une cadence infernale et les testaient de toutes les façons possibles et imaginables.

Ce soir-là, Melody était restée coincée au bureau jusqu'à presque 22 heures, car les développeurs n'avaient commencé à tester leurs codes qu'après 17 heures. Elle avait donc dû attendre qu'ils terminent pour rédiger son script de test, et rester le temps de leur exécution afin de s'assurer qu'il n'y avait pas de problème majeur.

Lorsqu'elle sortit enfin du bureau, elle avait une faim de loup et elle décida de faire une halte dans son fast-food préféré pour manger un cheeseburger et des frites chili-fromage.

Elle détestait le drive. C'est pourquoi elle se garait toujours devant et marchait jusqu'au comptoir. Mieux valait parcourir quelques mètres à pied plutôt que de subir un échange incompréhensible à travers un interphone grésillant pour, au final, récupérer une commande erronée.

Épuisée, elle ne remarqua pas l'homme dans le parking… jusqu'à ce qu'il se poste juste derrière elle. Quelle débile. D'habitude, elle était toujours attentive à son environnement. Une seconde plus tôt, elle faisait du codage dans sa tête, celle d'après, elle se retrouva avec ce qui ressemblait fort au canon d'une arme pressé contre son dos. Une voix rauque lui ordonna de ne plus bouger.

Melody s'immobilisa, une boule d'effroi lui comprimant l'estomac. Il n'y avait personne d'autre aux alentours, et l'éclairage du parking était éteint. Même si quelqu'un à l'intérieur du fast-food jetait un coup d'œil à travers la vitre, il ne distinguerait rien dans l'obscurité ambiante.

— Une jolie fille comme toi ne devrait pas traîner dehors à une heure si tardive, murmura l'homme dans son dos, si près qu'elle sentit son souffle chaud sur sa nuque.

Sa voix était grave et éraillée par la cigarette. Une odeur rance, mélange de sueur et d'alcool, flottait autour de lui. Il plongea la main dans les cheveux de Melody, empoignant sa queue-de-cheval pour lui renverser la tête en arrière. Elle étouffa un sanglot lorsque des doigts se mirent à descendre le long de sa nuque, jusqu'à son épaule.

Il s'empara de l'anse de son sac à main et la fit glisser sur son bras. Melody le laissa faire. C'est ce qu'on dit toujours, non ? « Ne surtout pas se débattre. Ce n'est que de l'argent. Ça ne vaut pas le coup de risquer sa vie. »

Pitié, pitié, faites que le sac soit tout ce qu'il veut. Melody referma le poing autour de ses clés de voiture, prête à déclencher l'alarme.

— Ne te retourne pas, menaça l'homme, ses pas s'éloignant sur le bitume tandis qu'il reculait. Compte jusqu'à cinquante avant de bouger. Compris ?

Les yeux brûlant de rage, Melody compta jusqu'à dix avant de s'élancer vers l'entrée du fast-food.

* * *

Quelques heures plus tard, Melody soupira en voyant un autre policier passer en trombe sans même la regarder devant le banc où elle était assise. L'un d'eux devait la raccompagner chez elle, pourtant ils semblaient tous déterminés à l'ignorer.

Sa voiture étant restée sur le parking du fast-food, elle ne pouvait pas rentrer chez elle par ses propres moyens. L'agent du service de police de Los Angeles qui avait répondu à son appel au 911 avait insisté pour la conduire au poste afin de recueillir sa déposition et lui faire consulter des photos de suspects, en dépit du fait qu'elle n'avait pas vu le visage de son agresseur. Sans argent ni carte de crédit, elle ne pouvait même pas appeler un taxi. Elle se retrouvait donc coincée là, à attendre, oubliée de tous.

Une heure, peut-être deux, s'étaient écoulées depuis qu'elle avait rempli sa déposition et qu'on lui avait demandé de patienter sur ce stupide banc inconfortable que quelqu'un la raccompagne à sa voiture. Impossible de le savoir avec certitude, car le sale type qui l'avait agressée lui avait aussi volé son portable. Elle se sentait complètement démunie.

Heureusement qu'elle avait eu ses clés dans la main lorsqu'il lui avait pris son sac. Sans cela, elle n'aurait plus disposé de véhicule pour rentrer chez elle… si elle rentrait chez elle un jour. Elle commençait à croire qu'elle allait vieillir et mourir sur ce foutu banc.

Melody était à deux doigts de se lever pour aller se répandre en larmes au bureau du sergent lorsque, enfin, elle entendit prononcer son nom. Elle leva les yeux, s'attendant à voir un policier. Au lieu de quoi Charlotte se tenait devant elle, vêtue d'un jean et d'un vieux sweat-shirt délavé.

— Charlotte ! s'exclama Melody en clignant des yeux. Qu'est-ce que tu fais là ?

— Mon père bosse ici. Il est de nuit, ce mois-ci. Je n'arrivais pas à dormir, alors je lui ai apporté à manger. Et toi, qu'est-ce que tu fais là ?

— J'ai été agressée. Quelqu'un est censé me raccompagner à ma voiture, mais je crois qu'on m'a oubliée.

Charlotte s'assit à côté d'elle sur le banc.

— Tu vas bien ?

Melody hocha la tête.

— Il a juste pris mon sac… et mon portefeuille… et mon téléphone. Bon sang, j'adorais ce sac, gémit-elle, étouffant un sanglot. Je l'avais trouvé en solde.

— Depuis combien de temps tu patientes ?

— Aucune idée. Sans mon portable, je ne sais même pas l'heure qu'il est. Sans lui, je suis perdue.

— Attends-moi ici, répondit Charlotte. Je reviens tout de suite, d'accord ?

Melody avait déjà entendu cette phrase. Elle allait passer le reste de sa vie sur ce banc. Peut-être même qu'elle était morte lors de l'agression et qu'elle se trouvait au purgatoire. Elle n'en avait juste pas encore pris conscience. Oh, punaise, elle vivait la dernière saison de *Lost* !

Charlotte avait disparu depuis quelques minutes à peine lorsqu'elle revint, accompagnée d'un homme.

— Je suis l'inspecteur Lopez, se présenta-t-il en tendant une tasse de café ébréchée à Melody. Tenez, buvez ça.

Le café était épais, amer, avec un léger goût de poisson, mais il était délicieusement réconfortant. Melody entoura la tasse de ses mains avec reconnaissance.

— Alors comme ça, vous vous connaissez toutes les deux ? demanda-t-il en jetant un regard vers sa fille.

— Melody était à ma soirée de fiançailles, précisa Charlotte. C'est la copine de Jeremy.

Melody ne savait pas si mentir à la police constituait un délit. Même si ce n'était pas illégal, de toute manière c'était mal. Elle préféra donc ne rien répondre à l'inspecteur Lopez. Techniquement, ce n'était pas tout à fait mentir. En gardant le silence, elle ne faisait que perpétuer un mensonge. Ce qui était tout de même très mal. De tout ce qui s'était passé ce soir, c'était sans doute le pire.

— Je suis heureux de ne pas avoir d'autres filles, marmonna l'inspecteur Lopez.

— Papa ! le gronda Charlotte.

— Navré que tu sois restée coincée ici si longtemps, soupira-t-il à l'intention de Melody. On est débordés à cette heure de la nuit, et on ne peut pas toujours se passer de policiers pour raccompagner les gens.

— Je comprends. Merci pour le café.

Qu'allait-elle faire de toute façon ? Se plaindre que la police fasse son travail au lieu de jouer les chauffeurs ?

— J'ai appelé Jeremy, ajouta Charlotte en prenant la main de Melody. Il ne devrait plus tarder à venir te chercher.

Merde.

Elle ne voulait pas que Jeremy la voie dans cet état. D'un autre côté, elle était si désespérée qu'à ce stade elle aurait même accepté de monter dans la voiture du tueur en série Ted Bundy s'il lui avait proposé de la ramener. Sa dignité était morte.

— Bon, très bien, dit l'inspecteur Lopez. Je serai dans mon bureau si vous avez besoin de quoi que ce soit.

Histoire de la réconforter, Charlotte serra la main de Melody tandis que son père s'éloignait dans le couloir.

— Tu n'es pas obligée de rester. Tu dois retourner étudier, non ?

— C'est bon, lui assura Charlotte avec un sourire crispé. Je ne te laisse pas ici tant que je ne suis pas sûre que Jeremy vienne te chercher.

Melody se cramponna à la main de Charlotte, incapable de trouver les mots pour exprimer sa gratitude. Elle se sentait coupable de lui mentir sur sa relation avec Jeremy, mais ce n'était rien comparé au poids du vrai secret qu'elle portait : elle avait couché avec lui à l'époque où Charlotte et lui sortaient ensemble. Cette dernière ne devait pas être au courant. Si elle l'avait su, elle n'aurait sûrement pas ainsi tenu la main de Melody en ce moment même.

Oh, non… Et si Charlotte avait vu les photos de Jeremy avec ce mannequin au club ? Charlotte devait penser qu'il trompait Melody, et c'est pour ça qu'elle se montrait si gentille. Ce qui ne fit qu'exacerber son sentiment de culpabilité.

— Melody ?

Elle leva les yeux et aperçut Jeremy devant elle, en jean et tee-shirt froissés, les cheveux ébouriffés comme s'il venait tout juste de sortir du lit… ce qui, vu l'heure, était probablement le cas.

Melody n'avait jamais été aussi heureuse de voir quelqu'un, surtout lorsque Jeremy s'agenouilla et l'enveloppa de ses bras réconfortants. Oui, elle pleurait peut-être un peu, mais, pour sa défense, la nuit avait été longue et les larmes s'échappaient sans qu'elle puisse les retenir.

— J'y vais, dit Charlotte en se levant.

Melody dégagea son visage du cou de Jeremy.

— Merci beaucoup.

— Oui, merci, Charlotte, ajouta Jeremy d'un ton sincère.

Elle hocha la tête et les laissa seuls.

— Ça va ? demanda-t-il en prenant doucement les mains de Melody.

— Oui, acquiesça-t-elle d'une voix faible. Je veux juste rentrer chez moi.

* * *

Dans la voiture, Melody abaissa la vitre pour laisser l'air frais lui fouetter le visage, espérant que cela l'aiderait à effacer l'odeur tenace du commissariat, ainsi que le souvenir du souffle de l'agresseur sur sa nuque. Si Jeremy ne cessait de lancer des regards inquiets dans sa direction, il n'osa pas lui poser de questions… Tant mieux, car elle n'avait aucune envie d'en parler.

— Merci d'être venu me chercher, murmura-t-elle au bout d'un moment. Je ne pensais pas que Charlotte allait t'appeler.

— Je suis content qu'elle l'ait fait. Tu sais que tu aurais pu m'appeler, toi aussi ?

— L'agresseur m'a volé mon téléphone.

Les sourcils froncés, Jeremy l'observa en silence. Une fois devant l'immeuble de Melody, il l'accompagna jusqu'à sa porte.

Elle avait les mains qui tremblaient tellement qu'il dut lui prendre les clés et ouvrir lui-même la porte. Mais Melody resta figée sur le seuil, les yeux perdus dans l'obscurité de son appartement.

— Tu veux que j'entre un moment avec toi ?

Elle secoua la tête.

— Tu n'es pas obligé. Ça va aller.

Elle fut trahie par le trémolo dans sa voix.

— Je sais, répliqua-t-il en glissant sa main dans la sienne. Voudrais-tu quand même que je le fasse ?

Elle se mordit la lèvre, hésitant un instant, puis hocha la tête.

— Oui.

À l'intérieur, Jeremy alluma toutes les lumières sans qu'elle ait pipé un mot. Comme s'il avait deviné de quoi elle avait besoin.

Puis il se posta devant elle, qui demeurait campée au milieu du salon, incapable de prendre la moindre décision. Elle était si fatiguée qu'elle avait du mal à penser clairement. En même temps, la simple idée de fermer les yeux et de dormir la terrifiait. Elle était en plein dilemme.

Les sourcils froncés, il l'observait d'un air inquiet,

— Melody. Est-ce que ça va ?

Elle acquiesça. Elle n'était plus en état de choc, mais le contrecoup se manifestait par une sorte de torpeur générale.

Les sourcils de Jeremy se creusèrent davantage.

— Il t'a fait du mal ?

— Non. C'est juste que…

Elle n'arrivait pas à terminer sa phrase. Impossible pour elle de mettre des mots sur ce qu'elle avait ressenti lorsque l'homme avait passé les doigts dans ses cheveux et sur sa peau.

Quand Melody était petite, des cambrioleurs s'étaient introduits dans la maison où elle vivait avec sa mère. Ils étaient partis avec leur téléviseur, leur magnétoscope – à l'époque, les gens en possédaient encore – et des bijoux de Pam. Le pire, c'était qu'ils avaient tout saccagé pour trouver des objets de valeur. Le lit de Melody avait été renversé, ses livres et ses jouets jetés des étagères et balancés sur le sol.

Ça l'avait traumatisée. L'idée qu'un parfait inconnu – un criminel – soit entré dans sa chambre et ait touché à ses affaires l'avait hantée. Ses oreillers, ses poupées, son ours en peluche préféré avec lequel elle dormait chaque nuit… tout avait été souillé par la main de ce monstre invisible.

C'est un peu ce qu'elle ressentait maintenant, sauf qu'au lieu de son ours en peluche c'était son propre corps qu'elle sentait souillé.

— Il t'a fait peur, compléta Jeremy.

Elle acquiesça de nouveau, ravalant la bile qui lui brûlait la gorge.

Il l'enveloppa de ses bras. Si Melody parvint à retenir ses larmes cette fois, elle ferma les yeux et enfouit son visage contre son torse. Il sentait bon. Son étreinte l'apaisait tout en lui procurant un sentiment de sécurité.

— Je vais rester ici cette nuit, dit-il en posant son menton sur le haut de son crâne. Je dormirai sur le canapé, d'accord ?

Elle hocha la tête contre lui, si soulagée qu'elle faillit se remettre à pleurer.

— D'accord.

Sa voix était de plus en plus fluette, comme si elle était en train de disparaître.

— De quoi as-tu besoin ? demanda-t-il. Tu as faim ? Je peux te préparer quelque chose. Ou tu veux peut-être juste dormir ?

— Je veux prendre une douche. Je veux me débarrasser de… tout.

Il s'écarta en lui frottant doucement les bras.

— Fais donc ça. Je ne bouge pas d'ici.

L'inquiétude se lisait sur son visage. Elle aurait voulu lui dire que tout irait bien, mais cela aurait été un mensonge trop flagrant.

Le robinet d'eau chaude ouvert au maximum, Melody passa dix minutes sous une eau aussi brûlante que sa peau pouvait le supporter. Au moins, elle se sentait un peu plus propre. Sa poitrine était rouge écarlate, mais elle s'en moquait. Après avoir enfilé un sweat-shirt ample et un pantalon de pyjama, elle retourna dans le salon, ses cheveux humides attachés en un chignon haut.

Jeremy était dans le canapé, la télévision allumée.

— Tu te sens mieux ? lui demanda-t-il.

— Oui, bien mieux.

Elle se laissa tomber près de lui.

— Je peux éteindre si tu veux dormir, proposa-t-il en faisant un geste vers la télévision.

Il regardait *Présentateur vedette : la légende de Ron Burgundy*.

— Non, laisse.

C'était un de ses films préférés. Elle s'enfonça dans le canapé et replia ses jambes sous ses fesses.

Melody bascula la tête en arrière et s'aperçut que le bras de Jeremy était étendu sur les coussins derrière elle. Cette proximité aurait pu la gêner, si elle n'avait pas été si fatiguée. À cet instant, à moins qu'on l'y oblige, elle ne bougerait pas d'un iota.

Au lieu de dégager son bras, il posa une main sur son épaule.

— Tu veux quelque chose ? J'ai vu qu'il y avait un pot de glace choco caramel extra-fondant dans le congélateur.

La simple idée de manger lui donnait la nausée. Et puis elle ne voulait pas qu'il se lève, au risque de perdre le contact chaleureux de sa main. Elle secoua la tête.

— Ça va, merci.

Jeremy s'empara d'un plaid sur le dossier du canapé et le déposa sur les genoux de Melody. C'était agréable, mais pas autant que la sensation de son bras autour d'elle.

— Merci, murmura-t-elle.

Il se rapprocha et ouvrit grand les bras.

— Viens par-là.

Melody ne se fit pas prier. Elle se lova contre son flanc, la tête calée sur sa poitrine, tandis qu'il refermait ses bras autour d'elle pour la serrer contre lui.

— C'est mieux comme ça ?

— Mmmmh.

Ils regardèrent le film. Enfin, Jeremy surtout. Melody ne résista pas longtemps avant que ses paupières se ferment. La dernière chose dont elle se souvint fut les douces vibrations du rire de Jeremy contre sa joue.

* * *

Quand Melody se réveilla le lendemain matin, elle était seule dans le canapé. Elle était roulée en boule, et sa tête reposait à l'endroit où se trouvaient les jambes de Jeremy la veille. L'appartement embaumait le café frais.

Elle se redressa et aperçut Jeremy, qui lui sourit depuis la cuisine.

— Je ne voulais pas te réveiller, dit-il en sortant deux tasses du placard.

Melody s'étira, faisant craquer les os de sa colonne vertébrale en grimaçant.

— Quelle heure est-il ?

Il la rejoignit sur le canapé et lui tendit une tasse de café fumant.

— 7 heures. Au fait, tu prends ta journée.

— Je ne peux pas ! Je dois consulter le journal de bord et rédiger mes rapports sur les bugs.

— Ils patienteront un jour de plus. J'ai déjà parlé à ton responsable et lui ai expliqué ce qui s'est passé. Pas de discussion. C'est fait.

— Mais…

Fronçant les sourcils, il lui jeta un regard qui se voulait intimidant, mais qui manquait de conviction.

— Ne m'oblige pas à te faire interdire l'accès au bâtiment pendant vingt-quatre heures. Je le ferai, s'il le faut.

— OK, concéda-t-elle.

— Bien. Malheureusement, moi, je dois aller travailler. Je vais appeler Lacey pour qu'elle passe te voir.

Melody secoua la tête.

— Pas la peine.

Il la dévisagea d'un air soucieux.

— Ça va, je te le promets, ajouta-t-elle.

Et c'était le cas. Elle se sentait bien mieux à la lumière de ce jour nouveau.

— Tu es sûre ? Lacey n'y verra pas d'inconvénient.

— Oui, je t'assure. J'ai un programme passionnant qui m'attend : faire opposition sur mes cartes de crédit, remplacer mon permis de conduire et acheter un nouveau portable. Je n'ai pas besoin d'une baby-sitter. Oh, non… se renfrogna-t-elle. Ma voiture. Elle est toujours dans le parking où…

L'idée de retourner au fast-food, même en pleine journée, la replongea dans un état de fébrilité.

— Non. Elle est garée devant l'immeuble.

— Quoi ?

Elle se leva et regarda par la fenêtre. En effet, sa Fiat était stationnée sur le trottoir, juste derrière la BMW noire de Jeremy.

— Comment… ?

— J'ai contacté un gars. Je lui ai demandé d'aller la chercher ce matin et de l'amener ici.

Il haussa nonchalamment les épaules. Comme si tout le monde avait un contact sous la main qu'on pouvait envoyer récupérer une voiture à 6 heures du matin.

— Merci, dit-elle, sentant les larmes lui monter aux yeux. Il ne fallait pas.

Jeremy plongea la main dans sa poche arrière pour en sortir son portefeuille et commença à compter des billets de vingt dollars.

— Tiens, voici de quoi tenir jusqu'à ce que tu récupères de nouvelles cartes.

— Ah non ! Je ne peux pas accepter. Tu en as déjà trop fait.

Il lui fit à nouveau les gros yeux.

— Sans carte de crédit, tu ne peux pas retirer d'argent au distributeur, et sans ton permis de conduire, tu ne peux même pas encaisser de chèque. Prends cet argent.

Il n'avait pas tort. Elle ne pouvait même pas faire de courses. Et elle avait été tellement occupée au travail ces deux dernières semaines qu'elle n'avait pas eu le temps de remplir son frigo.

— Je te rembourserai, lui promit-elle en acceptant à contrecœur les billets qu'il lui tendait.

— Comme tu voudras, dit-il en haussant les épaules.

Elle s'approcha de lui et enroula ses bras autour de son torse.

— Merci. Vraiment. Je ne sais pas ce que j'aurais fait sans toi la nuit dernière.

Les bras de Jeremy se resserrèrent autour d'elle.

— Je serai toujours là pour toi, Melody. Si tu as besoin de quoi que ce soit, je veux que tu m'appelles. Promis ?

Elle hocha la tête contre sa poitrine.

— Promis.

* * *

Ce soir-là, Melody appela sa mère pour lui raconter les événements de la veille. Sans surprise, cette dernière flippa et voulut prendre le premier vol pour Los Angeles.

— Maman, je vais bien, je te le promets. Je n'ai pas besoin que tu viennes.

— Je ne supporte pas l'idée que tu traverses une telle épreuve toute seule, mon bébé.

— Je ne suis pas seule. J'ai des amis. Lacey est venue cet après-midi… (Rectificatif : Lacey avait débarqué chez Melody sans lui demander son avis après que Jeremy l'avait appelée pour tout lui raconter.) Et Jeremy m'a ramenée du commissariat jusqu'à chez moi hier soir.

À peine les mots étaient-ils sortis de sa bouche que Melody grimaça, prenant conscience de son erreur.

— Jeremy, hmmmh ? Je croyais que vous aviez rompu.

— C'est le cas. On est amis, maintenant.

— Ah oui ?

— Ça ne signifie rien, dit Melody en essayant de se convaincre elle-même.

— Je ne comprends toujours pas ce qui s'est passé. Vous étiez si parfaits ensemble.

Melody s'allongea sur son lit en soupirant, les yeux rivés sur le plafond.

— On était loin d'être parfaits, crois-moi. C'est la vie. On est bien mieux en tant qu'amis.

— Chérie, j'ai vu comment ce garçon et toi vous regardiez. J'ai su que c'était le bon dès qu'il a franchi le seuil de chez toi. Fais confiance à ta mère là-dessus.

Melody aurait aimé pouvoir la croire. De tout son cœur. Mais difficile de se fier au jugement d'une femme ayant à son actif deux mariages ratés et une ribambelle de petits amis épouvantables. Identifier le grand amour n'était pas tout à fait le point fort de sa mère.

Au contraire, sa validation ne faisait que confirmer ce que Melody savait déjà : il n'y avait pas d'avenir entre Jeremy et elle.

Elle devait passer à autre chose.

Chapitre 21

Tout le monde se montra particulièrement attentionné envers Melody lors de son retour au travail le lendemain. Une carte signée par toute l'équipe du projet l'attendait sur son bureau, et son responsable lui-même se déplaça pour savoir comment elle allait.

Jeremy, quant à lui, vint prendre de ses nouvelles en milieu de matinée, puis à nouveau dans l'après-midi, et insista pour la raccompagner jusqu'à sa voiture ce soir-là. Et le soir suivant. Et encore celui d'après.

C'était mignon de le voir s'inquiéter autant, mais elle n'avait pas besoin d'être maternée. À vrai dire, elle en avait assez de ce pli qui lui barrait le front chaque fois qu'il posait les yeux sur elle, comme si elle était une petite chose fragile qui, à tout moment, risquait de se briser.

Melody n'était pas fragile. Oui, elle avait fait quelques cauchemars, mais elle n'en était pas morte. Après quelques jours, elle parvenait même à dormir toute une nuit sans l'aide d'un comprimé de Xanax. Elle savait qu'il lui faudrait encore un peu de temps avant de se sentir prête à remettre les pieds dans ce funeste fast-food, mais elle avait le sentiment d'être sur la bonne voie et de surmonter peu à peu cette pénible expérience. Elle n'avait pas besoin que Jeremy la lui remette à l'esprit avec ses regards préoccupés.

Il fallut bien une semaine entière avant que Jeremy semble enfin la croire et que le pli soucieux s'estompe. S'il cessa de lui demander constamment comment elle allait, il continua de passer à son bureau chaque jour, parfois juste pour lui dire bonjour.

Melody était toujours heureuse de le voir. Vraiment. Mais chaque visite ravivait en elle une souffrance latente. Être si souvent près de lui tout en espérant en secret bien plus, lui était presque insoutenable. Il était si beau que le simple fait de le regarder était douloureux. Et pourtant, elle ne parvenait pas à détourner les yeux. Parfois, quand il lui souriait, elle avait l'impression d'étouffer… comme si un poids énorme lui comprimait la poitrine.

Si seulement elle avait pu avoir le courage de lui dire ce qu'elle ressentait. Or elle savait bien que ça n'arriverait jamais.

* * *

— Bon, je connais un mec, annonça Lacey un matin après le cours de yoga.

Melody leva les yeux au ciel. Elle savait exactement où cette conversation allait mener. Voilà des semaines que Lacey essayait de la brancher avec quelqu'un. Pourquoi les gens en couple voulaient-ils à tout prix caser le reste du monde ? Son amie était devenue presque aussi lourde que sa mère.

— Le monde en est rempli, oui, répondit Melody en buvant une gorgée de son flat white, avant de grimacer.

Elle attrapa un sachet de sucre. Elle essayait de sortir de sa routine latte vanille, d'explorer de nouveaux horizons. Jusqu'à présent, ce n'était pas une grande réussite.

— Oui, mais je suis sûre que tu t'entendrais bien avec celui-ci en particulier.

— Je te l'ai déjà dit, les rancards arrangés ne m'intéressent pas.

— Tu as peur de quoi, au juste ?

— De ne pas accrocher et de me retrouver coincée pendant deux heures à faire la conversation avec quelqu'un qui m'insupporte.

Pas question de révéler à Lacey la vraie raison : elle avait un stupide crush obsessionnel pour Jeremy. Même si Lacey avait assuré que l'idée d'eux deux ensemble ne la dérangeait pas, ç'aurait été bien trop étrange. Jeremy était l'ex de Lacey, et il le serait à jamais. C'était déjà assez bizarre d'être amie avec les deux.

Et puis Melody était persuadée que Lacey la pousserait à avouer ses sentiments à Jeremy si elle l'apprenait. Elle serait même capable – bonjour l'horreur – de le dire elle-même à ce dernier. Et ce serait catastrophique. Non. Mieux valait que son amie ne sache rien. Ainsi, Melody pourrait rester malheureuse, obsessionnelle et totalement détraquée dans son coin, sans que personne s'en mêle.

— Et si tu finissais par l'apprécier ? insista Lacey. Et si en fait tu passais un bon moment ? Ça ne vaut pas le coup de prendre le risque ?

Melody fit mine de réfléchir une seconde.

— Hum… non.

Lacey lui donna un coup de pied sous la table.

— Fais-moi confiance, j'ai un bon pressentiment. Je le sens bien, ce mec.

— C'est ce que tu dis de tous les mecs dont tu me parles.

— Ouais, mais tu n'es jamais sortie avec l'un d'entre eux, donc, jusqu'à preuve du contraire, j'ai toujours raison.

— Autant continuer sur cette lancée, non ?

— Allez, juste un rendez-vous. C'est tout ce que je te demande. Après ça, je te promets que je ne t'en parlerai plus jamais.

Melody haussa les sourcils. Obtenir que Lacey lui lâche enfin la grappe était un argument assez valable pour accepter.

— Plus jamais ? Si je vais à ce stupide rendez-vous, tu promets que tu n'essaieras plus jamais de me caser ? Jamais, jamais ?

Du bout du doigt, Lacey traça une croix sur son cœur.

— Promis, mais à une condition : tu dois lui donner une vraie chance, et pas te faire un avis dans les cinq premières minutes.

— Très bien, lâcha Melody. Un seul rendez-vous.

Après tout, il y avait toujours une chance – infime, certes – pour que Lacey ait raison. Peut-être que Melody et ce mec s'entendraient bien, qui sait ?

Peut-être qu'elle pourrait enfin tourner la page de cette fixette stérile sur Jeremy.

— Ça va être génial ! Tu verras.

* * *

Il était mignon, Melody devait bien accorder ça à Lacey. Mignon dans le genre lunettes à monture vintage et bonnet en grosse maille, un de ses styles préférés en matière de mecs.

Il s'appelait Jonathan et était scénariste. Enfin, il n'avait jamais vendu de scénario à proprement parler, mais cela ne l'empêchait pas de se présenter comme tel. Constamment. C'était impressionnant, le nombre de fois où il parvenait à glisser cela dans la conversation.

Ils s'étaient retrouvés autour d'une bière et d'un burger dans un restaurant de Santa Monica. L'endroit était sympa, mais hors de prix, comme à peu près partout à Los Angeles. Jonathan lui avait confié que beaucoup de scénaristes venaient y dîner.

— Sur quoi tu travailles en ce moment ? demanda-t-elle.

— Ça s'appelle *American Dreamers.* C'est un scénario qui transcende les genres, mais j'aime le voir comme une anti-comédie romantique.

Il tapotait nerveusement la table de ses doigts tachés de jaune, comme s'il était en manque de nicotine.

— Du genre drame sur un couple qui se sépare ? Ou plutôt parodie ?

Il secoua la tête, et ses sourcils épais se fondirent en une ligne noire.

— Non, non, rien de tout ça. À première vue, c'est l'histoire d'un mec et d'une fille qui se rencontrent totalement par hasard dans une gare. Au fil de la nuit qu'ils passent ensemble, ils vivent des aventures inattendues qui les obligent à affronter leur peur de l'intimité. Cependant, ce dont il est question en réalité, c'est la façon dont la société moderne et les nouvelles technologies empêchent les gens de créer de vrais liens, tu vois ce que je veux dire ?

— Mmmhmmh, fit Melody. Et… en quoi c'est de l'anti-romantisme ?

— C'est une romance anti-conventionnelle. Anti-cliché. À l'opposé de tout ce qui caractérise la comédie romantique hollywoodienne typique telle que tu la connais. Comme je l'ai dit, ça transcende les genres.

— OK, OK…

Melody résista à l'envie de lui dire que tout ça ressemblait justement à un énorme cliché. Que c'était – à quelques variantes près – le scénario que pondaient tous les types sortant d'école de cinéma, persuadés d'exploser les codes. Un mélange entre *Before Sunrise*, *Garden State* et *(500) jours ensemble*, encore et encore. Cela dit, c'était toujours mieux que le film d'action avec Ben Stiller que Drew essayait de monter.

— Le personnage principal est un poète, tu vois. Il est sensible, hyper-profond. C'est un musicien ambulant qui joue de la guitare dans la gare pour gagner sa vie. Quoique j'hésite. Je me demande si je ne devrais pas plutôt lui faire jouer du violon… Ou peut-être de l'accordéon. Quel est l'instrument le plus érotique, selon toi ? s'enquit-il, levant les yeux vers elle.

— Euh…

— Le violon, hein ? Je vais changer. Bref. La fille retourne chez elle pour les funérailles de son père… Elle avait une relation conflictuelle avec lui, son mec vient de la quitter. Elle est un peu à bout. En même temps, elle est avant-gardiste et marginale, tu vois ? Elle a une mèche rose dans les cheveux et conduit une Volkswagen vintage. Un truc comme ça.

En somme, c'était l'histoire de la rencontre entre un héros largement inspiré de l'auteur et une héroïne stéréotypée, objet de fantasme à la fois cool et névrosée.

Melody s'abstint cependant de tout commentaire, se contentant de piocher dans ses frites pendant que Jonathan continuait de déballer ses théories sur la vie, l'amour et les relations humaines.

Il disait avoir un profond respect pour les femmes. Les personnes les plus importantes de sa vie étaient toutes des femmes : sa mère, ses sœurs, tout un tas de copines et de petites amies jalonnant son passé. Il trouvait les étiquettes trop réductrices donc il ne se qualifiait pas de féministe, mais plutôt de poststructuraliste, quoi que cela puisse signifier. Il admirait David Foster Wallace, Jonathan Safran Foer et les films des frères Coen. Il aimait une vision idéalisée des gens plus qu'il n'aimait la plupart des gens eux-mêmes. Il adorait le fait que tout le monde ait des secrets cachés sous la surface, mais détestait que les gens portent des masques pour dissimuler leurs insécurités. Ou quelque chose dans le genre. À vrai dire, Melody ne lui prêtait plus tellement attention.

Lorsqu'il en vint enfin à lui demander ce qu'elle faisait dans la vie, Melody observa ses yeux devenir vitreux à mesure qu'elle décrivait son travail. Ce n'était pas sa faute. C'était le regard qu'elle obtenait quand elle parlait informatique, raison pour laquelle elle évitait en général de le faire.

Il montra un peu plus d'intérêt lorsqu'elle aborda certaines des missions de la division spatiale sur lesquelles elle travaillait. Il s'avéra qu'ils appréciaient tous les deux les histoires se déroulant dans l'espace, et ils discutèrent de leurs films de science-fiction préférés jusqu'à ce que l'addition arrive.

Jonathan n'était pas si mal, en fin de compte. Melody comprenait pourquoi Lacey avait pensé qu'ils pourraient s'entendre. Son amie n'y était pour rien si elle n'accrochait pas plus que ça.

À la fin de la soirée, il la raccompagna à sa voiture et murmura combien elle était belle sous les néons du parking. Elle le laissa l'embrasser.

C'était bien. Il était très bien. Mais elle ne ressentait rien.

Ce n'était pas comme avec Jeremy. Ce n'était pas comme les discussions avec Jeremy. Quand elle était avec Jeremy, elle se sentait vraiment écoutée. Intéressante. Vivante.

Elle ne tournerait jamais la page, pas vrai ?

* * *

— Ça ne me surprend même plus, déplora Melody devant Jeremy une semaine plus tard, alors qu'ils attendaient leur café dans le hall. C'est toujours la même chose. Comme avec les figurines de Rey ! Ça recommence.

Elle fulminait à cause du merchandising du dernier Marvel, ce dont Jeremy semblait s'amuser. Son front se plissa adorablement.

— Les figurines de quoi ?

Elle récupéra son café et remercia la barista avant de poursuivre sa diatribe :

— Tu sais, Rey, dans les nouveaux *Star Wars* ? Quand *Le Réveil de la force* est sorti, il n'y avait presque aucun produit dérivé à son effigie dans les magasins. C'était elle l'héroïne, et pourtant on ne trouvait de poupées ou de figurines d'elle nulle part. Tu imagines un Star Wars sans produits dérivés de Luke Skywalker ?

Il fronça les sourcils.

— Euh…

— Exactement. Tu ne peux pas, parce que ça n'arriverait jamais. Et la même chose est arrivée à Black Widow après *L'Ère d'Ultron*. Tu te souviens de cette scène incroyable où elle s'élance hors du Quinjet sur sa moto ?

Eh bien, quand la moto est sortie en jouet, devine qui était dessus ? Captain America !

Jeremy pinça les lèvres pour retenir un sourire.

— Quoi ?

Il secoua la tête.

— Rien.

— Tu me prends pour une folle.

— Pas du tout. Tu es passionnée, c'est tout.

— Tout le monde est passionné par des trucs, répliqua-t-elle, un brin sur la défensive.

La barista posa enfin le café de Jeremy, et il la remercia d'un sourire charmeur, comme il le faisait toujours.

— Peut-être, mais pas comme toi, dit-il en se tournant de nouveau vers Melody. Du moins, moi je ne le suis pas. Il n'y a rien qui pourrait me faire m'énerver autant que toi avec tes figurines.

Ils s'éloignèrent du stand à café et s'arrêtèrent devant l'une des sculptures abstraites qui décoraient le hall. Ni l'un ni l'autre ne semblait particulièrement pressé d'aller se remettre au travail.

— Ce n'est pas une simple histoire de figurines ! s'emporta Melody. Il s'agit de la façon dont les dirigeants de ces entreprises considèrent les femmes, et des petites filles qui grandissent en croyant que seuls les garçons peuvent devenir des héros. Parce que c'est tout ce qu'on leur montre ! Les gens disent : « Oh, ce ne sont que des films » ou « Ce ne sont que des séries, ça n'a pas d'importance », mais les histoires ont de l'importance. Elles font partie de notre culture. Elles façonnent le prisme à travers lequel nous voyons le monde.

Jeremy la dévisageait de nouveau en souriant.

— Tu vois, tu es passionnée.

Elle sentit le rouge lui monter aux joues et baissa les yeux vers son café.

Il lui donna un petit coup de coude.

— Hé. Ce n'est pas une critique. Je trouve ça cool.

— Il doit bien y avoir quelque chose qui te passionne, toi aussi. Le sport ?

Il haussa les épaules.

— J'aime le sport, bien sûr. Mais je ne dirais pas que ça me passionne. Pas comme toi tu te passionnes pour… tout.

— La politique ?

Elle ne savait même pas de quel bord il était. Et très franchement, elle avait peur de le lui demander.

— Oh que nooon, répondit-il en secouant la tête avec une grimace. Je déteste parler de politique. J'évite au maximum.

— Bon… Ton travail, alors ?

Il éclata de rire.

— Hum, non plus.

Elle le bouscula gentiment.

— Certains des projets de la R&D t'enthousiasment, pourtant. Je t'ai déjà entendu en parler avec passion.

— Non. Enfin, oui, je m'intéresse à certains projets de technologie de pointe que nous développons, parce que c'est à peu près la seule chose excitante dans ce job. Et surtout, j'aime en parler avec toi. Parce que j'aime ton engouement. Tes joues deviennent roses et tout ton visage s'illumine. Comme maintenant.

Un large sourire se dessina sur ses lèvres.

Chaque fois qu'il lui disait ce genre de chose, Melody arrivait presque à se convaincre qu'il flirtait sciemment avec elle. Il était si facile de croire qu'elle était spéciale à ses yeux quand il la regardait ainsi…

Mais cette illusion se dissipait aussitôt qu'une autre personne s'amenait, et qu'il projetait ses rayons sur elle. Melody se souvenait alors qu'elle n'était pas si spéciale, après tout… C'était juste sa façon d'être avec tout le monde. Ce qui fut précisément ce qui se passa à cet instant.

— Jeremy ! héla une grande blonde en jupe crayon et talons aiguilles qui traversait le hall.

— Chelsea ! Salut !

— Tu as une minute ? Je voulais te parler des données d'exploitation que tu as envoyées ce matin.

Ses yeux se plissèrent lorsqu'elle les posa sur Melody, la détaillant de haut en bas, comme pour évaluer le degré de menace que cette dernière représentait. La jugeant insignifiante, elle reporta son attention sur Jeremy avec un sourire mielleux.

— Oui, bien sûr. Tu viens ? proposa-t-il à Melody en indiquant l'ascenseur d'un mouvement de menton.

La femme toisa de nouveau Melody. Elle devait se demander ce que Jeremy faisait à discuter avec une simple informaticienne.

Melody secoua la tête.

— Allez-y. Je retourne me chercher un cookie.

— OK. À plus tard, lança-t-il par-dessus son épaule en s'éloignant déjà avec Chelsea.

On était vendredi après-midi, ce qui signifiait que Melody ne le reverrait pas avant lundi.

Il allait retourner à l'étage et flirterait un moment avec Chelsea en parlant de données d'exploitation, avant de quitter le bureau pour faire ce qu'il faisait tous les week-ends : sortir dans des clubs branchés, probablement en compagnie d'un mannequin à qui il adresserait ses fameux sourires comme si elle avait une place spéciale dans son cœur.

Jeremy était comme le soleil : il vous réchauffait de ses rayons tant qu'ils étaient braqués sur vous, mais jetait une ombre froide dès qu'il brillait ailleurs.

Melody retourna au stand à café et s'acheta deux cookies pour se réconforter.

Chapitre 22

— Est-ce un muffin que je vois dans ta main ? Tu cherches à me corrompre ? lança Melody d'un ton suspicieux lorsque Jeremy fit irruption dans son bureau, quelques semaines plus tard.

— Suis-je vraiment si prévisible ? rétorqua-t-il tandis qu'il posait devant elle un latte et un muffin aux myrtilles.

Elle esquissa un sourire.

— Un peu, s'amusa-t-elle.

— Eh bien, en l'occurrence, il se trouve que j'ai un service à te demander, admit-il en se laissant tomber dans le fauteuil en face d'elle.

— Tout ce que tu voudras.

Il haussa les sourcils.

— Tu ne veux pas savoir de quoi il s'agit avant d'accepter ?

— Non.

Au point où elle en était, elle ne voyait pas ce qu'elle pouvait lui refuser. Elle aurait été prête à manger des asticots vivants s'il le lui avait demandé.

— Bon… Tu sais que le mariage de ma mère approche ?

Melody acquiesça en attrapant son latte. Toute l'entreprise en parlait depuis que l'information avait été rendue publique le mois précédent. Mme Sauer et M. Horvath prévoyaient une cérémonie privée sur leur propriété, en présence de la famille uniquement, suivie d'un cocktail dînatoire plus tard dans la soirée. La liste des invités au cocktail était relativement restreinte, et les commérages allaient bon train pour deviner qui, parmi les membres de la direction, avait été convié… ou snobé.

— Veux-tu être ma cavalière ?

Melody faillit s'étrangler avec son café.

— Moi ?

— Oui, toi.

Il la regardait avec un air sérieux. Elle s'éclaircit la voix.

— Euh… il n'y a personne d'autre que tu préférerais inviter ?

— Comme qui ?

— Je ne sais pas, répondit-elle en haussant les épaules. N'importe qui.

Elle ne pouvait tout de même pas lui avouer qu'elle était au courant pour le mannequin… elle aurait dû alors admettre qu'elle l'avait stalké sur Internet. Cela dit, son système n'avait révélé aucune nouvelle photo récente des deux tourtereaux. Peut-être avaient-ils rompu ? Même si c'était le cas, Melody était sûre qu'une armada de femmes serait prêtes à se battre pour accompagner Jeremy Sauer au mariage de sa mère.

Il passa sa langue sur sa lèvre inférieure, comme il le faisait toujours lorsqu'il était nerveux.

— Le truc, c'est que… ma mère croit toujours qu'on sort ensemble. Geoffrey et Hannah aussi.

Eeeet voilà. Évidemment.

Melody se frotta les tempes pour tenter de dissiper sa frustration.

— Je n'arrive pas à croire que tu ne leur aies toujours pas dit qu'on avait rompu.

Il ferma les yeux, pressant les paumes de ses mains contre son front pour masquer son embarras.

— Je sais, je sais. C'est juste que… ma mère t'apprécie vraiment. Elle n'a jamais aimé aucune de mes petites amies avant toi. Et depuis, disons… qu'elle s'est montrée beaucoup plus indulgente sur… tout, en fait.

Melody était mal placée pour juger, sachant qu'elle avait fait la même chose avec sa propre mère. Mais elle, au moins, avait fini par dire à cette dernière qu'eux deux, c'était terminé.

Jeremy releva la tête avec une expression dépitée sur le visage.

— Et ce n'est pas tout… Drew et Charlotte seront là.

— Oh, là, là ! Je ne peux pas continuer à mentir à Charlotte après qu'elle a été si gentille avec moi. C'est au-dessus de mes forces.

— Juste une dernière fois, l'implora-t-il. Et ensuite, je te le promets, je dirai à tout le monde qu'on a rompu. Mais aide-moi à traverser ce mariage d'abord. S'il te plaît, Melody.

— Bon, d'accord, soupira-t-elle.

Il n'était pas en son pouvoir de lui dire non. Pas même à ce sujet. Mais elle aurait préféré qu'il lui demande de manger des asticots vivants. Cela aurait été moins douloureux.

* * *

— Tu es magnifique, murmura Jeremy lorsque Melody ouvrit la porte.

Témoin au mariage plus tôt dans la journée, il était vêtu d'un smoking noir dans lequel, sans grande surprise, il était irrésistiblement séduisant. Au point qu'elle en avait le souffle coupé.

— Merci, répondit-elle en baissant la tête pour cacher ses joues brûlantes.

Elle avait choisi la même robe que lors du fameux dîner avec Lacey et Drew, même si elle avait d'abord hésité, se demandant si la tenue n'était pas maudite. Mais Melody n'était pas assez superstitieuse pour croire qu'un simple vêtement pouvait porter malheur. Ce dîner avait été horrible pour tout un tas de raisons qui n'avaient rien à voir avec la robe, et la soirée à venir allait se dérouler à merveille, peu importe comment elle était habillée.

Du moins tentait-elle de s'en convaincre.

Sans compter qu'elle s'était déjà offert deux nouvelles tenues à cause de Jeremy, et il était hors de question de dépenser un centime de plus pour une troisième. Cette robe était parfaite pour l'occasion : élégante, mais sobre. Et vu la présence annoncée de nombreux employés de Sauer Hewson, cela s'apparentait presque à une soirée de travail. En outre, Melody soupçonnait certains d'entre eux de penser qu'elle essayait de coucher pour monter en grade, aussi ne comptait-elle pas leur donner du grain à moudre en s'habillant trop sexy.

Surtout, cette robe recouvrait entièrement son dos. Melody n'aurait donc pas cette fois à supporter la main de Jeremy contre sa peau nue.

Il se pencha pour déposer un baiser sur sa joue.

— Merci encore d'avoir accepté.

Bon sang, il sentait divinement bon. Elle ignorait quel était son parfum, mais il était enivrant. Tout en Jeremy l'était. Il n'était là que depuis quelques secondes, et elle avait l'impression de perdre pied. Pourquoi fallait-il qu'il soit si canon ? Comme si la situation n'était pas déjà assez compliquée.

Toute la journée, elle s'était rongé les sangs. Faire semblant d'être sa petite amie alors qu'ils n'étaient que des amis était une chose. Maintenant qu'elle éprouvait de vrais sentiments à son égard – des sentiments qu'elle savait non partagés –, elle ne savait plus comment s'y prendre. Comment allait-elle endurer une soirée entière aux côtés de Jeremy – sachant qu'il aurait probablement des gestes tendres, la traiterait comme sa petite amie, voire l'embrasserait – sans trahir ce qu'elle ressentait ? Comment survivrait-elle à cette énième mascarade en sachant que tout était bidon ?

Cette soirée s'annonçait comme un supplice. Pire encore.

— Tu m'as déjà remerciée une centaine de fois, répondit Melody en s'écartant. Finissons-en.

* * *

La maison des Sauer était bien plus chaleureuse que la dernière fois où Melody s'y était rendue. À l'occasion de la réception, elle avait été décorée de rubans lavande dans son intégralité, et de grands candélabres entourés de fleurs colorées trônaient au centre de chaque table. Hélas, la présence d'une foule de pontes guindés de Sauer Hewson refroidissait quelque peu l'atmosphère.

À la grande surprise de Melody, il s'avéra que la demeure disposait d'une véritable salle de bal, ce qu'elle n'avait pas eu l'occasion de voir lors de sa précédente visite avortée. Dans un coin de la pièce, comme tout droit sorti d'un roman de Jane Austen, un quatuor à cordes jouait de la musique de chambre. Jusque dans ses moindres détails, cette réception était distinguée et compassée, à l'image d'Angelica Sauer.

Pour atteindre le bar, il fallait d'abord faire la queue afin de féliciter les jeunes mariés. Arborant un sourire de façade et les dents serrées, Melody se positionna derrière Jeremy.

Mme Sauer gratifia son fils d'un sourire majestueux tout en lui tendant la joue.

— Mon chéri, te voilà !

Dans le communiqué de presse qui annonçait ses fiançailles, elle avait précisé que, pour des raisons professionnelles, elle garderait le nom de son défunt mari.

Dès que Jeremy l'eut embrassée, elle posa son regard sur Melody, arborant une expression qui n'était ni froide ni véritablement chaleureuse.

— Chère Melody, je suis ravie que vous ayez pu venir.

Elle referma sur les épaules de Melody des mains semblables à des serres et l'embrassa sur la joue tout en l'enveloppant d'un nuage de parfum.

— Félicitations, madame Sauer. Je vous souhaite beaucoup de bonheur.

— Jeremy nous a appris ce qui vous est arrivé, pauvre petite, déclara Angelica Sauer en faisant une moue pour exprimer sa sympathie. La criminalité dans cette ville est devenue hors de contrôle. J'espère que vous vous êtes remise de cette terrible épreuve.

— Oui, madame. Merci, répondit Melody, s'efforçant de conserver le sourire.

Dans un geste qui se voulait réconfortant, Jeremy lui caressa le bras, et elle ne put s'empêcher de se crisper à ce contact.

Fronçant les sourcils, il lui lança un regard inquiet, mais M. Horvath s'approchait pour les saluer, ce qui contraignit Jeremy à se tourner vers celui qui était désormais son beau-père.

— Geoffrey, voici Melody Gage, annonça Jeremy comme s'ils n'avaient jamais été présentés, ce qui, techniquement, était le cas.

— Mes félicitations, dit Melody en lui tendant la main le plus naturellement du monde, luttant pour chasser le souvenir de Geoffrey Horvath en peignoir de soie rose.

— Ravi de faire votre connaissance, Melody. Jeremy nous a beaucoup parlé de vous.

Qu'avait-il bien pu raconter à son sujet ? Non. Elle s'interdit d'y penser. Elle ne pouvait pas se le permettre.

Hannah, postée près de Geoffrey, leva les yeux au ciel en voyant son frère.

— J'le crois pas, tu as réussi à esquiver cette stupide séance de félicitations en allant chercher ta petite amie.

— Hannah, tu te souviens de Melody, dit Jeremy avec un sourire espiègle.

— Ouais, salut, répondit sa sœur, fidèle à son entrain habituel.

— C'est l'enfer, ce truc, pas vrai ? lui glissa Melody.

— Pire que tout, acquiesça Hannah.

Une fois qu'ils eurent rempli leurs obligations, Melody et Jeremy se dirigèrent vers le bar pour se ravitailler et affronter le reste de la soirée. Leurs verres en main, ils se mêlèrent à la foule… qui s'avéra plus oppressante et mortellement ennuyeuse qu'animée.

Au cours de la demi-heure suivante, Jeremy activa son mode charmeur, tandis que Melody se contentait de sourire et de hocher la tête poliment, feignant de s'intéresser aux conversations qu'il entretenait avec des gros bonnets de Sauer Hewson. À sa décharge, il s'efforçait toujours de l'inclure dans les échanges, mais elle peinait à rassembler l'enthousiasme nécessaire pour jouer le jeu.

Chaque fois que Jeremy la présentait à de nouvelles personnes, les conclusions hâtives que ces dernières tiraient à son sujet étaient sans équivoque. C'était une vérité universelle : une femme dont le compagnon était bien plus aisé financièrement était forcément une opportuniste, cherchant à mettre le grappin sur un homme fortuné. Les regards lourds de sens que lui lançaient ces gens en découvrant le poste que Melody occupait et l'entreprise pour laquelle elle travaillait trahissaient tout le mépris qu'ils éprouvaient à son égard.

Alors oui, elle aurait pu feindre un intérêt plus marqué pour les conversations, mais ce n'était pas comme si l'un de leurs interlocuteurs se souciait d'elle de toute façon. Ils étaient trop occupés à lécher les bottes du fils de leur patron pour prêter la moindre attention à sa profiteuse de petite amie.

Bien qu'il ne l'ait pas officiellement présentée comme sa petite amie.

Jeremy la désignait comme son « amie », et encore, lorsqu'il faisait allusion à la relation entre eux. Melody savait qu'il faisait ça pour elle, dans une tentative de limiter l'ampleur du mensonge. À quoi bon ? Quoi qu'il puisse dire, les gens tireraient toujours leurs propres conclusions.

Qu'ils aillent se faire voir. Melody figea un sourire de façade sur ses lèvres, serra les mains qu'on lui tendait et débrancha son cerveau pendant que ça discutait budget, résultats prévisionnels et plans de gestion, comme s'ils étaient au bureau plutôt qu'à une réception de noces. D'après ce qu'elle connaissait d'Angelica Sauer, cette dernière n'aurait pas voulu qu'il en soit autrement.

Elle éprouva un vif soulagement lorsqu'un moment de répit se profila en la personne de Hannah, fraîchement libérée de la séance de félicitations honnie.

— Personne ne veut me servir de champagne, se plaignit-elle à son frère.

— C'est parce que maman a donné au personnel des consignes à ton sujet. Tu as trahi sa confiance une fois, voilà le résultat.

Hannah se tourna vers Melody, ses grands yeux pleins d'espoir.

— Tu veux être mon amie, non ?

— Belle tentative, déclara Melody. Mais il est hors de question que je prenne le risque de contrarier ta mère. Désolée.

— Demande au barman de te faire un Shirley Temple, suggéra Jeremy.

Hannah fronça le nez, l'air dégoûté.

— Tu crois que j'ai huit ans ou quoi ?

— Pour moi, Microbe, tu auras toujours huit ans, répondit-il tendrement.

Hannah soupira ostensiblement et s'éloigna, sans doute à la recherche de quelqu'un d'assez compatissant pour lui offrir en douce une coupe de champagne.

Alors qu'un autre membre de Sauer Hewson se dirigeait droit vers Jeremy, Melody aperçut Charlotte, seule à l'autre bout de la pièce, et s'éclipsa avant de se retrouver piégée dans une énième conversation soporifique.

— Salut Charlotte, lança Melody en lui tapotant l'épaule.

Charlotte se tourna vers elle, un sourire aux lèvres.

— Tu as l'air plus en forme que la dernière fois.

— C'est probablement dû au fait que je n'ai pas subi d'agression dernièrement. À ce propos, je tenais à te remercier pour ta gentillesse.

— Je suis contente que tu ailles mieux.

Melody jeta un regard autour d'elle.

— Où est Drew ?

Charlotte tendit le menton vers l'autre côté de la pièce.

— En train de réseauter avec des gens de la chambre de commerce. Les affaires, toujours les affaires.

— Oui, c'est ce que j'ai cru comprendre, répondit Melody en soupirant.

Charlotte sourit avec compassion.

— Je pensais en avoir fini avec ça quand Jeremy et moi avons rompu. Maintenant que je vais épouser Drew, je suppose que c'est ma vie désormais.

Melody ne put s'empêcher de jeter un œil vers Jeremy, qui échangeait des poignées de main avec un groupe de dirigeants.

— Ce n'est pas cher payer, si ? Pour être heureuse, je veux dire.

Le regard de Charlotte se posa sur Drew, qui se tenait près de son père, et son visage s'adoucit.

— Oh que non.

Melody interrogea Charlotte sur les préparatifs du mariage. Cette dernière se lança alors dans un monologue passionné sur les tribulations du choix des fleurs, des gâteaux et des robes de demoiselle d'honneur jusqu'à ce que le quatuor à cordes s'interrompe et que Jeremy se poste au centre de la pièce, réclamant l'attention de l'assemblée.

Entre-temps, Drew, qui était réapparu aux côtés de Charlotte, salua Melody d'un signe de tête. Quelque chose dans son regard lui parut étrangement insistant, au point qu'elle se demanda si Jeremy lui avait confié la vraie nature de leur relation. Auquel cas elle espérait que Charlotte n'en savait rien.

Jeremy se révéla un talentueux orateur, ce qui n'aurait pas dû la surprendre compte tenu de son charme naturel.

Il parvint à être à la fois drôle et émouvant sans déborder de mièvrerie. Son discours était soigneusement calibré pour plaire à sa mère – Angelica Sauer l'avait-elle écrit elle-même ? C'était un peu mesquin de sa part de penser ça, mais Melody se sentait d'humeur plutôt mesquine, ce soir.

Lorsque M. Horvath se leva à son tour pour porter un toast à sa nouvelle épouse – discours ponctué de banalités habilement choisies –, Melody n'écoutait déjà plus. Elle observait les bulles de champagne monter à la surface de son verre, tout en essayant de calculer combien de temps il leur faudrait encore rester.

Le temps du gâteau, bien sûr. Puis du bal, sans doute. Combien de temps cela représentait-il ? Une heure ? Deux heures ? La plupart des invités étaient âgés, alors peut-être que les festivités ne s'éterniseraient pas.

Avec un peu de chance, elle était à mi-chemin de cette soirée de malheur. Ensuite, Jeremy la raccompagnerait chez elle, et plus jamais elle n'aurait à vivre ce calvaire. Plus jamais elle n'aurait à faire semblant d'être ce qu'elle n'était pas, et qu'elle désirait tant être, ni à ressentir ce vide au creux de son estomac.

Brusquement, Charlotte lui donna un petit coup de coude, la forçant à relever la tête. C'était au tour d'Angelica Sauer de prendre la parole, et Melody s'aperçut avec effroi que cette dernière la fixait droit dans les yeux.

— Je souhaite de tout cœur, déclara Mme Sauer, que mes enfants trouvent autant de bonheur auprès de leur partenaire que j'en ai trouvé auprès du mien.

Elle leva son verre en direction de Melody, puis se tourna vers Jeremy et déposa un baiser sur sa joue.

— Je rêve ou la Reine des Glaces t'aime bien ? chuchota Charlotte.

Drew leva également sa coupe à l'attention de Melody.

— Je suis à peu près sûr que c'est une première. Je ne sais pas comment tu t'es débrouillée, mais chapeau.

Melody tenta d'esquisser un sourire, mais, soudain, la tête lui tourna et elle fut prise de nausées, comme lorsqu'elle lisait en voiture. Cette situation était épouvantable. Les amis de Jeremy, sa famille... Tous la traitaient comme l'une des leurs, quand tout n'était que mensonge.

Elle avala son champagne d'une traite pendant qu'ils découpaient le gâteau, puis quitta la pièce dès que le trio de jazz, succédant au quatuor à cordes, entama la musique de la première danse.

Melody avait cru pouvoir y arriver, mais elle avait eu tort. C'était trop dur. Elle volait trop près du soleil. D'un moment à l'autre, ses ailes allaient fondre, et elle allait s'écraser sur terre.

Elle se réfugia quelques minutes dans les toilettes, le temps que son cœur cesse de battre la chamade. Mais elle ne pouvait pas se terrer ici toute la soirée. Alors elle retoucha son rouge à lèvres, prit une grande inspiration et retourna dans l'arène.

En regagnant la salle, elle aperçut Jeremy dansant sur « Unforgettable » avec sa mère, tandis que Hannah formait un duo avec Geoffrey. En retrait, Melody les observa échanger de partenaire, Jeremy faisant tournoyer une Hannah hilare.

Drew et Charlotte aussi avaient rejoint la piste. Charlotte passa la main dans les cheveux de Drew, qui l'embrassa langoureusement, sans se soucier du monde autour. Être témoin de leur amour était si douloureux que Melody ne put que détourner les yeux.

Elle enviait tellement ce qu'ils avaient... Ce qu'elle n'aurait jamais... Du moins, pas avec Jeremy.

Elle n'aurait jamais dû venir à cette soirée. Elle n'avait rien à faire là. Elle n'était qu'une imposteure qui épiait de l'extérieur.

Tournant brusquement les talons, elle sortit de la salle de bal et alla errer dans le couloir menant à la bibliothèque. Cette partie de la maison était merveilleusement calme et déserte. Elle s'attarda là pendant un instant, admirant les peintures à l'huile qui tapissaient les murs.

— Hé, lui dit Jeremy lorsqu'il la rejoignit dix minutes plus tard, je t'ai cherchée partout.

Il passa sa main le long de son bras, faisant naître des frissons sur sa peau.

— Désolée, murmura-t-elle. Je voulais juste m'éloigner un peu de la foule.

Les sourcils froncés, il lui serra la main.

— Tout va bien ?

Elle força un sourire.

— Oui, ça va.

— Tu viens danser ? demanda-t-il en la tirant par la main.

Les épaules voûtées, elle se laissa entraîner. Elle ne pouvait pas refuser – cela risquerait d'éveiller les soupçons s'ils ne dansaient pas –, mais l'idée même de sentir les bras de Jeremy autour d'elle la terrifiait. Comment allait-elle faire pour le regarder dans les yeux sans qu'il perçoive son trouble ?

Comme une cruelle ironie du sort, le groupe jouait « Can't Help Falling in Love ». Jeremy la guida vers la piste de danse, mais au lieu de la tenir par la main comme la dernière fois, il glissa les bras autour de sa taille, la pressant contre lui.

Prise au dépourvu, Melody se raidit un instant avant d'enrouler les bras autour de son cou. Plaqués l'un contre l'autre, ils se laissèrent porter par la musique dans ce qui ressemblait plus à une étreinte qu'à une danse.

C'était un supplice.

Le parfum de Jeremy lui emplissait les narines à chaque inspiration, lui donnant le vertige. Elle baissa la tête vers son torse pour éviter de le regarder. Si elle se risquait à plonger dans ses yeux bleus parfaits, elle craignait de s'y noyer.

L'injustice de la situation la consumait. Elle vivait un moment magique, avec les bras de Jeremy enroulés autour d'elle, sa joue chaude et râpeuse contre sa tempe, et tout n'était qu'une illusion.

Rien de tout cela n'était réel. Rien de tout cela ne lui appartenait. Elle n'était qu'une simple figurante en attendant qu'une meilleure partenaire se présente.

À la seconde où la chanson se termina, Melody s'arracha à ses bras.

— Où tu vas ?

— J'ai besoin de prendre l'air, dit-elle sans se retourner.

Elle se précipita vers les portes-fenêtres donnant sur le jardin, suivit le chemin de gravier qui s'éloignait de la terrasse et ne s'arrêta que devant une immense fontaine surplombant la pelouse.

Le ciel était nuageux. Aucune étoile ne se reflétait à la surface de l'eau, on voyait juste la lueur morne de quelques pièces de monnaie ternies dans les profondeurs troubles. Des vœux depuis longtemps oubliés, laissés là peut-être par Hannah ou un jeune Jeremy. À cette vision, le cœur de Melody se serra.

Elle entendit des pas crisser sur le gravier derrière elle et ferma les yeux.

— Hé, l'interpella Jeremy, refermant la main sur son bras. Melody ? Qu'est-ce qui te prend ?

Elle se força à le regarder dans les yeux.

— Rien.

— Ah bon ? Parce qu'on dirait que tu as été fâchée contre moi toute la soirée. J'ai fait quelque chose qui t'a contrariée ?

Elle secoua la tête.

— Non, ce n'est pas ça.

— Alors quoi ? Parce que tu m'as clairement fait comprendre que tu ne voulais pas être ici.

Il était en colère contre elle, et elle ne pouvait pas lui en vouloir. Elle avait été une terrible cavalière. Mais elle ne voulait effectivement pas être ici et ne pouvait pas lui dire pourquoi.

— Je suis fatiguée de faire semblant, avoua-t-elle en refermant ses bras autour d'elle pour se protéger de l'air frais du soir.

Une lueur assombrit le visage de Jeremy.

— Eh bien, je suis vraiment désolé, Melody. Je te promets que plus jamais je ne te demanderai de faire semblant d'avoir des sentiments pour moi. Je n'avais aucune idée de la difficulté que ça représentait pour toi.

Merde.

Voilà qu'elle l'avait blessé, ce qui n'était pas du tout son intention.

— Ce n'est pas ça ! cria-t-elle, désespérée. Tu ne comprends pas.

Il crispa les mâchoires.

— Eh bien explique-moi. S'il te plaît.

— Jeremy, je…

Comment lui dire ? Devait-elle seulement lui dire ? Elle se tenait à la lisière de sa décision, comme au bord d'un immense précipice, avec rien d'autre que l'obscurité béante en dessous. Elle avait trop peur de tomber pour agir dans un sens ou dans l'autre.

— Alors ?

Melody prit une inspiration tremblante et se jeta dans le vide.

— Je ne suis pas fatiguée de faire semblant d'avoir des sentiments pour toi. Je suis fatiguée de faire semblant de ne pas en avoir.

Jeremy ouvrit la bouche, puis la referma.

— Quoi ? dit-il, la voix à peine plus forte qu'un murmure.

Maintenant qu'elle avait commencé, elle ne pouvait plus faire marche arrière.

— Je ne veux pas faire semblant d'être avec toi, Jeremy, parce que je veux être avec toi.

Il avait l'air sonné, comme s'il ne savait pas quoi dire. Comme s'il ne savait pas comment lui dire qu'il ne ressentait pas la même chose.

L'humiliation laissa une empreinte glacée le long de sa colonne vertébrale. Elle n'aurait jamais dû lui dire. Elle avait tout gâché. À présent, il savait ce qu'elle ressentait pour lui. À présent, ils ne pourraient plus être amis. Bien sûr, il tenterait de prétendre le contraire, mais elle savait très bien où cela les mènerait. Il commencerait à prendre ses distances, à s'éloigner d'elle. Bientôt, ils ne se parleraient plus du tout.

Elle allait le perdre.

Chapitre 23

Il n'y avait pas pire sensation au monde. Se tenir là, à attendre, avec ses sentiments mis à nu, sachant qu'ils n'étaient pas partagés par Jeremy. Si seulement elle s'était tue.

Melody gardait les yeux rivés sur le chemin de gravier sous ses pieds, souhaitant qu'il s'ouvre et l'engloutisse. Pourquoi n'y avait-il jamais de sables mouvants quand on en avait besoin ? Les dessins animés de son enfance lui avaient laissé croire qu'elle serait amenée à en croiser plein sur son chemin. Ou du moins quelques-uns. Or les seuls sables mouvants auxquels elle avait été confrontée dans la vraie vie étaient métaphoriques.

— Melody, dit Jeremy d'une voix tendue, comme s'il peinait à articuler son prénom.

Elle ne voulait pas entendre ça. Elle voulait se boucher les oreilles et s'enfuir. Ou creuser un trou dans la pelouse et s'y enfouir comme une taupe. Elle ferait n'importe quoi pour ne pas avoir à écouter Jeremy tenter de lui expliquer combien il l'appréciait, mais seulement en tant qu'ami. Combien il tenait à elle, mais pas comme ça. Pas comme elle le désirait.

Melody ne voulait pas être éconduite en douceur. Elle voulait en finir au plus vite.

— Pourquoi penses-tu que j'ai proposé d'être ton faux petit ami ?

Qu'est-ce que… Pourquoi lui posait-il cette question ? Melody brandit les mains en l'air.

— J'en sais rien. Parce que tu avais pitié de moi ?

— Je n'ai jamais eu pitié de toi, soupira-t-il. Je voulais me rapprocher de toi.

Melody leva la tête vers lui, clignant lentement des yeux tel un hibou dans un documentaire animalier.

— Tu voulais te rapprocher de moi ? répéta-t-elle, abasourdie.

Il émit un rire nerveux.

— Oui.

— Alors pourquoi ne pas m'avoir proposé de sortir avec toi pour de vrai ? s'écria-t-elle, sans se soucier qu'on puisse l'entendre.

Jeremy passa sa langue sur sa lèvre inférieure.

— Je ne pensais pas que tu accepterais.

Melody en fut bouche bée.

— Toi. Jeremy Sauer. L'un des célibataires les plus convoités du pays ! Toi qui as fréquenté des mannequins et des actrices ! Tu avais peur de me demander de sortir avec toi ?

C'était absurde. Elle aurait éclaté de rire si elle ne s'était pas sentie au bord des larmes.

Il baissa la tête.

— Tout ce qui impressionne les autres femmes n'a jamais fonctionné avec toi. Tu vois toujours clair en moi.

— Ça, c'est vrai, répondit-elle en réprimant un sourire.

Il fit un pas vers elle. Ses yeux brillaient au clair de lune.

— Je ne pensais pas que tu m'appréciais de cette façon.

— Ce n'était pas le cas. Jusqu'à ce que ça le soit.

Melody avait l'impression de tomber, comme si elle était prise de vertige. Comme si des plaques tectoniques se déplaçaient sous ses pieds. En toute franchise, elle ne savait pas comment elle réussissait encore à tenir debout.

Jeremy avança encore d'un pas et posa les mains sur ses épaules.

— Je vais t'embrasser, lui dit-il d'un ton solennel.

Melody ravala la boule dans sa gorge en hochant la tête vigoureusement.

Il approcha son visage de sorte que sa bouche ne soit plus qu'à quelques centimètres de la sienne, et s'immobilisa, cruellement hors de portée.

— Juste pour être clair, murmura-t-il, son souffle chatouillant délicieusement ses lèvres. Ce n'est pas du cinéma. C'est pour de vrai.

Enfin, il posa les lèvres sur les siennes, et elle ferma les yeux. De sa bouche, chaude comme un soleil d'été, émanait cette saveur familière qui lui avait tant manqué. Ce baiser était parfait, comme dans un conte de fées ou la scène finale de *Princess Bride*. À la fois tendre et chargé d'électricité, au point qu'elle ressentait des picotements jusqu'aux orteils. Non. C'était bien mieux qu'un conte de fées, car ça lui arrivait à elle et c'était réel.

Elle ne put s'empêcher de glousser, interrompant brutalement ce merveilleux baiser.

Jeremy pencha la tête en arrière pour la regarder, perplexe.

— Pardon, souffla-t-elle en saisissant les revers de sa veste pour le maintenir près d'elle. C'est juste que… tout ce temps perdu. On est tellement bêtes.

Il sourit et l'enveloppa dans ses bras, déposant un doux baiser dans ses cheveux.

— Au moins, on a fini par y arriver.

Elle se blottit contre son cou et huma son parfum.

— Heureusement.

Il la lâcha et recula d'un pas.

— Attends. Je dois faire ça bien.

— Faire quoi ?

— Melody, dit-il en prenant ses deux mains dans les siennes, acceptes-tu de sortir avec moi et d'être ma cavalière au mariage de ma mère ?

Elle éclata de rire.

— Je suis déjà ta cavalière au mariage de ta mère !

— Je veux que ce soit officiel. Plus de faux-semblants à partir de maintenant.

Elle souriait tellement qu'elle en avait mal aux joues.

— Oui. J'adorerais être ta cavalière.

Le regard de Jeremy se fixa sur sa bouche. Quand leurs lèvres se joignirent à nouveau, leur baiser n'avait plus rien de tendre. Il était avide, d'une intensité presque douloureuse… *Waouh.*

Melody descendit les mains le long du corps de Jeremy jusqu'à… les plaquer sur son magnifique postérieur, qui la narguait depuis des mois. En guise de réponse, Jeremy gémit contre sa bouche, et elle fut prise de l'envie soudaine de lui grimper dessus comme à un arbre. Mais impossible avec cette robe. Maudite soit cette stupide robe étroite ! De toute façon, ils n'étaient qu'à quelques mètres du lieu de la réception, sans doute pas le meilleur endroit pour céder à cette impulsion.

Jeremy recula et posa son front contre le sien, le souffle saccadé.

— Tu penses qu'on pourrait s'éclipser un peu plus tôt ? murmura-t-elle, les mains toujours agrippées à ses fesses.

Il ferma les yeux.

— J'aimerais pouvoir… Bon sang, tu n'imagines pas à quel point. Mais si je file en douce, ma mère va me tuer. À moins que… Tu saurais simuler un malaise ? ajouta-t-il, rouvrant les yeux.

— Pas question, répondit-elle. Fini, les mensonges. S'il faut rester, alors on reste.

Jeremy glissa doucement le pouce le long de sa mâchoire avant de déposer un baiser sur ses lèvres… Juste un, avec une tendresse mesurée, comme s'il craignait de s'enflammer. C'était sûrement plus sage. L'intensité brûlante de son regard donnait envie à Melody de l'entraîner derrière un buisson et de lui sauter dessus. Fichu mariage.

— Danse avec moi.

Elle aurait préféré demeurer ici, pour l'embrasser encore et encore, mais danser ensemble – au-delà d'être une option bien plus raisonnable – ne lui déplaisait pas non plus. Alors elle acquiesça et le laissa la reconduire à la fête.

Sur la piste, Jeremy l'attira contre lui, et elle se lova contre son torse, ivre de bonheur. Le trio de jazz jouait « Our Love is Here to Stay », comme un signe, un présage de ce qui les attendait.

— Prenez une chambre, tous les deux ! lança Drew en passant près d'eux avec Charlotte.

Jeremy brandit son majeur et serra plus fort Melody.

— Tu veux faire une pause ? demanda-t-il après deux autres chansons, tout en fourrant le nez dans ses cheveux.

— Non, ça va, haleta Melody.

Une minute… Lui avait-il posé la question parce que lui en avait marre de danser ?

— Sauf si toi, tu veux faire une pause ? se reprit-elle. Parce que je peux, si c'est ce que tu veux. Je ne suis pas contre l'idée de faire des pauses si…

— Melody, la coupa-t-il en souriant, je ne veux pas faire de pause. J'adore t'avoir dans mes bras.

— Tant mieux, dit-elle, soulagée, en se pelotonnant de nouveau contre lui. Parce qu'il se trouve que j'adore être dans tes bras moi aussi.

Elle aurait pu rester là pour toujours. Sauf que… tant qu'ils étaient ici, ça voulait dire qu'ils n'étaient pas chez elle en train de faire l'amour, ce dont elle mourait d'envie.

Oh, bordel.

Elle allait faire l'amour avec Jeremy ce soir.

Enfin… elle supposait qu'ils allaient faire l'amour. À moins qu'il ait l'idée chevaleresque d'attendre un certain nombre de rendez-vous avant cela. Dans ce cas, elle allait devoir l'en dissuader au plus vite. Parce que c'était stupide.

Ce n'était pas comme s'ils n'avaient pas déjà couché ensemble. Et elle voulait recommencer. Dans un futur proche. Genre, ce soir. Elle risquait de faire une combustion spontanée si elle ne lui arrachait pas ses vêtements dans les prochaines heures.

— Melody ? Ça va ?

Elle leva les yeux vers lui.

— Oui… pourquoi ?

— On dirait que tu trembles.

— Oh.

Oups.

Elle ne s'en était pas rendu compte. Voilà ce qu'elle récoltait pour fantasmer sur Jeremy nu alors qu'il la tenait dans ses bras.

— Bon, tout compte fait, un verre ne serait pas de refus, déclara-t-elle.

La tenant par la main, il la guida jusqu'au bar.

— Un whisky pur et un verre de rouge, commanda-t-il au barman. Tu es sûre que ça va ? s'enquit-il en se tournant vers Melody, les sourcils froncés.

— Oui, ça va, lui assura-t-elle.

Elle se hissa sur la pointe des pieds pour l'embrasser sur la joue. C'était fou qu'elle puisse faire ça. Genre, chaque fois qu'elle le souhaitait. Et il semblait adorer ça. Elle secoua la tête avec un petit sourire.

— Je pensais à…

Elle s'interrompit lorsque le barman déposa leurs boissons devant eux.

— À quoi ? demanda Jeremy en lui tendant son verre.

Melody attendit qu'il ait récupéré son whisky, puis elle l'entraîna à l'écart, loin des oreilles indiscrètes. Une fois à bonne distance, elle se hissa de nouveau sur la pointe des pieds et lui murmura à l'oreille :

— Je pensais… à t'arracher tes vêtements.

Jeremy écarquilla les yeux, puis, de sa main libre, il saisit Melody par la nuque et l'embrassa à pleine bouche aux yeux de tous : sa famille, ses collègues, tout le monde.

— Mollo, cow-boy, dit-elle en le repoussant avec un sourire en coin. Pas ici.

— Tu sais, on ne peut pas partir d'ici, mais rien ne nous empêche de nous éclipser pendant quelques minutes pour finir notre visite de la maison, chuchota-t-il d'une voix basse et résolue. Je n'ai pas eu l'occasion de te montrer ma chambre, la dernière fois.

Il agita les sourcils de manière suggestive.

C'était trop mignon qu'il lui propose de monter dans sa chambre, chez ses parents, comme un adolescent. Elle ne put s'empêcher de rire.

— Jeremy Sauer, essaierais-tu de m'attirer dans ta chambre ?

— Peut-être, répondit-il, l'air malicieux. Qu'en dis-tu ?

Elle rit à nouveau.

— Oui. Oui, oui, oui.

Chapitre 24

Ils empruntèrent l'un des escaliers de service pour quitter discrètement la soirée, puis Jeremy la guida à travers un labyrinthe de couloirs, avant de s'arrêter devant une porte close, semblable à toutes celles devant lesquelles ils étaient passés.

Avant que Melody puisse demander si c'était sa chambre, il la plaqua contre le battant et l'embrassa fougueusement. Les mains ancrées sur ses épaules, Jeremy l'écrasait contre la surface en bois, et elle dut s'agripper à lui pour que ses jambes ne flanchent pas. Sans mettre fin à leur baiser, il abaissa une main pour tourner la poignée, et ils basculèrent ensemble dans la pièce en trébuchant. Ses bras puissants la maintenaient fermement, tandis qu'il claquait la porte d'un coup de pied.

Leurs bouches se décollèrent un instant, et Melody en profita pour reprendre son souffle tout en jetant un œil autour d'elle. Ce qu'elle vit lui coupa le souffle. Cette pièce était immense !

Il y avait une cheminée. Un canapé. Un lustre. Elle n'avait jamais vu ça !

— C'est ta chambre ? s'exclama-t-elle en tournant sur elle-même, bouche bée. Tu as conscience que c'est plus grand que la plupart des appartements où j'ai vécu, n'est-ce pas ?

En guise de réponse, Jeremy l'embrassa de plus belle. Melody promena les doigts sur son torse jusqu'à atteindre le bouton de sa veste de smoking. Une fois qu'elle l'eut défait, elle fit glisser sa veste de ses épaules, et il s'écarta le temps de s'en débarrasser, avant de la balancer sur une chaise. Melody découvrit alors qu'il portait des bretelles, une vision qui l'excita au plus haut point : lui, dans cette chemise d'un blanc immaculé, et ces bretelles.

Melody écrasa ses lèvres contre les siennes, avide de réduire la moindre distance entre eux. Les mains de Jeremy migrèrent vers ses fesses pour l'attirer plus fermement contre lui. Si seulement cette fichue robe n'avait pas été si serrée, elle aurait enroulé les jambes autour de sa taille.

À défaut de pouvoir se jeter dans ses bras, elle fit glisser ses mains sur le ventre ferme et musclé de Jeremy. Fébrile, elle tira sur les pans de sa chemise, impatiente de sentir enfin sa peau contre la sienne. Lorsque ses doigts rencontrèrent la chaleur de son corps, le gémissement rauque qui s'échappa des lèvres de Jeremy attisa son désir, l'incitant à poursuivre ses caresses.

Mais alors qu'elle s'attaquait à la boucle de sa ceinture, il s'écarta brusquement et lui saisit les mains, les éloignant de son pantalon.

— Melody, on ne peut pas. On doit retourner à la soirée dans quelques minutes.

— Je peux être rapide. Vraiment très rapide.

— Le truc, déclara-t-il d'un air solennel – et, bon sang, le regard qu'il lui lançait était intense –, c'est que je veux faire les choses bien. Et ça… dit-il en faisant un geste entre eux, ce n'est pas bien. Tu mérites plus qu'un coup vite fait, et je veux pouvoir te l'offrir. Tu es d'accord ?

Elle acquiesça, résignée.

— D'accord. Même si c'est très dur…

Il pinça les lèvres pour ne pas rigoler.

— Roh, quel gamin. Vas-y, marre-toi.

Au lieu de ça, il posa son front contre le sien et lui caressa doucement la joue avec la paume de sa main.

— On peut quand même s'embrasser, non ? ronchonna-t-elle.

Jeremy éclata de rire en la tirant vers le lit – lequel, soit dit en passant, était si vaste qu'il semblait avoir été conçu pour que les rois y déflorent de jeunes pucelles – et l'installa près de lui, sur le bord du matelas.

Puis il positionna les jambes de Melody sur ses genoux, et ils commencèrent à s'embrasser comme des adolescents. De vrais roulages de pelle comme elle n'en avait plus connu depuis le lycée. Le genre de baiser qu'on a tendance à zapper quand on devient sexuellement actif. Elle avait oublié combien c'était agréable de juste s'embrasser et de savourer réellement cet instant, sans être pressé de passer à l'étape suivante.

Au bout d'un moment, Jeremy décala ses jambes et allongea doucement Melody sur le lit, descendant les lèvres jusqu'à son cou. Melody enfouit ses doigts dans ses cheveux, satisfaite de constater qu'ils étaient aussi soyeux qu'elle l'avait imaginé.

Hélas, sa bouche n'étant plus occupée, son cerveau se remit à tourner à plein régime. Tant de choses s'étaient produites en si peu de temps qu'elle n'avait pas encore pu tout assimiler. Alors que Jeremy la couvrait de baisers, mille pensées se bousculaient dans sa tête. Et comme il fallait s'y attendre, son filtre cerveau-bouche lâcha prise, et elle ne put s'empêcher de demander :

— Donc, quand tu m'as embrassée l'autre fois…, commença-t-elle tandis que Jeremy s'attardait sur son décolleté.

— Hmmmh ? marmonna-t-il entre ses seins.

— Devant mon appart, quand ma mère nous espionnait.

Il émit un grognement exaspéré.

— Tu es sérieusement en train de me parler de ta mère, là maintenant ?

— Quand tu m'as embrassée ce soir-là, poursuivit-elle, imperturbable, c'était réel ou pas ?

Avec regret, il se détourna de ses seins et se redressa en s'appuyant sur un coude.

— C'était réel, dit-il en fronçant les sourcils. Bien sûr que c'était réel. Comment as-tu pu en douter ?

— J'en sais rien ! Je pensais que… Tu m'as embrassée, puis tu es parti. Et le lendemain, tu ne m'en as pas reparlé. Alors j'ai supposé que tu avais l'habitude d'embrasser ainsi toutes tes fausses petites amies.

Un sourire amusé se dessina sur les lèvres de Jeremy.

— Combien de fausses petites amies penses-tu que j'aie ?

— Je ne sais même pas combien tu as de vraies petites amies.

Il se pencha pour l'embrasser.

— Une seule.

Elle le repoussa.

— Quoi ???

Il rit et lui tapota le nez du bout du doigt.

— Toi, Melody. C'est toi, ma petite amie.

Son estomac fit un double saut, suivi d'une pirouette.

— Tu veux que je sois ta petite amie ?

— Bien sûr que oui.

Alors qu'il faisait mine de se pencher de nouveau vers elle, elle revint à la charge.

— Attends, dit-elle, car elle ne pouvait pas se contenter d'être heureuse.

Jeremy mit fin à leur baiser.

— Il n'y a personne d'autre ? insista-t-elle. Du tout ?

Cette fois, il se redressa complètement.

— Demande-moi ce que tu veux savoir, se renfrogna-t-il.

Elle s'assit à son tour, replaçant une mèche de cheveux derrière son oreille.

— J'ai juste pensé, ou plutôt supposé, que tu fréquentais d'autres femmes. Je veux dire, ça ne fait rien, ce n'est pas comme si on sortait ensemble. Et tu es… tu sais, *toi*, donc j'imagine que tu n'es pas resté longtemps célibataire après ta rupture avec Lacey.

— Je vois.

Melody plissa le front, déboussolée.

— Ça veut dire que tu as fréquenté d'autres femmes ou… ?

— Je suis resté célibataire. Je n'ai été avec aucune autre femme depuis Lacey.

— Vraiment ? s'enquit-elle d'un ton qui sonna plus sceptique qu'elle l'aurait voulu.

Il baissa les yeux vers ses genoux.

— Ouille.

Elle enroula ses doigts autour du poignet de Jeremy et le pressa doucement pour qu'il relève les yeux vers elle.

— C'est juste que… j'ai vu des photos.

Il la fixa, perplexe.

— Des photos ?

— Sur Internet. Avec la finaliste de *Top Model USA*.

— Oh, elle. Ce n'était rien, crois-moi.

— Vous aviez l'air plutôt proches, pourtant.

Il secoua la tête en pinçant les lèvres.

— Oui, en effet, j'ai eu quelques rancards parce que je pensais que je n'avais aucune chance avec toi et que je tâchais de passer à autre chose. Mais ça n'a mené à rien parce que aucune de ces filles ne t'arrivait à la cheville. Ça s'est arrêté à ce que tu as vu sur ces photos.

Melody se mordit la lèvre.

— OK.

Le visage de Jeremy s'assombrit.

— Tu ne me crois pas.

Melody voulait le croire. Elle détestait ne pas pouvoir le croire sur parole. Ce n'était pas le fait qu'il ait couché avec d'autres femmes depuis Lacey qui la contrariait… C'était qu'il soit capable de lui mentir à ce sujet. Une petite partie d'elle craignait qu'il soit toujours le même menteur infidèle qu'il avait été trois ans plus tôt.

— J'essaie, lui confia-t-elle avec sincérité. J'essaie vraiment.

La bouche de Jeremy se tordit en une grimace.

— Je suppose que je le mérite.

— Je ne dirais pas ça.

Melody prit ses mains entre les siennes, cherchant ses mots.

— Le truc, c'est que… je suis perdue. On a été… je ne sais même pas. Des potes de travail ? Et, d'une certaine manière, j'ai l'impression de bien te connaître. Or il y a des pans entiers de ton existence dont je ne sais rien. Je ne sais pas à quelle fréquence tu sors ni avec qui. Je ne sais pas ce que tu aimes faire pendant ton temps libre ni comment tu passes tes week-ends. Je ne sais même pas si tu as d'autres amis en dehors de Drew.

— Tu as raison.

Il porta une main de Melody à ses lèvres et l'embrassa tendrement.

— Je t'ai tenue à distance parce que j'avais peur de ce qui se passerait si je te laissais approcher, confia-t-il en lui caressant l'intérieur du poignet. La vérité, c'est que je n'ai jamais cessé de penser à toi depuis que tu es revenue dans ma vie. Mais j'étais avec Lacey…

Melody ravala sa salive et baissa les yeux.

Il lui pressa la main.

— Et puis on a rompu, elle et moi, et j'étais enfin libre de me rapprocher de toi, mais je ne savais pas comment combler la distance que j'avais mise entre nous. Et entre-temps vous étiez devenues amies, alors je n'étais même pas sûr de devoir le faire. J'avais peur de te dire ce que je ressentais… Peur que tu ne partages pas les mêmes sentiments. Alors je me suis comporté comme si de rien n'était, parce que je suis un lâche. Mais je ne pouvais pas rester loin de toi. C'est pour ça que je passais tout le temps à ton bureau.

Il s'interrompit, et Melody leva les yeux vers lui. Malgré son air sombre, elle percevait la sincérité dans son regard. Elle mourait d'envie de l'embrasser, mais ce moment était trop important. Ils avaient tant de choses à se dire. Ils avaient dû cacher leurs sentiments pendant si longtemps qu'ils devaient maintenant poser des mots pour décrire ce qu'ils ressentaient.

Il avala péniblement sa salive avant de reprendre d'une voix hésitante :

— Les quelques minutes que je passais avec toi étaient toujours les meilleures de ma journée. J'avais l'impression de… Quand je suis avec toi, j'ai l'impression de pouvoir être moi-même, reprit-il, les yeux baissés, évitant son regard. De ne pas être une si mauvaise personne, après tout.

— Jeremy, murmura-t-elle.

Il serra sa main et continua :

— J'avais peur de trop m'imposer. Alors j'ai tenté de prendre mes distances, de me contenter d'être ton ami, en m'obligeant à ne rien attendre de plus. Mais quand je t'ai embrassée ce soir-là… Tout dans ce baiser était sincère, Melody.

Il passa sa langue sur sa lèvre, ses yeux sondant les siens. En l'entendant prononcer ces mots, le cœur de Melody se mit à cogner violemment contre sa poitrine, comme lors d'une crise de panique. Sauf que ce n'était pas de la panique qu'elle ressentait… c'était de l'euphorie.

— Je veux que tu fasses partie de ma vie. De toute ma vie. Si tant est que tu le veuilles aussi.

— Oui, Jeremy. Je le veux.

Sa voix se brisa sur le dernier mot.

Il acquiesça lentement.

— Alors tu peux me demander n'importe quoi. Tout ce que tu veux. Demande-moi, et je te dirai la vérité. Finis, les mensonges. Finis, les secrets. Tu es tout pour moi, Melody. Il n'y a personne d'autre.

Elle en eut le souffle coupé. Quels que soient les doutes qu'elle avait pu avoir du fait de son passé, elle était désormais certaine qu'il disait la vérité.

— Tu veux savoir avec combien de femmes j'ai couché ?

— Jeremy…

— C'est bon, dit-il. Tu as le droit de savoir avec qui tu t'engages avant qu'on aille plus loin.

On aurait dit qu'il essayait de lui ménager une porte de sortie… une échappatoire, au cas où elle voudrait changer d'avis.

Ce qui n'était absolument pas le cas. Peu importe le nombre de femmes qu'il avait fréquentées par le passé, son cœur avait déjà choisi de lui faire confiance. Malgré les voix discordantes qui résonnaient dans sa tête, Melody croyait sincèrement qu'il en valait la peine. Maintenant, elle devait le lui prouver.

Avant qu'il puisse ajouter quoi que ce soit, Melody se jeta en avant et l'embrassa avec passion, laissant ses lèvres parler pour elle. Ce baiser signifiait bien plus qu'un simple baiser. Rien ne lui avait jamais semblé aussi juste qu'à cet instant. Elle voulait passer le reste de sa vie à embrasser Jeremy exactement de cette manière.

— Tu es tout pour moi, murmura-t-elle contre ses lèvres, tout en tenant son visage en coupe. Je me fiche de ton passé et des autres femmes. Bon, d'accord, peut-être que ça me préoccupe un peu, se corrigea-t-elle, mais rien ne compte autant que ça.

Melody posa sa main sur son torse, au niveau du cœur.

Jeremy la contemplait avec de grands yeux brillants, et sa respiration se bloqua dans sa poitrine. Elle l'embrassa encore, mais tant de vulnérabilité la fit presque hésiter. Elle prenait conscience d'à quel point chaque mot, un tant soit peu maladroit, était capable de le briser.

Elle glissa les mains autour de son cou, l'attirant plus près encore. Sa position sur le lit l'empêchait de le sentir aussi intensément qu'elle l'aurait souhaité. Autant qu'elle en avait besoin.

— Rappelle-moi pourquoi on n'est pas en train de faire l'amour, déjà ? gémit-elle tandis que la bouche de Jeremy descendait lentement le long de sa gorge.

Il s'écarta pour la regarder, ses yeux étincelant de désir.

— Parce que quand je serai en toi, dit-il en passant un pouce sur sa lèvre inférieure, je veux pouvoir prendre mon temps et savourer chaque centimètre de ton corps. (Il déplaça sa bouche près de son oreille, son souffle chaud lui frôlant la peau.) Je veux t'entendre crier mon nom. Ça te va comme réponse ?

Hum… *waouh*. Ça lui allait très bien. Parfaitement même. Rien ne pouvait mieux lui convenir.

Lorsqu'il commença à lui titiller l'oreille avec la langue, elle dut se faire violence pour le repousser.

— Jeremy.

— Melody.

Il avait grogné son prénom. Littéralement. Et c'était… incroyablement sexy.

— On doit sortir de cette chambre. Tout de suite, gémit-elle d'une voix rauque.

Un air de confusion se dessina sur le visage de Jeremy.

— Pourquoi ?

— Parce que si on ne retourne pas à la soirée sur-le-champ, je vais t'arracher tous tes vêtements, et il n'y aura rien que tu puisses faire pour m'arrêter.

Avec un large sourire, il déposa un baiser sur son front, puis se leva et la tira hors du lit. Melody s'accorda une minute pour se recoiffer devant le miroir de la salle de bains, remettre une touche de rouge à lèvres et s'assurer qu'elle n'avait pas l'air d'une personne qui venait tout juste de batifoler dans un lit avec le fils de la maîtresse de maison.

Une fois qu'elle fut prête, il la prit par la main et ils repartirent par le même chemin sinueux jusqu'au rez-de-chaussée. La fête battait son plein, et ils se dirigèrent tout droit vers la piste de danse, se fondant de nouveau dans les bras l'un de l'autre, comme une seule entité.

La fin de la soirée s'écoula dans une sorte de brume euphorique, mélange d'excitation et d'impatience. Environ une heure plus tard, les invités commencèrent à quitter les lieux. Lorsqu'il ne resta plus que quelques traînards, Jeremy, par acquit de conscience, demanda à sa mère si elle avait besoin de quoi que ce soit avant qu'il reconduise Melody chez elle.

Par bonheur, Angelica Sauer adressa à son fils un sourire complice et les libéra de leurs obligations. Melody aurait presque voulu l'embrasser.

Jeremy attrapa la main de Melody et l'entraîna vers la porte, ignorant au passage plusieurs personnes qui tentaient d'attirer son attention pour lui dire au revoir. Après avoir fait signe à un des voituriers de lui apporter sa voiture, il enroula ses bras autour de Melody et la serra contre lui.

— T'ai-je déjà dit à quel point tu es belle dans cette robe ? murmura-t-il à son oreille.

— N'hésite pas à me le redire.

La nuit était fraîche, mais les bras de Jeremy qui l'enveloppaient étroitement lui dispensaient toute la chaleur dont elle avait besoin.

— Presque aussi belle que lorsque je te l'aurai enlevée, chuchota-t-il d'une voix grave et rauque.

Ses genoux se mirent à vaciller, mais le voiturier était déjà de retour avec la voiture. Jeremy l'accompagna jusqu'à la portière et l'aida à s'installer à l'intérieur.

Alors qu'ils s'éloignaient, elle posa une main sur sa cuisse, exerçant une légère pression. Jeremy fixa sa main, puis la regarda, elle, les sourcils froncés.

Avec un sourire, Melody remonta doucement sa main de quelques centimètres.

Jeremy ravala sa salive, puis défit son nœud papillon. Le pied sur l'accélérateur, il roula aussi vite que les limitations de vitesse le lui permettaient.

Chapitre 25

À peine furent-ils descendus de la voiture que Jeremy se précipita vers elle comme si une distance infranchissable les avait séparés pendant une éternité, et pas quelques centimètres et trente minutes. Il l'étreignit par l'épaule, serrant Melody si fort contre lui qu'il ne subsista plus le moindre espace entre eux, et ils se dirigèrent vers son appartement.

Melody se sentait étourdie, comme ivre. Ce n'était pas l'alcool. C'était lui. Cette soirée. Tout ce qui se passait entre eux. Chaque fibre de son corps vibrait d'une énergie latente, comme un élastique tendu à l'extrême près de céder sous la pression. Si elle levait la main devant elle, Melody était sûre de la voir trembler. Alors elle la glissa sous la veste de Jeremy et s'agrippa à sa taille.

Dès qu'ils eurent franchi le seuil de chez elle, Jeremy fit tourner Melody sur elle-même et la plaqua contre la porte, qui se referma dans un claquement sec. Ça allait faire râler ses voisins… Melody s'en moquait éperdument. Son esprit était tout entier occupé par la bouche de Jeremy contre la sienne, par sa langue brûlante et par son érection qu'elle sentait contre sa hanche.

— Melody, murmura-t-il contre ses lèvres.

Oh, bordel. Elle ne voulait plus entendre son nom que prononcé ainsi dans un souffle.

— Belle Melody, dit-il en l'embrassant encore et encore. Ma Melody.

— Ta Melody, confirma-t-elle, se hissant sur la pointe des pieds pour enfouir les mains dans ses cheveux.

Une partie d'elle n'arrivait pas à croire ce qui était en train de se produire. Pourtant, la langue de Jeremy joutant sensuellement avec la sienne laissait peu de place au doute. Melody ne pouvait qu'en être intensément, profondément, extraordinairement convaincue… C'était bien réel. Cet instant merveilleux, celui dont elle avait tant rêvé, se produisait enfin. Ici et maintenant.

Jeremy posa son front contre le sien, et, cette fois, ce n'était pas elle qui tremblait. C'était lui.

— Tu en es sûre ? murmura-t-il d'une voix rauque tout en refermant délicatement les mains autour de sa taille. Parce que je peux attendre… aussi longtemps que… Je veux juste…

— Hé, répondit-elle en prenant son visage en coupe. Je suis sûre. J'ai l'air de ne pas être sûre ?

— Je ne veux pas tout gâcher.

Une lueur d'inquiétude brillait dans ses yeux tandis qu'il scrutait son visage. Melody adorait ses yeux ô combien expressifs. Tout comme les petites rides qui ornaient ses tempes. Et ses fossettes. Et sa bouche… Il avait la plus belle bouche du monde. Elle voulait l'embrasser, là, tout de suite.

Et c'est ce qu'elle fit.

— Tu ne vas rien gâcher du tout, souffla-t-elle entre deux baisers. Je ne te laisserai pas faire.

Cette promesse fit naître un sourire sur ses lèvres, et un éclat de chaleur se répandit dans la poitrine de Melody.

Une chaleur qu'elle ressentait chaque fois qu'il lui souriait, sauf que cette fois elle savait que son sourire n'était destiné qu'à elle. Parce qu'elle était spéciale à ses yeux.

Elle se prenait les mains dans ses vêtements. Trop de couches faisaient obstacle au besoin urgent qu'elle éprouvait de le toucher comme elle l'aurait voulu. Melody fit glisser sa veste des épaules de Jeremy, s'accordant une seconde pour l'admirer de nouveau avec ses bretelles, avant de les faire glisser aussi et de tirer les pans de sa chemise hors de son pantalon.

Quand, enfin, elle atteignit sa peau, elle laissa échapper un râle de plaisir. Elle traça du bout des doigts les lignes saillantes de ses abdominaux, avant de s'aventurer jusqu'au bas de son dos. De son côté, il abaissa la fermeture éclair de sa robe. Après quoi, Melody se tortilla sur elle-même, et le vêtement tomba en un doux froissement sur le sol.

Jeremy s'immobilisa un instant pour contempler la vision de son corps vêtu en tout et pour tout d'un soutien-gorge et d'un string en dentelle noire.

— Je savais que tu serais encore plus belle sans cette robe, murmura-t-il d'un air malicieux.

Melody esquissa un sourire et enjamba l'amas de tissu à ses pieds, se débarrassant de ses chaussures au passage. Puis elle plaqua les paumes sur son torse et le poussa en direction de la chambre.

Jeremy resserra les doigts sur ses hanches, entraînant Melody avec lui alors qu'il reculait maladroitement sous la force de leur étreinte. Il se pencha pour l'embrasser, mais maintenant qu'elle avait ôté ses escarpins, la différence de taille rendait la tâche ardue. Alors il la souleva dans ses bras, et leurs bouches se scellèrent aussitôt. Melody noua les jambes autour de sa taille, s'agrippant à lui tandis qu'il pivotait et la portait vers la chambre.

Il leur fallu un certain temps pour y parvenir, car ils furent ralentis en chemin par une série d'obstacles imprévus. Melody, tentant de reprendre l'ascendant, plaqua Jeremy contre le mur du couloir avant d'entrer en collision avec une lampe. Tant pis. Elle n'avait jamais aimé cette lampe, de toute façon. Ils parvinrent enfin jusqu'au lit, semant derrière eux une traînée de vêtements retirés à la hâte.

Sa peau brûlante, presque fiévreuse, frissonnait sous les caresses de Jeremy tandis qu'il l'allongeait sur le matelas. Au gré de leurs souffles rauques et haletants, leurs lèvres se joignirent dans un élan désespéré, leurs dents se heurtèrent dans l'urgence de s'unir pleinement.

Enivrée par le désir, Melody se cambra contre lui tandis que leurs corps se fondaient l'un dans l'autre. D'abord lentement, puis plus intensément, avant de revenir à une lenteur exquise, opérant un va-et-vient en parfaite harmonie dont la cadence s'accéléra soudain, jusqu'à ce qu'ils ne forment plus qu'un.

Ensemble. Ils étaient ensemble. Enfin.

* * *

— Waouh, souffla Jeremy. C'était…

— Waouh, acquiesça Melody.

Recroquevillée sur le côté, son corps pressé contre celui de Jeremy, elle aurait voulu que ce moment ne cesse jamais.

— Tu n'as besoin de rien ? demanda-t-il en lui caressant la nuque.

Il fit glisser la main le long de sa jambe, avant de la poser sur sa hanche.

— Non, je vais parfaitement bien.

Jeremy lui effleura l'épaule de ses lèvres.

— Bien.

Avec un soupir de contentement, elle enfouit la tête dans l'oreiller et ferma les yeux, se sentant en sécurité. En parfaite harmonie. Enveloppée dans la chaleur satinée de la peau de Jeremy.

Alors qu'elle était sur le point de s'endormir, elle l'entendit murmurer :

— J'aime regarder le basket.

Elle rouvrit les yeux.

— Ah oui ?

Que devait-elle faire de cette information ?

— Tu m'as dit que tu ne savais pas ce que je faisais de mon temps libre. Le week-end, je regarde le basket.

Elle sourit et serra plus fort son bras musclé autour d'elle.

— Oh. D'accord.

— Je regarde aussi le football américain. Et le baseball. Et le hockey. Le tennis aussi, quand il n'y a rien d'autre à la télévision.

— Alors… se pourrait-il que tu sois passionné de sport ?

— Je suppose, répondit-il en repoussant une mèche de Melody derrière son oreille. Et toi ?

— Moi ? Euh, non, je ne regarde pas le sport.

— Qu'est-ce que tu aimes faire pendant ton temps libre ?

— Hum… Eh bien, j'aime regarder des séries.

— Quel genre de séries ?

— Tous les genres. Je veux dire, pas de téléréalité, ni de séries policières, ni de sitcoms. Tout le reste, oui.

Il laissa échapper un souffle amusé.

— Quelle est ta série préférée du moment ?

— Je sais pas. *Orphan Black*, peut-être. Ou *Doctor Who*.

— Donc de la science-fiction ?

— Ouais. Je veux dire, j'aime d'autres genres aussi, mais ouais.

— Cool, dit-il en bâillant. Il y a un match de basket, demain, que je voudrais regarder.

— Oh, d'accord.

Elle réprima une pointe de déception. Ce n'était pas parce qu'ils sortaient ensemble qu'ils allaient être inséparables. Elle était parfaitement apte à s'occuper de son côté, demain, pendant qu'il regarderait son match.

— J'espérais pouvoir te convaincre de le regarder avec moi.

Oh.

— Et après, tu pourrais peut-être me faire découvrir une de tes séries préférées ?

Oh.

— C'est… Ça me plairait beaucoup, répondit-elle en souriant.

— C'est vrai ?

Elle mêla ses doigts aux siens et glissa la main de Jeremy sur sa joue.

— Oui.

Le vent se levait dehors. Melody se blottit un peu plus contre lui, bercée par le doux bruit des carillons sur le balcon voisin et par la respiration régulière de Jeremy, qui sombrait dans le sommeil.

Ce truc où elle essayait de se convaincre qu'elle n'était pas amoureuse de lui ? Ouais. C'était stupide. Elle était clairement amoureuse de lui. Follement amoureuse. Tellement amoureuse que dans sa poitrine la place manquait pour contenir l'étendue de ses sentiments.

Elle comptait bien le lui dire. Pas maintenant, parce qu'il dormait. Et puis ce serait sans doute un peu précipité. Après tout, ils n'étaient ensemble que depuis quelques heures, bien que cela lui semblait être depuis toujours.

Elle le lui dirait. Bientôt.

Plus jamais elle n'attendrait pour lui dire ce qu'elle ressentait. Elle n'avait même pas peur d'être la première à le faire. Au contraire, elle voulait être la première. Il le méritait, et elle allait lui faire ce plaisir.

D'ici-là, elle allait s'endormir dans ses bras. Parce qu'elle était épuisée.

Une belle journée d'amour avec Jeremy était au programme du lendemain. Et de tous les autres jours.

Elle avait besoin de repos pour affronter tout ce bonheur à venir.

Épilogue

Quelques mois plus tard

— Comment peux-tu être fan de sport et n'avoir jamais regardé *Friday Night Lights* avant ? s'exclama Melody alors que le générique de fin d'un nouvel épisode défilait.

Elle avait initié Jeremy à cette série le week-end précédent, et ils avaient déjà presque terminé la première saison, ensemble, sur son canapé.

Il bâilla en étirant un bras au-dessus de sa tête, l'autre enroulé autour de l'épaule de Melody.

— Je devais être occupé à me bourrer la gueule. Je n'ai quasi rien fait d'autre quand j'étais au lycée.

Melody lui titilla les côtes, là où elle savait qu'il était sensible aux chatouilles.

— Bah, dis donc, tu vendais du rêve.

Jeremy riposta en l'attrapant par la taille et en enfouissant son visage dans son cou, là où il savait qu'*elle* était chatouilleuse.

Le portable de Melody vibra sur la table basse, et elle se dégagea pour voir de qui provenait le message.

— Tessa veut savoir si on vient à la soirée de Lacey vendredi.

Cette dernière venait d'être admise au LAPD et, pour fêter ça, Kelsey et elle organisaient une fête chez elles.

Melody avait hâte d'y aller, mais elle n'en avait pas encore parlé à Jeremy.

Se levant d'un bond, il se dirigea vers le réfrigérateur pour aller chercher d'autres bières.

— Bien sûr. Tu sais depuis combien de temps elle rêve de devenir flic ?

— On n'est pas obligés, tu sais. Enfin, toi, tu n'es pas obligé. Je peux y aller seule. Ça ne me dérange pas si tu ne veux pas venir.

Ce serait la première fois qu'ils s'afficheraient en tant que couple devant Lacey et Tessa. Lacey était totalement cool avec la situation, mais Melody comprenait que Jeremy n'ait pas trop envie de traîner avec son ex et la fille pour laquelle elle l'avait quitté, sans parler de toutes leurs amies.

Il lui jeta un coup d'œil par-dessus la porte du réfrigérateur.

— Essaies-tu de me dire que tu ne souhaites pas que je vienne ?

— Non ! Pas du tout. Je veux que tu sois là. C'est juste que… Si tu penses que tu risques de te sentir mal à l'aise, je ne t'y oblige pas.

— Lacey et moi, on s'entend bien, maintenant. Et je peux encaisser n'importe quelle critique de ses potes tant qu'elles sont sympas avec toi.

Elle entendit qu'il décapsulait deux bouteilles de bière. Puis il releva la tête, l'air soudain soucieux.

— Euh… attends, reprit-il. Ses parents seront là aussi ?

— Je ne pense pas.

— Tant mieux. Ses parents me détestent.

— On se demande bien pourquoi, railla Melody.

— Je n'ai jamais dit que ce n'était pas mérité.

Après avoir posé une bouteille de bière fraîche devant elle, Jeremy se laissa retomber dans le canapé et posa ses pieds nus sur la table basse.

— Je m'apprête à confirmer notre présence. Dernière chance pour te rétracter…

— Ce sont tes amies, répliqua-t-il simplement. Je veux qu'elles deviennent aussi les miennes.

— OK.

Il prit une gorgée de sa bière.

— Tiens, au fait, ça me rappelle que ma mère voulait savoir à quelles dates la tienne sera à L.A.

— Du 24 au 27, répondit distraitement Melody en tapant sa réponse à Tessa, avant de s'arrêter net. Une seconde, pourquoi ta mère veut-elle savoir quand ma mère sera là ?

— Parce qu'elle veut la rencontrer. Je pense qu'elle veut l'inviter à dîner ou un truc dans le genre.

— Non ! s'écria Melody, horrifiée. C'est impossible. Ça ne doit jamais, jamais arriver.

— Mais…

— Je suis sérieuse ! On ne peut pas laisser ta mère et la mienne se rencontrer. Ce serait comme mélanger de l'eau de Javel et de l'ammoniaque… la réaction chimique nous tuerait tous !

Il éclata de rire.

— Tu ne crois pas que tu exagères un peu ?

Elle secoua la tête avec vigueur.

Jeremy posa une main sur sa cuisse.

— On ne pourra pas les maintenir à distance éternellement, tu sais. À tout le moins, elles se rencontreront à notre mariage.

Le cœur de Melody fit un bond dans sa poitrine. Elle baissa les yeux vers son portable.

— À notre mariage ? répéta-t-elle, juste pour s'assurer qu'elle avait bien entendu… qu'il n'avait pas dit ça par accident.

— Eh bien, oui. Je veux dire, dans un futur lointain. Un jour, je l'espère.

Un sourire se dessina lentement sur son visage.

Chaque fois qu'il lui souriait de cette manière, elle ressentait toujours ces mêmes picotements dans son ventre, comme des milliers de papillons virevoltants. C'était un sourire différent de celui qu'il adressait aux hôtesses, à ses collègues ou aux baristas. Celui qu'il lui réservait était plus doux, moins éclatant. Il n'avait rien d'arrogant ni d'aguicheur. Non. C'était un sourire sincère, un peu hésitant… comme une question espérant une réponse.

Cette fois, les papillons dans son ventre s'agitèrent furieusement. Il voulait l'épouser. Et il en parlait avec une telle désinvolture… Comme si c'était une évidence. Bien sûr qu'ils se marieraient un jour. Pourquoi ne le feraient-ils pas ?

Elle se pencha vers lui et l'embrassa, souriant contre ses lèvres.

— On se mariera en secret, alors. Mais pas à Vegas. Dans un endroit avec une plage.

Il l'attira dans le canapé, la faisant se blottir à nouveau contre lui.

— Je lance un autre épisode ? proposa-t-il en extirpant la télécommande de sous un coussin.

— Le match vient de commencer, fit remarquer Melody.

— Ouais, mais les Panthers sont sur le point de jouer la finale du championnat d'État. C'est le dernier épisode de la saison.

— Ça fait dix ans que les Panthers sont allés en finale. Ton équipe non fictive préférée, elle, joue en ce moment même. Ce n'est pas pour rien que j'ai mis mon maillot des Lakers.

Jeremy le lui avait offert quand il l'avait emmenée à son premier match des Lakers. Ils avaient eu des places au premier rang, juste à côté de John Legend et Chrissy Teigen. Melody ne s'était jamais intéressée au basket-ball auparavant, mais c'était différent de le regarder avec Jeremy. Elle adorait partager des activités qu'il aimait ; ça lui donnait envie de les aimer aussi.

— Encore un épisode. On pourra toujours rembobiner le match sur le DVR[16] quand on aura fini.

— Mais on va être spoilés si on ne regarde pas en direct.

— Pas si tu ne touches pas à ton portable, répliqua-t-il en lui arrachant l'appareil des mains et en le jetant à l'autre bout du canapé.

— Je peux te dire si les Panthers gagnent la finale, tu sais.

Il leva un doigt en guise d'avertissement.

— T'as pas intérêt ! Pas de spoil !

Elle appuya sa tête contre son épaule.

— OK, OK. Encore un épisode, et on regarde le match.

Jeremy ignora le pop-up « Vous êtes encore là ? » et lança l'épisode suivant de *Friday Night Lights*.

— Cette série est tellement géniale, déclara-t-il quarante-deux minutes plus tard.

Ses yeux étaient humides, mais il ne s'en cachait pas. C'était une des choses que Melody aimait chez lui : il n'avait pas honte de pleurer devant une série.

---

16. Un DVR est un enregistreur numérique qui stocke les émissions sur disque dur.

— Oh, oui, dit-elle en passant une main sous ses lunettes pour s'essuyer les yeux.

Elle avait beau avoir vu l'épisode une bonne dizaine de fois, il l'émouvait toujours autant.

— Prêt pour les Lakers, maintenant ?

Elle tendit la main vers la télécommande posée sur les genoux de Jeremy.

— Attends.

Jeremy prit son visage en coupe et l'embrassa.

Sa bouche, à la fois douce et piquante, avait le goût malté de la bière. Puis il s'écarta en souriant.

— C'est bon ! Je suis prêt.

Les papillons s'enflammèrent dans le ventre de Melody. Elle laissa tomber la télécommande et grimpa à califourchon sur les genoux de Jeremy.

— Je croyais que tu voulais regarder le match, la nargua-t-il avec un sourire.

— C'est le cas. Mais j'ai aussi envie de t'embrasser.

Elle glissa les mains derrière sa nuque et enfouit les doigts dans ses cheveux. Melody adorait les cheveux de Jeremy. À tel point qu'elle aurait aimé y nicher ses doigts pour toujours.

Jeremy esquissa un petit sourire et l'enveloppa de ses bras.

— S'embrasser est mille fois mieux que le basket.

— On est d'accord, dit-elle en pressant ses lèvres contre les siennes.

Ils ne regardèrent pas le match ce soir-là. Peu importe. Il serait encore là demain. Ils avaient tout le temps du monde pour regarder du basket.

Plus tard, bien après qu'ils avaient migré dans le lit de Melody, Jeremy la serra dans ses bras et lui confia :

— Je ne savais pas que c'était censé se passer comme ça.

Le tee-shirt violet des Lakers de Melody gisait encore sur le parquet du salon, là où Jeremy l'avait jeté après l'avoir déshabillée.

— Hmmmh ? murmura-t-elle, à moitié somnolente.

Le torse de Jeremy lui faisait office d'oreiller tandis qu'il lui ronronnait à l'oreille de sa voix rauque.

— Être en couple… Être amoureux.

Il posa une main dans le creux de ses reins.

Cela faisait plus d'un mois qu'ils échangeaient ouvertement les mots magiques, mais chaque fois que Jeremy les prononçait, le cœur de Melody battait encore plus fort. Elle aurait voulu que cette sensation ne disparaisse jamais.

— Comment croyais-tu que c'était censé se passer ?

— Je pensais que ça consistait à faire semblant… À faire semblant de vouloir des choses qu'on ne veut pas, et d'aimer des choses qu'on n'aime pas. D'être quelqu'un qu'on n'est pas. Je pensais que toutes les relations étaient comme ça. Mais pas avec toi.

— C'est comment, avec moi ? chuchota-t-elle.

— C'est comme si j'avais trouvé ma meilleure amie.

Melody leva la tête pour le regarder, mais il faisait trop sombre pour qu'elle distingue autre chose que le contour de son visage sur l'oreiller.

— Viens par-là, dit-elle en se rapprochant de lui dans l'obscurité.

Les yeux de Melody étaient remplis de larmes lorsqu'elle l'embrassa.

Jeremy lui effleura la joue du bout des doigts.

— Je ne voulais pas te faire pleurer.

— Ce sont des larmes de joie. Moi aussi, j'ai trouvé mon meilleur ami.

Remerciements

Avant toute chose, je tiens à remercier mon mari et mon enfant pour leur amour et leur soutien inconditionnel. Et aussi d'avoir supporté mes sautes d'humeur pendant l'écriture de ce livre.

Merci à mes amis extraordinaires qui m'ont fait part de leurs encouragements et de leurs commentaires tout au long de cette merveilleuse aventure : Mikaela Dufur, Lisa Lozano, Danielle Dupré, Lisa Ludvik, Joanna Cotter, Dena Miccolis, Tammy Kentner, Amy Morgan et Sharon Cochran. Je remercie également mon éditrice, Monica Black, pour sa capacité à me guider et à me maintenir dans le droit chemin.

Enfin, un immense merci toutes les personnes qui ont commenté, recommandé ou soutenu l'une de mes fanfictions. Votre enthousiasme m'a donné la force de continuer à écrire, année après année, même lorsque cela semblait une tâche insurmontable. Vous avez toute mon affection et ma reconnaissance éternelle. <3

Dernières parutions

Alexandria Warwick
The Four Winds
Tome 1 – *The North Wind*

Aly Martinez
From the Embers

Caroline Coiraton
Rue Saint-Honoré
Tome 1 – *Alma*
Tome 2 – *Athénaïs*

Chloe Walsh
Boys of Tommen
Tome 1 – *Binding 13*
Tome 2 – *Keeping 13*

Cindy Van Wilder Zanetti
La Clé d'Obsidienne
Tome 1 – *Fleur fantôme*
Tome 2 – *Princesse des os*

Elizabeth Helen
Beasts of the Briar
Tome 1 – *Bonded by Thorns*
Tome 2 – *Woven by Gold*

Grace Draven
The Fallen Empire
Tome 1 – *Phoenix Unbound*
Tome 2 – *Dragon Unleashed*
Tome 3 – *Raven Unveiled*

J.L. Corolle
Malgré les épines

Kate Stewart
The Ravenhood
Tome 1 – *Flock*
Tome 2 – *Exodus*
Tome 3 – *The Finish Line*

Katelyn Doyle
Just Some Stupid Love Story

Liz Tomforde
Windy City
Tome 1 – *Mile High*
Tome 2 – *The Right Move*
Tome 3 – *Caught Up*

Melanie Hamrick
First Position

Okéanos S.
Games
Tome 1 – *Le Croque-Mitaine*
Tome 2 – *La Faucheuse*
Tome 3 – *Le Prince déchu*

Stéphanie Pélerin
Une librairie pour Noël

Pour en savoir plus sur l'actualité de Chatterley,
vous pouvez consulter notre site Internet
www.editionschatterley.fr
et nous suivre sur les réseaux sociaux
Facebook : Editions Chatterley
Instagram : @EditionsChatterley
TikTok : @chatterley_editions

Composition et mise en pages
Nord Compo à Villeneuve-d'Ascq

Achevé d'imprimer en juillet 2025
par Normandie Roto Impression s.a.s.
61250 Lonrai
N° d'impression : 2502942

Imprimé en France

CHATTERLEY, 92, avenue de France 75013 Paris

C79025 / Rang de tirage : 01